欧来天狗異聞

＊本書は『天狗』（二〇一七年、ルネッサンス・アイ発行）の新版である。版を改めるにあたり、誤字脱字の訂正のほか、一部加筆を行った。また、時代背景と登場人物の描写に重点を置き、用語は当時の価値観を反映させた部分がある。

一

慶長二年（一五九七年）四月、日本、紀州、白崎《しらさき》海岸

穏やかな夕暮れだった。ゴツゴツした岩場と岩場にはさまれた小さな浜辺に打ち寄せる波は白くて淡いしぶきをつけたかと思うと、小さな波音とともに、一瞬で消えていった。遠くの外洋から流れてくる風は、四月の温度にまみれ、心地よく頬を撫でていた。

陽も、空気も、海も、光も、砂も、すべてが穏やかだった。

赤い着物を着た少女が、その小さな浜辺に立ち尽くしていた。おかっぱ頭に、穢れないつぶらな瞳、透き通るような純白の肌をしている。少女は、浜辺に一人立ち尽くしていた。穏やかな風が少女の髪をかき上げても、草履をはいた足は砂まみれでも、少女は一向にかまうことなく、そのつぶらな瞳をそらすことなくただ足元の一点にだけ集中していた。

少女の足元には、大男が横たわっていた。赤く火照《ほて》った肌、高くそびえた鼻、長くカールしている金

色の髪が、濡れた頬についていた。大男は少女がかつて見たこともない奇妙な服を着ていて、見たこともない大きくて長い靴を履いていた。

この化け物みたいな大男は人間なのか、怪物なのか……。生きているのか、死んで浜辺に打ち上げられたのか……。

不思議と少女に恐怖心が起こらなかった。その横たわっている未知の得体の知れぬ生き物に出会うべくして出会ったような奇妙な感覚があったのだ。少女は自分の顔を近づけてその長い鼻に指を触れさせた。息はしているようだ。生きているのだ。そう確信した少女は、大男の両足を脇にはさみ、力一杯引っ張った。動かない。もう一度引っ張った。でも動かない。ついに、その小さな身体に宿っている力以上に渾身の力を込めて、思いっ切り引っ張った。少し動いた。呼吸を整えもう一度思いっ切り引っ張った。また動いた。少女はその身が朽ち果ててボロボロになってさえ、その生き物を運ぼうとした。それがまるで自分に課せられた宿命のように……。

もう一〇メートルも進んだだろうか。砂浜に大男を引きずった生々しい跡が大きな筋になって打ち上げられた海岸から続いていた。少女には限界だった。もうこれ以上引きずるどころか、立ってさえおれないくらいに、腰も足も膝もがくがくになっていた。それでもか弱い身体で、よくここまで引きずってこられたものだった。その時だった。少女の父親の呉作が「小春〜、小春〜」と叫びながら走り寄ってきた。

「小春、どうしただ？」

心配する呉作に小春は慌てることなく大男に視線を向けた。顔を向ける呉作。奇妙な服と奇妙な靴を見た後、屈み込んで顔を覗き込んだ。青ざめた白い肌、高くそびえた鼻、長いまつげ、金色の髪……。

「小春、どこで見つけただ?」

小春が打ち上げられた浜辺に視線を投げた。呉作は引きずった跡を目で追った。

「海から上がっただか?」

小春はうなずいた。

「こりゃ天狗様だ」

大男を見つめながらつぶやくように呉作がそう言った。

「小春、こりゃえらいことになっちまったぞ。天狗様が天からやってこられたのじゃ。こりゃえらいことじゃ……」

この得体の知れぬ未知の生き物は天狗だったのだ。小春はその言葉にこの天狗の処遇をめぐって一瞬不安になった。小春は何故かこの天狗に親近感を直感で感じていたからだ。

「とにかく人に見つからないように、家《うち》まで運ぼう」

呉作は小春に代わって両足を脇に抱え、力ずくで引っ張りだした。小春も足を引っ張って手伝った。


穏やかな夕暮れだった。

陽も、空気も、海も、光も、砂も、すべてが穏やかだった。

遠くの外洋から流れてくる風がやさしくすべてを包み込んでいた。

呉作は人里離れた山の中で、焼き物師をしている。焼き物師とはいわゆる陶芸で、皿、茶碗、ドンブリ鉢などを焼いて、普段はこの地方の特産物でもある備長炭も作っている。

得体の知れぬ天狗を部屋の中までやっとのことで運び込んだ瞬間、呉作は全身の力が抜けていくのを感じた。これだけの大男をこんな山の中まで運ぶのは並大抵の体力ではできない。大男を天狗だと信じ切っている呉作は、神がかり的な力が自分の身体に降りてきたと確信していた。倒れ込んで肩で息をしている呉作をよそ目に、小春は手ぬぐいを水でしぼり、天狗の顔を丁寧に拭き出した。小春が手を止めた一瞬、天狗は少しだけ頭を動かした。生きていることを実感した小春は、より一層の親しみを込めて、顔を、髪を、拭いた。倒れ込んでいた呉作は我に返ると、椀に水を汲み、天狗を抱きかかえて、天狗の唇から椀の水を少しずつ少しずつ流し込んだ。と、次の瞬間、天狗はうっすらと目を開いた。小春は驚きと期待の熱いまなざしを天狗に向けた。天狗はうわごとのように訳のわからない言葉にもならない嗚咽を吐き出すと、また目を閉じた。

呉作は、急いで天狗の着ていた奇妙な服をはぎ取り出した。靴を脱がせようとも紐がくるぶしまで絡まった大きな靴を脱がせるのは、大層なことだった。

「小春、床を用意せえ」

その言葉に小春は慌てて布団を敷いた。

「もっとこっちじゃ。囲炉裏《いろり》の近くにせんと身体が暖まらんで」

小春は布団を囲炉裏のそばまで引っ張った。二人で何とか天狗を布団に横たわらせると、天狗は安住の地に着いてやっと安心したかのような寝息に変わり深い眠りに入っていった。

呉作は囲炉裏のそばで思案に暮れた。「どうなるんじゃのう……」。頭の中で整理がつかなかった。「またよりによってなんでわしんとこなんじゃ……」。

小春と二人で仲むつまじく質素に暮らしてきた呉作にとって、天変地異にも勝る衝撃的な出来事が、ほんの一瞬で舞い降りてきた。とにかくここまで村人にわからずに必死で運んできたものの、これから先どうなるのかを考えると、不安と恐怖心でたまらなかった。

天狗は吉兆なのか、それとも悪霊なのか……。子どもの頃から聞かされてきた天狗がなんと浜辺に打ち上げられ、しかもこの世で自分と小春しか知らない状況なのである。

ふと目を向けると、天狗の枕元で小春が甲斐甲斐しく天狗の髪を撫でながら、やさしく見守っていた。このことを村人に言うべきか、黙っておくべきか……。はたまた天狗の目が覚めたら、人知れず山に追い返すべきか、いや浜辺にいたのだから海に追い返すべきなのか……。その時、遠くで寺の鐘の音がかすかに響いてきた。俗世の営みを思い出した呉作はとっさに我に返り、天狗の着ていたものを慌てて両手でかき集め、誰にも見つからないように、家の裏の粗末な納屋の一番奥深く積み重ねたわらの中に隠した。

これから起こり得る数奇な運命のダイナミックな大転換を、呉作と小春はもとより、天狗自身でさえ、知る由は微塵もなかった。

遠くから寺の鐘の音が、この人里離れた山奥までまたかすかに響いていた。

二

天狗が紀州の海岸に打ち上げられたのは一五九七年四月のことだった。この時期の日本は、豊臣秀吉による二回目の朝鮮征伐（慶長の役）が行われたが、その翌年秀吉の死とともに朝鮮への征伐は終わりを告げる。そしてその二年後、天下分け目の戦、関が原の戦いが始まる戦国の混乱期の真っ只中だったのである。

天狗が打ち上げられた年よりさかのぼること一一年の一五八六年、遠くヨーロッパ・イングランド、エリザベスI世のホワイト・ホール宮殿の謁見《えっけん》室は、終始和やかな雰囲気で、部屋中に濛々《もうもう》とタバコの煙が充満していた。日本の天狗様がはるか地球の裏側で起こり得る幾多の出来事と結びついていたとは、誰にも想像だにできないことだったのである……。

謁見室では、何人かの公爵、伯爵たち、その後ろではエリザベスの廷臣たちが話し込んでいた。スペイン大使の連れが数人、取り巻き連中が何人か、ロンドンの商人が数人いる。玉座のエリザベスは慣れない手つきでパイプのタバコをふかしていたが、エリザベスはどうもタバコが苦手のようにも見えた。玉座のすぐそばには、エリザベスの側近で国の実務を一身に取り仕切っている枢密院の首相ロバート・

セシルが立っていた。エリザベスがパイプを手にしている限り、その場にいた何人かは同じようにパイプを手にしていた。

ウォルター・ローリーは、玉座から離れたところで、パイプを吹かしながら暇そうにエリザベスに仕える侍女に声をかけていた。イギリス宮廷にタバコがもたらされたのはこの頃である。マゼランに次いで史上二番目の世界一周を果たした私掠船《しりやくせん》船長フランシス・ドレークが、新大陸アメリカからヨーロッパにタバコをもたらしたが、イングランドの宮廷に紹介したのはこのウォルター・ローリーで、タバコと同時にジャガイモももたらしたといわれている。

謁見室で一通りの公務が終わったエリザベスは、のんびりした雰囲気でパイプを手にしながら、その午後のことなど考えていた。散歩でもするか、馬に乗って出掛けてみるか、庭園の薔薇の様子でも見に行くか、それとも私室にこもって読書でもするか……。今日のところは、首相のロバート・セシルと打ち合わせする危急の案件もないはずである。

エリザベスは、黄金色のブロケードで作ったドレスの皺を伸ばすと、おもむろにパイプをくわえ、口の中に煙を吸い込み、その苦い味を吐き出した。パイプから立ち上がるか細い煙を見つめながら、おもむろにこう言った。

「この煙は、口の中に入ると独特の味がする。吐き出した煙も、パイプの煙も、すぐに消えてなくなる……。すぐに消えてなくなるこの煙とは一体何なのか……」

好奇心旺盛なエリザベスの突拍子もないこの言葉に、謁見室の全員が静まり返った。パイプから立ち上がるか細い煙を目の前にかざしながらエリザベスが続けた。

「誰か、この煙の重さを計れる者はいないかしら……？　できた者には褒美をつかわせるわよ」

それまで女王の無理難題や、たまに起こす癇癪《かんしゃく》やわがままにも精一杯の対応をし、できる限りの成果をあげてきたロバート・セシルでさえ、顔を横に背けてその言葉に関わりたくない素振りを見せた。

「陛下……」

気まずい静寂を破っていち早く反応したのは寵臣《ちょうしん》ウォルター・ローリーだった。ローリーはそう声をあげてから謁見室の中央まで進み、玉座のエリザベスと対峙し一礼をした。そして壁まで行き、載っていた花瓶や小物をどけて、テーブルをエリザベスの前に置くと、近くにいた侍女に命じて天秤秤《てんびんばかり》を持ってこさせた。

「陛下、よくご覧ください」

ローリーはそう言って、パイプを手に取りタバコの葉をぎっしりと摘めた。そしてそのパイプを目の前にかざしながらエリザベスに見せた。全員が興味深く見守った。ローリーはそのパイプを秤《はかり》の皿に乗せて、パイプの重さを計った。次に侍女に命じて、燭台《しょくだい》を持ってこさせ、パイプに火を点け、美味そうに一服吐き出した。そしてゆっくりと二服目を吸い、またも大きな煙を吐き出すと、その親指でパイプの火をもみ消し、天秤の皿の上に戻した。そして、エリザベスの瞳をしっかりと見つめながら自信満々にこう言った。

「陛下、先ほどのパイプの重さから、このパイプの重さを引いたものが煙の重さです」

部屋の中がピンと張り詰めた雰囲気になった。何か起こったのか理解できてない者も何人かいた。その時エリザベスが手を叩いた。皆がそれにつられるように手を叩き出した。ローリーは得意げに片膝をついて、エリザベスにお辞儀をした。

「見事ですわ、サー・ウォルター。あなたは何か欲しい？　なんでも好きなものを褒美にとらせますわよ」

エリザベスの目は、愛くるしい少女のような瞳に変わっていた。

「陛下……、陛下にお仕えするのが私の務め、この身を陛下のお役に立てることが何よりも私の幸運でございます。この幸運以上に、私が望むものがありましょうか」

「まぁ、褒美をいらないとは……」

「タバコの煙はすぐに消えてなくなります。形は何も残らない。でも重さはあるのです。私の魂も目には見えないですが、その重みのすべてを陛下に捧げています」

探険家にして作家・詩人でもあったローリーの美辞麗句に、エリザベスは決して悪い気はしなかった。口元に小さな微笑を浮かべながら、「わかりました。あなたのその心意気は胸にとめておきましょう、スウィート・ウォルター」と言うと、さっと立ち上がった。侍女が三人慌ててエリザベスに駆け寄ると、エリザベスはドアの向こうへと消えていった。

デヴォン州ヘイズ・バートンでジェントリー（紳士階級）の家庭に生まれたウォルター・ローリーは、オックスフォード大で学んだ。二〇代半ばで異母兄弟のハンフリー・ギルバートとともに新大陸アメリカ・ロアノーク島で英国最初の植民地を作り、処女王（バージンクイーン）エリザベスI世にちなんでバージニアと命名したのも、このウォルター・ローリーなのである。メイフラワー号より約四〇年以上も以前に、イギリスにおける新大陸への開拓の礎は築かれていたのである。ローリーはそれから何度か試みたものの植民地計画は結局失敗に終わったが、事業そのものは引き続けられ、バージニアという地名は場所を変えながらも、かの地で引き継がれていった。

その後、野心に満ち溢れた、爵位《しゃくい》を持たない無名のこの若者が、アイルランドでの紛争で大活躍してエリザベスの目に留まり、そこから宮廷への出入りを許され、それから快進撃が始まる。ダラムハウスという町屋敷をもらい請け、アイルランドの農地を領地としていただき、爵位をもらい、エリザベスの身辺を警備する近衛部隊の隊長という大役を授かり、エリザベスの寵愛《ちょうあい》を一身に受けた寵臣にまで一気に上り詰めた。イングランド宮廷では飛ぶ鳥落とす勢いの、時代の寵児《ちょうじ》となったのである。

三

ウォルター・ローリーがタバコの煙の重さを計ってから八年後の一五九四年、ロンドンの町外れの居酒屋「マーメイド亭」

ロンドン市内を不規則なカーブを描いて流れるテムズ川は、流れ注ぐ北海の潮汐の影響を受けるため水と海水が混ざり少し黒い色をしている。エリザベスが主に住んでいるホワイト・ホール宮殿から川沿いに東に三キロほど行くとサザウォーク橋に当たり、ロンドンの中心部（シティ・オブ・ロンドン）にくる。そこからさらに五〇〇メートルほど進むとロンドン・ブリッジがある。ロンドンブリッジをシティからサザクに渡り、ボゥラハイストリートを二〇〇メートほど南に行ったあたりに、マーメイド・コートという注意深く見ないと見過ごしてしまうほどの小さな小径《こみち》がある。その小径の入り口にマーメイド亭（人魚亭）という居酒屋（パブ）がある。場末の売春婦たちがたむろする乱痴気騒ぎな酒場とはその趣が違う。そこには、遠く外洋を旅する冒険家、船乗り、または私掠船《しりゃくせん》に乗っている荒くれ海賊たち、はたまた詩人・文学者・数学者などインテリから、怪しい占星術師まで幅広い人材がエール（ビール）を片手ににぎやかに集まってくる場所である。

遠く外洋に夢馳せ、熱き希望に燃えるセバスチャン・コーウェルもまた、友人のレオナルドを誘っては、荒くれ船乗りたちの酔いどれ話を聞きにここにきていた。

セバスチャンとレオナルドはケンブリッジ大学を卒業後、テンプル法学院に身を置くエリート生である。物静かで沈着冷静なレオナルドに対して、セバスチャンは血気盛んな青年であった。たまに正義感が強すぎて暴走するところもあったので、友達のレオナルドはセバスチャンにとって心強い存在だった。

「早く法学院を卒業して、世界へ飛び出してみたいぜ」

「そう焦るな。先はまだまだ長い」

「こうしている間にも、いろんな人間がいろんな世界に出て行っているんだ。早く仲間入りがしたいんだ」

「法学院を卒業しても、まだアカデミーに入らないといけないだろ」

セバスチャンとレオナルドは法学院を卒業後、ウォルター・ローリーの義兄ハンフリー・ギルバートが生前、貴族やジェントリーの子息の教育のために設立したアカデミーに入ることが決まっていた。

「いつの日か大船団を指揮して、大海原を駆け巡りたい。見たこともない土地で、見たこともない人たちに出会って、世界を駆け巡ってみたい。俺はもっともっと大きな仕事がしたいんだ」

セバスチャンの言葉にレオナルドが釘を刺すように言った。

「親父さんが怒るんじゃないか。親父さんは君を宮廷に入れるのが夢だろ」

「俺は俺の人生だろ。親父には関係ないぜ。アカデミーだってウォルター・ローリーと関係があるから入るってことになっていたけど、今やローリーは宮廷にいないんだから」

「確かに……。親父さんは、アカデミーからローリーの口添えで宮廷に近いところに行けると思ってたはずだが、ローリーは下手を打ったな……」

ウォルター・ローリーは二年前、宮廷の侍女ベスと極秘で結婚し、そのことがエリザベスの知るところとなるや、エリザベスは嫉妬で怒り狂いすぐに二人を何人もの囚人を監禁し、何人もの罪人を冷たい鉄の斧で処刑してきた石の牢獄ロンドン塔に幽閉した。しばらくしてロンドン塔から解放されたものの、以前のように宮廷への出入りは禁止されていたのである。

「それにしても、男のロマン溢れる冒険家のローリーが、なんでまた女なんかにうつつを抜かしたんだろうね。英雄色を好むっていうけど、ローリーにはちょっとショックだったな」

「ローリーの場合は色を好むじゃないだろう。ちゃんとした伴侶が欲しかったんじゃないかな。女王にとってローリーはあくまでも寵臣《ちょうしん》でしかない。どこまでいっても愛人だな。男が夢を実現するために、家庭を守って、子どもを育てて、全面的にサポートしてくれる伴侶が欲しかったんだよ、きっと」

「男が夢を実現するのに女なんか必要あるのか。邪魔になるだけじゃないのか？」

「男が大きな仕事をするために、家族が必要なこともあるんだろ」

「でもそれが原因で宮廷を放り出されたんだからな」

「それは失敗だったな。宮廷の侍女は女王の許可なしに結婚が許されないからな。事前に承認さえとっておけばよかったのに……」

「それだけいい妻に出会ったってことなんだろうか。女王の寵愛も、近衛隊長の大役も、自分の夢さえも投げ捨ててまで結婚するなんて、俺にはわからない世界だけどな」

「とりあえずローリーがこうなってしまった以上、アカデミーを卒業しても宮廷に近づけることはないだろう。特にエセックス伯が宮廷にいる間はな」

ウォルター・ローリーが失脚した後、宮廷で新星のごとく登場しエリザベスの寵臣に成り上がったのがエセックス伯ロバート・デヴァルーである。エリザベスは三三歳も年下のエセックス伯に夢中になった。女として結婚もせずに老いてゆく儚さを、若くてハンサムで少年のような無邪気さと、悪魔のような野望をも兼ね備えたこの若き青年に心が蝕われていった。ウォルター・ローリーとの傷心を紛らわしてくれるのにもタイミング的に抜群だった。宮廷はエセックス伯がとってかわって権勢を振るっていた。

「いや、俺はローリーを信じている。必ず何かやる男だよ。このまま野に下るようなやわな男ではない。起死回生の何かを仕出かすに違いない」

「今の状況じゃ厳しいんじゃないか？」

「ローリーはチャンスを待つ男じゃない。彼はチャンスを作る男なんだ。ヘイズ・バートンの田舎者ジエントリーがイギリス女王の寵臣にまで上り詰め、世界を相手に仕事をしたんだぜ。俺は今すぐにでもローリーの臣下になって大活躍したいんだ」

「親父さんが許さないだろうな……」

その時、同じ長い板のテーブルの隣で話している男の言葉が二人の耳に届いた。

「北西航路も北東航路も、まだ誰も発見していない。これを発見したら、歴史に名を刻めるぜ」

いかにも船乗りのいでたちで、髪の毛ももじゃもじゃ、口とあごに髭をたくわえ、粗末な胴着（ジャーキン）を着た海賊風の男が、何人かの仲間を相手にエール（ビール）を飲みながらそう言った。

「アフリカ大陸南端の喜望峰からインド洋に出てアジアに向かう航路と、新大陸の西側からアジアに到達する航路は、スペイン、ポルトガルどもに抑えられている。ここに我がクイーンの旗印をつけて通れば、たちまち撃沈されるだろうぜ。やつらは北米から金銀財宝を、はたまたアジアから香料と絹や陶磁器を満載して自分の国に運び続けているんだぜ……」

この時期ヨーロッパ全体を宗教改革の嵐が吹き荒れていた。特にイギリスではヘンリー八世が、エリザベスⅠ世の母アン・ブーリンと二度目の結婚をするためにローマ法王と決別しプロテスタントに改宗した。その後エリザベスも国の混乱を防ぐため、プロテスタントを継承したため、カトリック国のスペイン、ポルトガルとプロテスタント国のイギリス、オランダが対立していたのである。

「でも、ドレークたちが私掠船でやつらの船を襲ってかっぱらっているんだからいい気味だぜ」

隣に座っている同じような風貌をしたひょうきんな痩せ男がそう言った。

「だめだ。私掠船でやつらの積荷を奪ったところで、それは一時しのぎにしかならない。所詮こそ泥程度のもんだ。やつらもただ指をくわえているだけじゃなく、また無敵艦隊でいつ襲ってくるかわからない」

「無敵艦隊を迎え撃つ時、オレはドレークの船に乗ってたんだ。あんときゃ本当に助かったぜ。ドレークやフロービシャーの火船攻撃がなかったら、今頃フェリペⅡ世の野郎がホワイト・ホールであぐらをかいて、我がクイーンがお茶を運んでいるところだったぜ」

この時聞いていた誰もが無敵艦隊の豪華さ、イギリス軍をはるかにしのぐ威力、船団の巨大さを思い出し、背筋が凍る思いをした。イギリス軍の火船攻撃よりもその後にたまたま起こった嵐がなかったら、ヨーロッパは大変革を余儀なくされていたに違いない。

「アフリカ回りも、南アメリカ回りからも締め出されている我々は、北アメリカの北岸を回ってアジアに最短で到達する北西航路を発見しなければならない……」

大航海の時代、北西航路はアジアへの最短航路発見として各国がしのぎを削っていた。当時ヨーロッパから北西に向かい、北アメリカ大陸の北端を回って中国やインドに向かう最短距離の航路があるはずだとされていた。ヨーロッパから見て北東へ進みロシア沖を通ってアジアに到達する北東航路（北極海航路）も未開拓だったが、北西航路の方がより可能性が高いと信じられていた。一四九七年イングランド王ヘンリー七世がオリエントへの直通航路を探すためにジョン・カボットを派遣したことに始まり、その後何人もの探検が繰り返されたが、極寒と夏でも溶けない流氷、海氷、氷山に阻まれ、誰一人航路を発見するまでには至っていなかった。セバスチャンは男たちの話を食い入るような目をして聞き入った。

「北西航路の発見に立ち向かったマーティン・フロビシャーもハンフリー・ギルバートもイギリス人だ。この航路だけは他の者どもに譲るわけにいかない。これだけはなんとしてでも我々が発見しなければならないんだ」

男はその風貌、容姿に似合わずなかなかの博学者だった。荒くれ者の集まりというイメージがある船乗りの中にも、こういった知識を持った船乗りも決して珍しくはなかった。開かれたばかりの新世界の扉の向こうには、夢と希望とロマンに満ち溢れ、何よりもどでかく一発当てられるという野望が渦巻いていたのである。

「サー・ハンフリー・ギルバートは、一〇年前に死んだ。その志を受け継いでいるのが、サー・ハンフリー・ギルバートの継弟のサー・ウォルター・ローリーだったのだが……」

男が話の続きをしようとしたところで、いてもたってもいられなくなったセバスチャンが口をはさんだ。その場にいた全員がセバスチャンの顔を見た。セバスチャンは得意げに続けた。

「サー・ウォルター・ローリーはロンドン塔に送られていたが、解放されて次の計画を立てているんだ」

「ウォルター・ローリーっていったら、クイーンの許可なしに宮廷の侍女と結婚してロンドン塔に送られた奴だぜ」

痩せた船乗りがおどけた調子で口を挟んだ。「一時期はクイーンに目をかけられて、宮廷を牛耳っていたけど、今じゃその名前すら聞かないぜ」

「ロンドン塔はもう解放されたんだ」

「だけど宮廷に入れてもらえないそうじゃないか。女王の寵愛《ちょうあい》だけでは飽き足らず、侍女にまで手を出す色男が復帰するなんてことはもう無理に決まっているぜ」

セバスチャンは身を乗り出して熱くなりかけたが、レオナルドがセバスチャンの腕を掴みそれを止めた。

「確かにウォルターは、ハンフリーと一緒にニューファンドラウンドに行ったはずだ。そこの若造が言うように、ハンフリーが死んでしまったのがいけなかった。植民は結局失敗して権利を手放した。それでロンドンの投資家や一発当てたいごろつきどもがタバコとジャガイモに群がっているのが関の山だ。

そこにスペイン、ポルトガル、フランス、おまけにオランダまでも活発に動き出している。そこはやつらに任せておけ。俺たちは北西航路を開拓すればいいのさ」

太った髭もじゃの男がそう言った。するとすかさず痩せた男が訊いた。

「なんでそこまで北西航路にこだわるんだ?」

「俺は北西航路にこだわっているわけじゃないんだ。アジアに行きたいんだ。インドやモルッカ諸島には胡椒が溢れんばかりにある。キタイ(中国)には、上質の絹、陶磁器がある。胡椒の値段を知っているか? 俺がアフリカに行った時、ポルトガルの船乗りから聞いた話だが、胡椒はインドからリスボンに運ぶだけで、輸送量を含めた原価の五倍から六倍で売れるそうだ」

当時のヨーロッパ人にとって、胡椒、肉桂《にっけい》(シナモン)、丁子《ちょうし》愛(クローブ)、ナツメグなどの香辛料は貴重なものだった。特に胡椒は同じ重さの銀と交換されていたというから、超高級品だったのだ。それは当時のヨーロッパ人の食生活に由来する。ヨーロッパは緯度が高くて寒冷な地域がほとんどである。それ故小麦などの穀物以外に羊や豚、牛などの家畜を飼っている。ところが寒冷な気候のため、家畜が冬を越すだけの牧草を備蓄することができない。それで夏の間にまるまると肥らせ、繁殖用以外は秋に屠殺する。大量の肉は干し肉、燻製などにするが、ほとんどは塩漬けにして樽の中に保存する。これを冬の間に少しずつ少しずつ食べつないでいくのであるが、塩漬けといっても時間が経てばほとんどが腐った肉となる。その匂いの臭さは半端なものじゃない。そんな状況の中で十字軍の遠征などをきっかけに胡椒がヨーロッパにもたらされた。この胡椒を腐った塩漬け肉にふりかけるだけで、劇的に肉の臭みがとれてしまう。その上、味も数段良くなるし殺菌効果もある。当時のヨーロッパ人が一度胡椒の魅力に取りつかれてしまうと、二度と胡椒なしでは生きていけないくらいになってしまったのだ。

大航海時代が始まるまでは、インド商人、アラビア商人、イタリア商人と多くの仲買人を経ていたので、ヨーロッパに着く頃には驚異的な価格になっていた。そんな時代に、ヨーロッパから直接船でインドやアジアまで行けるとしたら大儲けできるわけだからヨーロッパの列強は、血眼《ちまなこ》になってその新航路を開拓した。その先駆者が、アフリカ喜望峰回りの航路を開いたバスコ・ダ・ガマや、人類で初めて世界一周に成功したマゼラン、西回りでインドに行こうとして偶然アメリカ大陸を発見したコロンブスたちである。ガマもマゼランも胡椒を船に満載してヨーロッパに帰港して大儲けしたのだ。ただインドに着いたと信じ切っていたコロンブスだったが、アメリカに胡椒はなかったのだった。

「だけどインドに行く航路はポルトガルとスペインに独占されているだろう？」

痩せた男がそう訊いた。

「そうだ、その通りだ。ポルトガルはインドのゴアやマラッカなどをおさえて航路を独占してやがる。スペインは新大陸から西回りでマニラを作りやがった……」

「俺たちにゃ、新大陸もアジアも何もないぜ、持ってるのは海賊だけだ、うひゃひゃひゃ……」

痩せたひょうきん男の品のない笑いに同調する者は誰もいなかった。

「これもポルトガル人から聞いた話だが、キタイのもっと東、海のはるか彼方に島国があるらしい。なんて名前だったか忘れたが、そこは莫大な金を産出し、宮殿や民家は黄金でできていて財宝に溢れているらしいんだ」

男はひそひそ話をするようにそう言ったので、まわりの男どもは耳を近づけて聞いた。皆がまるで少年の目つきになり、ガキ大将の冒険話を聞いているようだった。痩せた男も小声になって目を輝かせて言った。

「それじゃ胡椒と絹と陶磁器と、おまけに黄金まで手に入るのか」

「そういうことだ。アフリカを回ってインドに出て、そこからキタイまで行っても黄金の島国は、海の向こうのはるか彼方にある。時間も費用も莫大になる上、途中でスペイン・ポルトガルと何戦も交えなきゃならねえ……。そこでだ、ここから新大陸の北側を抜けて、あとは南西に走りさえすれば、あっという間に黄金の島国の目の前に着くってことさ。北西航路を見つければ、西回りで簡単に地球の裏側に出てしまえるってことなのさ……」

頭を囲み合っていた皆が、納得したと同時に顔を上げた。セバスチャンは素直にこの男の話に聞き入った。妙に説得力のある話だと思ったのである。

「いつ探検に出るんだ?」

セバスチャンが目を輝かせて訊いた。

「若造、船に乗ったことがあるか?」

「……」

「そんな白い顔をしたお坊ちゃまに、船の厳しさはまだわかるまい。これを見ろ」

男はそう言って左の長袖をめくり上げた。すると上腕部から肘にかけて二〇センチほどの長さの傷が盛り上がっていた。

「アフリカからの帰りに、ひどい嵐に見舞われた。マストの一本が折れて俺の脳天めがけて倒れてきやがった。それをとっさに左腕でかわしてできた傷さ。若造、船に乗るっていうのは遊びじゃないんだぞ」

「そうじゃない……、その話をローリーに聞かせて欲しいんだ」

セバスチャンのその言葉に、レオナルドは安易に関わるなと言わんばかりにセバスチャンを肘で小突いた。

「この野郎、まだローリーのことを言ってやがるぜ。ローリーはもう終わったんだ」

「いや、ローリーは必ず復活する。このまま終わるような人じゃない」

「女王の侍女に手を出すお方が、そんなお偉いのかよ」

「ローリーは野望を抱いた真のナイトだ。女王のことを誰よりも思っているからこそ、イギリスのために働きたいんだ……。ローリーは勇気ある冒険者なんだ」

セバスチャンが痩せた男に熱くそう語った瞬間だった。

「お兄さん、そちらのお方が言ったように、ウォルター・ローリーはもう終わっちまったんだ」

濃いエンジ色のビロードのケープを翻してナイト風の男が、割り込んできた。男三人を引き連れている。男は腰から下げた剣を見せびらかしながらセバスチャンに続けて言った。

「我が女王の寵愛を受けて、我がイングランドを背負っていくのは、紛れもなくエセックス伯なんだぜ。ローリーみたいな老いぼれの時代は終わったんだ。これからはエセックス伯を中心とした我々が世界を変えていくんだぜ。ここにエセックス伯がいなかったことを幸運に思いな。もしいたらお前たちみんな斬首刑《ざんしゅけい》だ、ははは……」

その言葉に連れの男たちもせせら笑った。

「今のエセックス伯にはそんなこと朝飯前さ。なんてったってクイーンは若くて美貌の我らがヒーローに首ったけだからな!」

「俺たちはただ静かにエールを飲んでいるだけだ。お前たち若造こそ、とっとと消えちまいな」

髭もじゃの男が凛々しくそう言い放った。

「えらく強気できたもんだな。ここでいざこざを起こして泣きをみるのはお前たちだぜ。ローリーにすがったところで、ロンドン塔送りになるのが関の山だ」

絡んできた男がセバスチャンの首に巻きつくように腕を回して耳元で言った。

「ローリーと一緒だ、あんな老いぼれは放っておけ。お前はまだ若くて見込みもありそうだな。どうだ、俺がエセックス伯に取り合ってやろうか。俺たちの仲間に入ったら、それだけでイギリスの英雄の仲間入りができるぜ」

セバスチャンは男の言葉が終わるか終わらないうちに、回された腕を振り払い、「エセックスにも、宮廷にも、俺は何の興味もない。俺はただ世界を変えたいだけだ」

「この野郎!」

男はそう言って腰から剣を抜いた。

「お前たち、やめろ。こんなところで騒ぎを起こすもんじゃない」

髭もじゃの男はそう言って収めようとしたが、剣を抜いた男はそのメンツにかけて引くに引けなくなってしまっていた。男は剣の先をセバスチャンの喉に向けて、「なめるなよ」と言った。セバスチャンはたじろぎながら、右手でテーブルをまさぐり、エールが半分入ったカップを握り、相手の顔を目かけて投げつけた。男が一瞬たじろいだその隙に、壁に飾ってあった剣を取り男と対峙して剣を構えた。

「格好だけは一人前だな」

男はそう言うと、セバスチャンに襲い掛かった。セバスチャンも負けてはいない。実戦経験はないものの、剣の修行は得意中の得意だったので、相手の攻撃を見事にかわした。響き渡る剣と剣がぶつかり合う音、飛び散るカップとエール、逃げ惑う客、面白がっている取り巻き、止めようにも手が付けられない年老いたバーテンダー、店の中は一瞬で騒然となった。

当初は遊び気分の男も、セバスチャンの真剣さに次第に顔つきが変わっていった。剣が交われば交わるほど、自分に力がついていると実感していくセバスチャンは怖いもの知らずだった。剣を抜いたら怖気づくとたかをくくっていた男は、ここまで真剣に刃向かってくるとは夢にも思わなかったし、相手の本気さに剣を抜いたことに後悔もした。ここまできたら引くに引けない。この若造にやられる前にやらなければ……。エセックス伯の名誉のためにも負けるわけには絶対いかない。剣を持つ手にだんだんと力が入っていった。髭もじゃの男は二人の形相にこのままいけばどちらかが死んでしまうので早く止めないとと焦っていた。

本気になった男の攻撃に、後ずさりしながら剣を必死でかわしているセバスチャンは、テーブルの上に跳ね上がった。相手の瞳孔が開き、ここぞとばかりに剣を力いっぱい突いてきた瞬間、セバスチャンの右足が男の剣を握っている拳を蹴り上げ、剣が宙に舞った。すかさず男の顔面を蹴り上げると男は勢いよく後ろに飛んで倒れた。セバスチャンは跳ねるようにテーブルから飛び降り、男に馬乗りになって剣先を男の喉もとに突きつけた。セバスチャンの血走った形相を見た男は恐怖でおののいた。本気でやられると思ったからだ。その時レオナルドがセバスチャンの腕を掴んだ。

「やめろ、セバスチャン……」

その一言で我に返ったセバスチャンは剣を放り投げた。その時外で見張りをしていた痩せた男が「仲間がきたぞ」と、店に駆け込んできた。

「裏口から逃げよう」

髭もじゃの男が、セバスチャンとレオナルドを促し、痩せた男と四人で裏口から大通りと反対側の狭い路地に出た。追っ手に追われながら四人で走っているうちに、「二手に分かれよう」と髭もじゃの男が言った。「俺の名前はジョン、ジョン・バッカスだ」

「俺はセバスチャンだ」

「セバスチャン、あんまり無茶するなよ。命がいくつあっても足りないぜ」

「あんたの話、もっと聞かせて欲しかったぜ」

「縁があったらまたどこかで会おう」

その言葉を最後に路地を二手に分かれた。ロンドン特有の細かい雨が降り出してきた。セバスチャンとレオナルドは、冷たい雨に濡れながらロンドンの場末の路地を一目散に走り続けた。

セバスチャン・コーウェルの父、ジェームズ・コーウェルは毛織物業で財を成した。ジェームズはブリストル郊外の農村で広大な農地に牧草を育て大量に羊を飼い、その羊毛をアイルランドやネーデルラントへ輸出していたのである。ブリストルはイングランド西部、ロンドンの西一七〇キロほど離れた港湾都市であり、当時ロンドンに次ぐ都市として、ヨーク、ノリッジと並ぶ三大都市のひとつだった。一〇世紀は商業港として栄え、十一世紀初頭には羊毛貿易の中心地になり、それ以降毛織物工業で隆盛した。ジェームズは爵位を持たないジェントリーの階級であったため、男爵の下に位置し貴族ではなかった。

イングランドにおける絶対王政の最高潮は、エリザベスI世の時代に極めた。エリザベスは封建制度のピラミッドの頂点に立ち、そこから厳格な階級社会が構成される。この時代の金持ちのほとんどがそうであったように、喉から手が出るほど欲しいのは爵位である。それがこの時代の社会的尊厳のすべてと言っても決して過言ではない。爵位はエリザベスによって与えられるものであるため、エリザベスに何らかの形で認められなければならない。それ故、国に奉仕するというより、女王の利益を最優先する。女王のために命も惜しまないという風潮があったのも当然の事といえば、当然のことであった。

マゼランに次いで人類史上二人目の世界一周を成し遂げたフランシス・ドレークは、私掠船の船長だった。私掠船とは戦争状態にある敵国からその船や積荷を奪う許可を得た個人の船のことを指す。いわばエリザベスが海賊に許可を与えたようなものだ。ドレークは新大陸アメリカ・南米から財宝を満載して帰国する敵国スペインやポルトガルの船をたびたび襲撃し、国家予算をしのぐほどの莫大なる財宝をエリザベスとイングランドにもたらした。それらの功績に対してドレークはエリザベスから叙勲されサーの称号を受けている。一五〇〇年代というヨーロッパ激動の時代、イギリスはまだまだ弱小国だった。スペインやフランス・ポルトガルの大国の狭間で、何とか国家の独立と発展を図ろうと必死な状態だったのだ。そんな中、封建制度のピラミッド型階級社会が、イギリスの大発展の基礎になっていったこともまた事実なのである。

ジェームズ・コーウェルは、自分が爵位をとるよりも自分の息子にその夢を託した。グラマースクールまで地元ブリストルで学ばせ、卒業と同時に当時宮廷に出入りしている者たちのお決まりのコース、オックスフォード大学からテンプル法学院に進んだ。卒業後はウォルター・ローリーの異母兄弟であるハンフリー・ギルバートが、貴族と紳士の息子を教えるために設立したアカデミーに入ることが決まっていた。そこからのコネで宮廷に出入りさせるつもりでいた。

当のセバスチャンは金持ちのお坊ちゃまというより、男の夢と冒険に憧れるやんちゃな青年である。性格は明るく誠実で正義感が強いのであるが、反面実直で向こう見ずで一本気なところもあった。勉学はそこそこ優秀で、それよりも熱中したのが剣術だった。腕前もなかなかのものだった。父ジェームズはセバスチャンを、ゆくゆくは国のトップエリートである枢密院のメンバーにしたかった。それによりコーウェル家は女王またはキングと深い関わりを持つ名家になり、イングランドにおいて未来永劫発展し続けることは間違いないと信じてやまなかったからだ。しかし当の本人はそんなことにおかまいなく、ひたすら剣の修行に励み、いつかとてつもない冒険か、国の命運を握る戦争に行って功績をあげたいと願っていたのである。セバスチャンの思い入れは半端なものではなかった。それは女王エリザベスに気に入られたいレベルのものではなく、自分がイングランドの未来を担う、ひいては自分こそが世界を変える男だと真剣に夢見ていたのである。

四

ローリーはロンドン塔から解放されて以来、妻のベスとともにシャーバンに隠棲《いんせい》した。五〇〇年前にソールズベリー大主教のロジャーによって造られたこの城は、金色の砂岩でできた城壁に包まれていて、大主教の公邸と要塞を兼ねたものとして使われていた。たまにウェストミンスターに行く用事があると、二人でロンドンへ上京することもあり、その時はエリザベス女王からもらい受けた町屋敷ダラムハウスに泊まっていた。

その日ウォルター・ローリーはダラムハウスの書斎にいた。仕立ての良い上着（タブレット）に、襞《ひだ》襟《えり》（ラフ）は最高級のレースで、襟元にやわらかな襞を作り、長く艶のある髪がカラーにかかっている。さすがに女王が寵愛する色男だけのことはある。華やかな存在感、魅力溢れる生気を感じさせる男なのだ。部屋中に濛々と立ち込めるパイプの煙の中、珍しく枢密院の首相ロバート・セシルが座っていた。他に地理学者リチャード・ハクルートと、ローリーの船の艦長ロレンス・キーミス、ローリーの部下で船乗りの男二人もきていた。テーブルの上には地図や海図が広げられていた。

リチャード・ハクルートはローリーにとってかけがえのないブレーンであった。地政学的戦略家であるハクルートは地図や航海に関する著作に一生を捧げた。彼は植民地への入植者を集めて、アメリカの海岸に居留地を開かなければならないと主張し、未来の「大英帝国」が実現すると信じ切っていた。

「石に囲まれたロンドン塔から出ることができた。神は私に味方している。私の大きな志を叶えるために、今ここにチャンスをお与えくださった」

そこにいた全員がうなずいた。ロバート・セシルだけは、ローリーが幽閉される時、何も助けてやれなかった後悔があったので、黙って下を向いた。

「我が国を見ろ。我々は一体何をしているんだ！　世界が大きく動き出しているというのに何もしていない、何も感じていないんだ。暗いロンドン塔に閉じ込められている間にも、今ここでエールを呷《あお》っている間にも、スペイン人どもは北アメリカ、西インド、オリノコ川流域から、南アメリカまで一大帝国を築きあげようとしている。フランスは北アメリカをぶんどろうとしている。ポルトガルは新航路を切り開いて、世界を広げていっている。なのに我々ときたら私掠船《しりゃくせん》に乗った海賊どもが、新世界から莫大な財宝と財産を満載したスペイン船を襲って稼いでいるのが関の山だ。つまり我が女王が新しい世界の大編成に、全く関わっていない！　これは大問題だろ、ハクルート」

話を聞いていたハクルートは無言でうなずいた。

「我が女王のイギリスが世界の国々の中で、その面目と権力を見せ付けるためには、スペインのフェリペ王よりももっともっと大きな新世界を獲得しなければならない。ハクルートの言う大英帝国の建設のために……。誰かが陛下のために、新世界を手に入れなければならない。女王から最高の名誉に与り歴史に名を刻める絶好のチャンスがここにある。舞台は丸ごと世界そのものだ」

エリザベスの心を掴んだだけではなく、宮廷で並み居る曲者を圧倒してきただけの男である。その話しぶるには聞き入る者を魅了して巻き込んでしまう力強さがあった。

「私はハンフリー・ギルバート継兄さんと新大陸ロアノーク島へイギリスで初めて植民地を作った。かの地をバージン・クイーンエリザベスにちなんでバージニアと名をつけたのもこの私だ。しかしロアノーク島は失敗に終わった。なぜだかわかるか？」

パイプの煙が濛々《もうもう》とたち込める中、ローリーは皆を見渡した。

「スペインのアルマダ（無敵艦隊）がきたからさ」

ロアノークでの失敗をハクルートに詫びるようにそう言った。

「アルマダを迎え撃つために、二年間ロアノークへの補給ができなかった。入植に失敗した……。しかし我々には新しい未来、新しい世界がある。スペインもフランスも蹴散らして、我がクイーンのイギリスこそが、世界の覇者にならなければならない、そうだろハクルート」

「確かにローリーの言う通りだ。新しい世界で新しい領土を獲得して新しいイギリスを作らなければ、スペインに対抗できるだけの力をつけられない。そのためには入植して植民地化しないと力は生まれてこない。各地に新しいイギリスができていくと本国との貿易もできる。本国のウールを売る市場も作れるし、各地の天然資源を本国に供給できる。そこに黄金でも見つかれば、太陽さえも手に入れることができるはずだ」

「しかも夢と野望にとり憑かれた連中はこぞって新世界に打って出られる。男のロマンが溢れている。そのためには、誰かが冒険に出なければならない。誰かが探検しなければならない……。その場所はギアナだ」

「ギアナ?」と小さく叫んだのはキーミスだった。

「光り輝く太陽のエネルギーが世界の中で一番集結している場所、そこは黄金に埋め尽くされた永遠の黄金郷、エルドラードだ! 実は一〇年前に俺とハクルートで出した本、『西方植民論』の中にトリニダードに集まり始めたイギリス商人から聞いたエルドラードについての情報を入れておいた。それはギアナのオリノコ川流域を含んだ地域がまだスペインの領有からはずれていて、金・銀・宝石が手に入る町が多いということなのだ」

『北西航路も、北東航路も、莫大なる費用と時間がかかる。アジアは締め出されているし、新大陸も出遅れている。ギアナは距離的にも負担がかかりにくいし、入植には適しているかもしれない」

「ハクルート、今回は入植している暇はない。植民は時間がかかりすぎてすぐに利益を出せるものではない。それはロアノークで痛いほど経験している。それよりもエルドラードだ。伝説にある黄金都市を見つけ出して、そこにイギリス帝国を建設するのだ。黄金都市さえ手に入れれば、そこから世界を席捲できる」

ローリーは夢心地に浸る少年のような瞳でそう言った。

「ギアナにエルドラードがあるっていうのは本当に間違いはないのですか? 閣下」

キーミスはローリーの夢見心地を打ち破ってしまうのを覚悟の上でそう訊いた。女王の寵臣《ちょうしん》の座をエセックス伯に奪われ、何とか宮廷での信頼を取り戻すために、目の前の黄金に焦って目がくらんでいるのではないかと直感で不安を感じていた。ローリーはそんなキーミスの不安を払拭するように続けた。

「かなり前のことなんだが、私の部下に私掠船を任せたことがあった」

一人の部下を指差しながらそう言った。「彼はスペイン船を捕獲して、捕虜とともにロンドンに帰ってきた。その捕虜のスペイン人の中にペルーの滞在歴が長くインカ文明に詳しい男がいた。その男が言うには第二のインカ文明が内陸深くに存在し、黄金の人（エル・ドラード）が王として君臨し、マノアという名の町が大きな湖のほとりにあり、王は金粉を身体に塗ってから湖に入り儀式を行うのだそうだ。そうだろ?」

「間違いなくそう言ってました」

「しかし……、それはあくまでも伝説なんだろ……」

初めてロバート・セシルが皮肉まじりにそう口を開いた。

「いいかロバート、すべては伝説から始まるんだ。伝説は強烈な想像力を養う。その養われた強烈な想像力こそが与えられたイメージを新しい現実に変えてゆくんだ。調査は終わっている。実は部下を二人トリニダードに派遣していた。説明してくれ」

指名を受けた部下は意気揚々とロバート・セシルに向かって話し始めた。

「私はトリニダードとの総督《そうとく》ベリオと現地人の首長たちに会い、マノアについての情報を得てます。マノアは確かに存在し、その情報のすべてはサー・ウォルターに報告してあります」

「私はキャリア島に閉じ込められていたイギリス人パーカーを救出しました」

「そのことは私も聞いている。僻地《へきち》で閉じ込められていたイギリス人をよくも救い出してくれました。感謝します」

セシルはそう言って、部下の男に会釈した。

「私は救出したパーカーからオリノコ河口の難所パリア湾の航海術を聞き出しました。それにトリニダードに向かう途中、スペイン船を捕獲し押収した文書の中にオリノコ川を一五九三年に調査したスペイン総督ヴェラが書いたスペイン王に宛てた報告書を見つけたのです」

「それがこの報告書だ」

ローリーがそう言って、しおれた紙束を掲げると、セシルとキーミスが身を乗り出した。

「ここには黄金都市への入り口をオリノコ本流に流れ込むカロニ川の河口、場所は河口から二五〇マイル上流、大きな湖のあるところと限定している」

さっきの伝説にあった大きな湖のほとりにある黄金都市マノアの場所なんですか？………」

キーミスが訊いた。

「そういうことだろう」、ローリーが自信ありげにそう答えた。

「マノアの場所が限定されたということですか？………」

冒険心溢れる船乗りのキーミスは目を輝かせてそう言った時、さっきまでの不安はかき消されていた。

「大事なことは……」

イギリス宮廷を代表してエリザベスの使者となり、極秘裏にスペインと政治的折衝を繰り返しているセシルが続けた。

「大事なことは、その報告書がスペインに渡っていないことだ」

「その通りだ。情報は今ここに存在しているんだ」

「それが本当なら世界が変わるな」

「間違いない、変えられる。マノアがスペインの手に渡る前に、我々が見つけ出さなくてはならない」

一息ついて、少なからず冷静さを取り戻したセシルが、「夢のような話だな……」とつぶやいた。

「ロバート、いいか……、すべての偉大なことは、誰かが描いた夢から始まるんだ」

セシルは黙ってうなずいた。その場にいたそれぞれがそれぞれの思いを巡らせていた。

「サー・ウォルター、つまり女王の特許状が欲しいというわけだな。それで俺をここに呼んだんだろ」

ローリーは笑いながら、「その通りだ。ここに女王への手紙を書いてある」と言ってセシルに差し出した。「ロバート、今回はあくまでも調査なんだ。ロアノークのような失敗は二度と許されない。夢をゆっくり確実にものにしてゆく」

「わかった。女王にはタイミングを見て、うまく取り計らおう」

「我が友、頼んだぞ」

「それよりも一日でも早く成功して、エセックスを追い出してくれ。あいつは女王だけではなく、イギリスを潰してしまう奴だ」

「特許状さえ取ってくれれば、後は俺に任せてくれ」

セシルは先に一人で宮廷に戻った。残されたメンバーを前にしてローリーが言った。

「夢の扉は開かれた。航海の準備に入ろう。ハクルートも手伝ってくれ。ロンドンの有力者に取り計らって欲しい」

全員がしっかりとうなずいた。

「未来は自分自身の夢の美しさを信じる者の手の中にあるんだ。それだけは忘れないでくれ」

ローリーには神秘的なカリスマが漂っていた。この時の誰もがマノアの存在を疑うことはなかったのであった。

五

年が明け、一五九五年を迎えた。ロバート・セシルは、ローリーから預かったエリザベスへの手紙をなかなか渡すチャンスがなかった。エリザベスの体調が優れないことと、アイルランドとの紛争の心労も重なっていたからだ。

この年にアイルランド九年戦争が始まるのだが、年が明けたばかりの頃は大きな事件もなく比較的穏やかに過ごすことができた。そんな宮廷内の空気の中、エリザベスの機嫌が朝からすこぶる良かった日があった。ロバート・セシルにとっては、待ちに待った日だった。昼下がりのゆったりとした午後、ホワイトホール宮殿の執務室で、エリザベスがローリーの特許状に目を通しているのを、机のすぐ横でロバート・セシルが見守っていた。

「ウォルターには会ったの？」

「はい、会いました」

「元気そうだった？」

「はい、元気にしておられました。サー・ウォルターは少年のようにエルドラードの夢を語っておられました」

「そう……、あの人らしいわね」

「この特許状は非常に喜ぶことだと思います」

『ウォルターはどれくらいの期間行く気なの？』

特許状にまだ目を通しながらそう訊いた。

「今回は調査ということで短期間だと思います」

「それが条件ね」

ロバートは赤ん坊の時、召使の不注意で床に落とされたのが原因で、腰が曲がり背中が湾曲している。そのため、「サー・ロバート・セシル」ではなく、イギリスでは「せむし男ロバート」、フランス人からは「せむしの旦那」とあだ名で呼ばれている。その背中が曲がったロバートが小首をかしげた。

「あの人は必ず必要な時がくるはずよ。私にではなくてこのイングランドにね。だから国外に長居させてはダメよ。いつでも私の目の届くところに置いておいてちょうだいね」

ロバートは一礼して「承知いたしました」と言った。エリザベスは慣れた手つきで羽根のついた豪華なペンを取り、ペン先をインクに浸し署名しながら、「ベスは元気なの？」と訊いた。

「はい、奥方様も元気でおられます」

「そう、それはよかった……」

エリザベスは署名したてのまだインクが乾ききらないままの特許状を差し出した。ロバートは礼をしながら丁寧に両手でそれを受け取るとそのまま後ろに下がりもう一度礼をした。

「いいロバート、くれぐれも言っておくけど、航海は短期間ですよ」

「承知いたしました」

ロバートがそう言ってから振り向いてその場を去ろうとした時、緑がかった黄金色に輝く見事な上着（タブレット）を身にまとったエセックス伯が颯爽と入ってきた。

「おや、小熊ちゃんがきてたのかい」

「おやめなさい。仮にもこの国の首相に向かってそんなことを」

「お気に召さなかったら失礼します、陛下」

悪戯っぽくそう言うと、エリザベスに向かって軽くお辞儀をした。

「あなたは若くてハンサムだけど、その若さがまだまだ未熟ね」

エセックス伯はエリザベスの言葉を無視して、ロバートが手にしている特許状に目を走らせた。

「また誰かが航海に出るのかい？」

「はい、サー・ウォルター・ローリーがギアナへ行かれます」

「サー・ウォルター・ローリーだって。あいつまだ生きてたのか。あいつの時代は終わったんだ。これからは僕が陛下をお守りして、僕が陛下に尽くして大きな仕事を成し遂げるんだ」

「それなら、あなたがローリーより優れているってことをきちんと証明してみせなさい」

「僕にもっと権力を与えてくれたら、僕はこの世で最も偉大なる陛下のしもべだってことを証明してみせます」

「ロビン（エセックス伯）や、権力は自分で勝ち取るものよ」

エリザベスはそう言いながら立ち上がり、ロバートに手で出てゆくように合図した。ロバートはこの傲慢で軽率な若者から解放されることを幸運に思った。

女王の特許状を手にしたロバートは、心の中でほくそ笑んでいた。旧知の親友ウォルター・ローリーに復活の期待をかけていたからだ。ローリーの宮廷への復帰と権力への復権はそのままエセックス伯の失脚につながる。エセックス伯の無能さはロバートのみならず、枢密院全員の思いでもあったからだ。


シャーバンの周辺は、ブラックモア渓谷へと傾斜している草地が広がっている。この古めかしいシャーバン城をローリーは好きだった。天守のやぐらには、宗教的というよりは戦のために建てられたノルマン風の小さな礼拝堂がある。礼拝堂にはローリーよりも、妻のベスがよくここにきて自分だけのお祈りの時間を持つことがあった。それは常にローリーの身を思ってのことであり、ローリーの情熱が叶うことを願う反面、危険な航海に行かないで済むようにと複雑な思いでお祈りを捧げていたのだった。天守のやぐらの下に居間として使っている部屋には、きらびやかな装飾が施された横に大きく広がったチューダー窓があった。庭に広がる庭園は荒れてはいたが、手入れをすれば色とりどりの花木に囲まれて、それは美しく四季を彩るだろうとベスは思っていた。

ベスにとってここの生活は十分に気に入っていた。権力と欲望と欺瞞《ぎまん》と虚栄が駆け引きされる宮廷の生活より、自然に囲まれたここシャーバンでローリーと、これから生まれてくるであろう子どもたちと仲睦まじく、小さくても温かくてやさしい毎日を過ごせたらどんなに素敵かを考えていた。なのにどうして男というものは、夢や情熱に命をかけてまで突き動かされるのか理解できなかった。ベスはエルドラードへの特許状が下りることには猛反対だったのだ。

この城の生活の不便さをわかっているローリーは、隣の土地に新しい住居用の建物の建築の必要を感じていたが、新しい住居を建てるとなれば、ここに長居することを認めてしまうことになる。宮廷から追い出され、ロンドンから離れたこの場所で生活するとなれば、自分の野望の敗北を意味することになってしまう。エリザベスの寵愛《ちょうあい》を取り戻すというよりも、自分が思い描いている壮大な夢を実現するために、女王の信頼を取り戻さなくてはならない。そしてもう一度ロンドンのダラムハウスに住まなければならない思いが、新しい住居の建設を躊躇させていたのである。

秋の夕暮れのシャーバン城は目を見張るほど美しい姿をしている。丘陵の緑の中、古い城壁が真っ赤に染まっていくのである。ローリーが馬を走らせてシャーバン城に着いた時は日が暮れかけていた。ローリーは馬から降りると馬丁に手綱を渡し、城の中に入っていくと女中のジョウンを見つけ、「ベスは?」と訊いた。

「奥様は恐らく天守の礼拝堂におられるかと……」

ジョウンの返事を最後まで聞かず、ローリーは石でできたアーチ状の古い階段を駆け上った。礼拝堂に着くと、ベスが膝をついてお祈りをしているところだった。ローリーは柱にもたれかかってそれを見守った。お祈りの済んだベスが立ち上がり振り向いた瞬間にローリーを見つけた。

「あなた……」

「かわいい僕のベス、こんな時間に何をお祈りしていたんだい?」

「秘密よ」

ローリーはベスに駆け寄り、力いっぱい抱きしめた。

「どうしたの、あなた」

ベスの言葉を無視するかのようにキスをした。

「何かあったの？」

ベスに期待と不安が入り混じった感情が湧き起こった。

「特許状が下りたんだ」

「まぁ！」

ローリーは人生最後の希望のともし火を見たかのようなうるんだ瞳でそう言った。ベスはローリーの情熱が叶うのをお祈りしたことが通じたと思った反面、危険な航海に行かなくて済むようにお祈りしたことは通じなかったと心の中で思った。

「ベス、これから忙しくなるぞ。すぐに航海の準備に入る」

不安がるベスの心を察しているローリーは続けた。

「情熱なしに達成された偉大なことなどこの世にひとつもない。未来を切り開くために、今、革命的な進化が必要なんだ。わかってくれ、かわいいベス……」

「止めても行くでしょ。だったら悔いのないように精一杯やってきてください」

「ありがとう、ベス……」

ローリーはそう言ってもう一度ベスを力いっぱい抱きしめた。

六

居酒屋マーメイドにはあの騒動以来、エセックス伯の仲間たちはこなくなった。場末の酒場でいざこざを起こしても何の得にもならないと悟ったのだろう。

ローリーが特許状を手にしたことを先に知ったのはレオナルドだった。

「ギアナ?」

セバスチャンがレオナルドにそう訊いた。

「女王の特許状が下りたので、ローリーはもう準備に入ってるらしい」

「ギアナってどこだ?」

「新大陸の南だ。なんでもエルドラードっていう黄金郷を見つけるっていうのが、ロンドン中の船乗りの噂になっているらしい」

「いつ行くんだろう?」

「詳しくはまだ決まっていないだろう」

マーメイドはいつになく賑わっていた。酔っ払った船乗りの一団が、羽振りよさそうにカナリア島のワインを飲んでいた。

「この間会ったジョン・バッカスを覚えているか？　レオナルド」

「ああ、髭もじゃの海賊みたいな男だろ」

「あの男の話、どうも気になるんだ」

「……」

「キタイの東にあるという島国、黄金の国……」

「あの男の話を信じるのか？　あんな浮いた話、ロンドンのあちこちに転がっているぜ」

「何か気になるんだ」

「今の時代は、新世界、大航海、大儲け話、黄金……、そんな絵空事みたいな夢で満たされている。それにかこつけて、詐欺まがいの投資話もごまんとある。簡単に人を信用するものじゃない」

「それはそうだと思うんだが……」

「それよりローリーの黄金郷の方がよっぽど信憑性があるんじゃないか」

「そうだな、ローリーも何の根拠もなく特許状まで手に入れることはないだろうな……」

セバスチャンは、しばらく考え込んだ。

「俺、ローリーに会うよ」

「会ってどうする？」

「ギアナに俺も連れて行ってもらう」

レオナルドは呆れた顔をして、「今はやめておけ」と言った。

「毎日毎日、ここにじっとしてられない」

「気持ちはわかる。でも今は動く時ではないぞ」

「ローリーに直談判しに行く」

「航海は長いぞ。航海の船に乗ったことがあるのか？」

「いやまだない……」

「大変だぞ」

「ちょうどいい機会じゃないか。航海の船に乗れるチャンスじゃないか」

「簡単に考えてはダメだ。長い長い航海だぞ、船員は誰一人として無駄な人間はいない。船長以下司令官や航海士、水先案内人、それに水夫は幾多の困難な航海を経験してきた熟練の船乗りが選ばれるのが常だ。しかもスペインやポルトガルの船に襲われる危険性もある。そうなれば武器を備えておかねばならないし、戦い慣れた大砲の撃てる水夫も必要だ。航海は命がけなんだぜ。セバスチャン、君が考えているような甘ったるい世界じゃない」

沈着冷静なレオナルドはわがままな子どもを諭すようにそう言った。

「航海に経験が必要というなら、誰にも最初があるんだ。最初があるから経験を積んでゆける。その最初の一歩を踏み出したいだけなんだ」

「でも、今回はローリーも命をかけてやるはずだ。君が選ばれることはまずないだろうよ」

「決めるのはローリーだ。とにかくローリーに会いに行く。物事を始めるのにインスピレーションを待っていてはダメだ。行動こそがインスピレーションを呼び起こすんだ」

レオナルドは、口で説明してわかる相手ではないのは十分承知していたので、セバスチャンの気が収まるのなら、やりたいようにやればいいと思っていた。

　カナリア島のワインが効いてきたのか、船乗りの一団は陽気に歌を歌い出し、グラス片手に踊る輩も出てきた。この夜のマーメイドは楽しい一夜となっていった。

　セバスチャンとレオナルドは、店を後にした。秋のロンドンの夜は冷え込みが早い。ボゥラハイストリートに出て、テムズ川まで二人で歩きロンドンブリッジの手前で別れた。レオナルドはロンドンブリッジを渡り、セバスチャンは橋の手前を左へ、サザクの方へと歩いていった。暗い石畳の道が続いていた。セバスチャンは両脇に手をはさみ、肩をすぼめて帰路を急いだ。その時、道の脇で馬車が止まっているのが目に付いた。男が二人馬車に向かって何やら大きな声で叫んでいた。セバスチャンが近づいてゆくと、男の一人が馬車の手綱を持っていた下男を乱暴に引きずり降ろした。もう一人の男が馬車のドアを開け、乗っていた女たちを外に出そうとしていた。

「何があったか知らないけれど、やめろ」

　セバスチャンが男たちに向かってそう言うと、男たちを力ずくで馬車から離した。馬車の中から女中と思われる老婆と、一人の女がうつむきながら降りてきた。女が顔を上げると、セバスチャンと目と目が合った。と、その瞬間、セバスチャンの心はその青い瞳に吸い込まれていき、全身に衝撃が走った。

「何なんだ、お前は」

　男のその言葉に、セバスチャンはまだ女の瞳に心が奪われていた。

「こいつたちはカトリックだぜ。我が女王の名を汚す異端児はこのロンドンから抹殺しなければならないんだ」

過激な挑発にセバスチャンはやっと我に返った。

「カトリックであろうとプロテスタントであろうと、か弱き女性を責め立てるのはよくない」

「何を言ってやがる。異宗徒は火あぶりの刑にされるんだぞ。こいつたちは魔女で、悪魔なんだぜ」

老婆が、「お嬢様、大丈夫ですか？　中に入っててくださいまし」と言った。セバスチャンは自分の背後に三人を回し、男たちと対峙した。

「もしかしてお前もカトリックか？」

「俺はブリストル出身、セバスチャン・コーウェル、テンプル法学院のプロテスタントだ」

「じゃなぜ助ける？　助けるだけでお前も火あぶりにされてしまうぞ」

「この人たちがカトリックという証拠は何もないだろ」

「この近くで、カトリックの隠れミサがあったんだ。こいつらはその帰りなんだぜ」

「私どもは、ロンドンからグリニッジの住まいに帰るところです」

老婆がセバスチャンの肩越しにそう言った。

「何しにロンドンまできたんだ？」

「お嬢様がロンドンに滞在されていたのを私どもがお迎えに上がり、これよりグリニッジのお住まいまでお送りするだけでございます」

「嘘をつけ」

セバスチャンは、男の言葉を無視して女たちを馬車に乗せ、下男を馬車の前に乗せて手綱を持たせた。

「そんなことをして無事で済むと思っているのか？」

下男は勢いよく手綱を引くと、馬車を走らせた。石畳の上を駆け抜けてゆく馬の蹄《ひづめ》の音が霧の中に響いていった。

「カトリックの隠れミサを突き止めるのに、どれだけ苦労したと思ってるんだ」

男はそう言うと、静かに剣を抜いた。

「お前がたとえ何者であろうと、この場を見過ごすわけにはいかない」

もう一人の男も剣を抜いた。セバスチャンは身構えた。「殺られる」、そう思った瞬間、別の馬車が近づいてきた。何やらただ事ではない様子に、窓から顔を覗かせたのはハンス牧師だった。

「これは、これは、どういうことだ、セバスチャンに、ロバート……。なんだジョンも一緒か」

「ハンス牧師」

三人は姿勢を正して、馬車に向かって一礼をした。たまたま通りがかったハンス・ブライアンは、ロンドンでは有名なプロテスタントの牧師だった。過激なカトリック狩りを行う急進派と違って、ハンスは穏健派の牧師だった。奇しくもハンス・ブライアンに、襲った二人組の男たちとセバスチャンと両方に面識があったことが、セバスチャンには幸いした。

「セバスチャン、乗りなさい」

ハンス牧師が馬車のドアを開けながら続けた。

「ロバート、ジョン、彼はテンプル法学院の生徒で私もよく知っている。何かあったか知らないけれど、今夜のところは私に免じて許してやってくれ」

ロバートとジョンは、ハンス牧師のその言葉に渋々剣を鞘《さや》に収めた。

「走りなさい」

ハンス牧師のその言葉に馬車は二人を残して走り出した。

「無茶をするな」

自分は悪くないと悪態をついているセバスチャンは、悪者にされたことが少々不満だった。

「ロバートとジョンは、枢密院の亡くなったウォルシンガムの直結の残党で、国内のカトリックを根こそぎ壊滅させようとしている。あの二人の腕は超一流だ。何があったか知らないけれど、あのままでは確実に殺されていたぞ」

「……」

「いいか、セバスチャン、命がいくらあっても足りないぞ。今はおとなしく勉学に励め」

ハンス牧師の言葉にセバスチャンはうわの空だった。

「ん……、セバスチャン、聞いておるのか？」

ふっと我に返ったセバスチャンは、「聞いてます……、聞いてますよ、牧師様」と、言った。

「今夜のところは送っていくが、たまに教会に顔を出さないと、本当の異宗徒になって火あぶりにされてしまうぞ」

ハンス牧師はセバスチャンにそう言った。セバスチャンの頭の中には、馬車に乗っていた女のことしかなかった。

どんよりとした霧が立ち込めた夜だった。

ウォルター・ローリーがダラムハウスにいるという情報を掴んだセバスチャンは、早速会いに出掛けた。テムズ川沿いにあるダラムハウスは、もともと宮廷を訪れる国賓を迎えるために建てられたものだったので、立派な外観をしていた。

建物の入り口で重厚なドアをノックした。中から女中のジョウンが出てきた。

「何か、御用で」

「私はテンプル法学院のセバスチャン・コーウェルという者です。是非、サー・ウォルター・ローリーに拝謁《はいえつ》したくて参りました」

その時、ベスが庭を横切ってドアに近づいてきた。

「どうしたの?」

「はい奥様、このお方がご主人様にお会いしたいと申しておられます」

ベスはセバスチャンを見た。きれいな金色の髪が艶々光っている。まっすぐで真面目だからこそ危なっかしい青い瞳、筋の通った高い鼻、すらっとした高い身長、長い足……、ベスは直感で、一〇年後、二〇年後、ローリーに劣らぬいい男になるだろうと感じていた。

セバスチャンは拝謁の内容を訊かれると予想していたが、ベスは「それにしても男ってどうしてこんなにも夢や冒険が好きなんでしょうねえ……」と半ば呆れ加減で独り言のようにそうつぶやいた。

「わかりました。とりあえず主人に聞いてみますわ」

ベスはそう言ってジョウンとともに建物の中に入っていった。しばらくするとベスが一人で出てきた。

「どうぞ……」

ベスはセバスチャンを招き入れ、天に突き立った塔の中のローリーの書斎に案内してくれた。セバスチャンは、ダラムハウスが外から見るよりもはるかに広くて大きく、派手でもなく地味でもなく、瀟洒《しょうしゃ》なところだと思った。そしてそれと同時にベスのちょっとした身のこなし方、喋り方、品の良さ、醸し出している大人の女の魅力に、ローリーが人生を投げ打ってでも一緒になりたい女だと思うことも無理ないのかと若いなりに感じていた。

ベスはドアの前で立ち止まり、ドアをノックした。中から声が聞こえ、ベスがドアを開けると部屋の中はタバコの煙が充満していた。ローリーは机の上に海図と地図を広げて、キーミスと打ち合わせ中だった。

「失礼します」

セバスチャンがそう言って中に入ると、ベスが「グッドラック」と小さく声をかけてドアを閉めた。

ローリーが振り向き、セバスチャンに椅子に座るよう手で促した。

「私がウォルター・ローリーだ。彼は私の船の艦長キーミスだ」

キーミスがこの年下の男に小さくお辞儀をした。

「僕はセバスチャン・コーウェル、テンプル法学院生で、卒業後はサー・ハンフリー・ギルバートが設立したアカデミーに入る予定です」

「コーウェル……、もしかしてブリストルのコーウェルか?」

「そうです」

「お父さんの名前は、ジェームズ・コーウェルでは……?」

「そうです。父をご存知で」

「羊毛で財をなしたジェントリー、彼とは古い付き合いだ」

驚いたのはセバスチャンの方だった。父とローリーに面識があったとは……。

「君がジェームズの息子か。こんなにも立派な息子だとは、ジェームズも心強いだろう。君をアカデミーに入れるよう頼んできたのは、ジェームズなんだ」

「そうなんですか」

「お父さんは熱心な新教徒で、私の父とも親しかった。アイルランド遠征の時に知り合って、ロアノークへの遠征に行く時には、幾ばくかの投資をしてもらっていたんだ。キーミス、君も知っているだろう、ジェームズ・コーウェルさんを」

「お父君には何度かお会いしたことがあります」

セバスチャンは改めてキーミスに会釈をした。

「知っての通り、ロアノークは失敗してしまった。ジェームズには配当どころか投資金さえ返せなかったが、君のお父さんは何一つ文句は言わなかった。そのかわり将来息子をアカデミーに入れて欲しいと頼まれたんだ。ゆくゆくは私のコネで宮廷に近いところに行かせたかったんだろうが……」

「僕は宮廷にはあまり興味がないんです」

「そうなのか……、皆のように出世したいと思わないのか」

「それより、世界を見たいんです。もっと大きくて、もっと広い世界を見てみたい」

キーミスが興味を持って夢馳せるセバスチャンを見た。

「そうかぁ……、世界を見たいか……。私の若い頃とそっくりだな」

ローリーは、うれしそうにそう言ってから、「私も世界を相手に大きな仕事をしたい。我が大英帝国が世界を制覇する壮大なる目的がある」

セバスチャンは胸躍っていた。

「ただ漠然と世界を見たいだけじゃだめだ。しっかりとした目的を持った方がいい。目的とは、誇り高き人生を生き抜くために神様が授けてくれたものなんだからな」

「それなら、僕をギアナに連れて行ってください」

「ギアナに？」

「巷では、サー・ウォルターがギアナの特許状を女王から賜ったという噂で持ち切りです。僕には何も経験がないけれど、何でもします。是非僕をギアナのメンバーに入れてください」

「そうかぁ……、巷の噂になっているのかぁ……、うれしいことだな。このローリーがギアナのエルラードを見つけ出して、大英帝国を築き上げ、必ず世間の奴らをギャフンと言わせてやるぜ」

ローリーがあご髭を擦りながらそうつぶやいた。

「えー……」

「セバスチャン、セバスチャン・コーウェルです」

「そう、セバスチャン。お父君はこのことを知っているのか？」

「いえ、何も話していません」

「それが先決だ。ジェームズには借りがある。申し訳ないが、ジェームズの許可なしに息子の君を、私の独断で連れて行くわけにはいかない」

セバスチャンは心の中で「しまった」と思った。父には報告済みで応援してくれていると嘘をつけばよかったと後悔した。こういうところが嘘をつけない性格なのである。

「父の許可を取れば連れて行ってくれますか？」

簡単には諦めようとしないセバスチャンに、キーミスが口をはさんだ。

「君の気持ちはよくわかる。私もオックスフォード大学、ベイリオル学寮で書記兼出納係りとして働いていたところ、サー・ウォルターにお声をかけていただいた。それ以後、この方の夢の実現のために、世界の果てまでお供する覚悟でいます。君はまだ経験が浅い。これからまだまだチャンスはあるし、どこからチャンスが転がってくるかわからない。今は、本当のチャンスがきた時、それをしっかり掴めるように準備しておいた方がいい」

「……」

「今回はあくまでも調査で行く。女王からも短期の航海ということで特許状をいただいている。本格的に行くのはまだまだ先だ。その頃には君もアカデミーを卒業しているはずだ。キーミスの言うようにそれまでしっかり準備しておいてくれ」

「……、わかりました……」

断られたもののセバスチャンはローリーとラインができたことに心の中で喜び、次のチャンスに繫がったと確信したのだ。部屋の中は相変わらずタバコの煙が充満している。ローリーがセバスチャンにパイプを差し出す仕草をしたが、タバコを吸わないセバスチャンは丁重に断った。

「サー・ウォルター・ローリー、ミスター・キーミス、本当にありがとうございました。これをご縁に、また次の機会にはよろしくお願いいたします」

セバスチャンは、そう言って二人と握手した。

「ベス、ベス！」

階下にローリーが叫んだ。ベスはすぐに上ってきてドアを開けた。

「ベス、客人がお帰りになる。お見送りしてくれ」

セバスチャンはベスと一緒に部屋を出た。階段を下りてホールを通り玄関に着くと下男がセバスチャンの馬を連れてきていた。

「あなたがローリーを助ける時がくれば、その時はお願いしますわね」

「この先必ずサー・ローリーと一緒に仕事をする時がくると思います。その時は僕の方こそよろしくお願いいたします」

ベスの言葉にセバスチャンはそう返してから馬に乗った。

「では、失礼します」

この言葉を最後にセバスチャンはダラムハウスを後にした。馬に乗りながら、ダラムハウスに着いてからのことを思い出していた。ベスに会い、ベスの手引きでローリーに会い、キーミスに会った。それぞれの話の内容、それぞれの人柄、仕草、雰囲気のひとつひとつを脳裏に浮かばせた。ローリーには威厳と尊厳を感じた。男の夢を必ず実現させるという力強い信念を感じさせる男だ。触発される。自分も夢を叶えなければと焦らせる男だ。そんなローリーを支えるベスは従順な妻であることに間違いない。

セバスチャンは、男が夢を実現するのに女なんか必要あるのか、邪魔になるだけじゃないのかと考えていたが、それはまだ一度も真剣に人を愛した経験がない故、その発想になってしまうのも無理はない。以前レオナルドが言ってたように、男が夢を実現するために家庭を守って子どもを育てて、全面的にサポートしてくれる伴侶が必要だという意味を、ベスに会ってわかるような気がしていた。ベスのことを思い出すと、セバスチャンの頭の中は先日馬車で襲われているところを助けた彼女のことでいっぱいになった。できることならもう一度会いたい。会って話をしてみたい。女性になど全く興味がなかったセバスチャンにとって、彼女は生まれて初めてときめきという言葉の意味を教えてくれた恋のヴィーナスに他ならなかったのだった。

ブリストルにある広大な屋敷が実家のセバスチャンは、かつて父ジェームズの元で仕事をして、今はロンドンで商いをしているマーティン家の二階に住んでいる。シティのテムズ川を挟んだ向こう側サザク地区の東はずれにある家は決して大きくはないが、庶民の暮らしの真っ只中にある。父ジェームズはロンドンの有力な協力者に頼んで、もっと優雅な生活をして舞踏会や晩餐会に参加させ、宮廷へのコネをつけさせたかったが、当のセバスチャンはそういう派手さを嫌い、庶民に交じってマーティンの家に住むことを好んだ。何よりそこには慣習に縛られない自由があったのだ。

ロンドン郊外に住んでいるレオナルドも、よくセバスチャンのところへ遊びにきていた。感情に振り回されるセバスチャンに対して、レオナルドは常に感情を押し殺すタイプだった。激情型のセバスチャンと沈着冷静なレオナルドは、奇妙な縁で一緒になり、奇妙な取り合わせで仲が良かった。ただレオナルドはその性格からか、自分のことは何も語らなかったので、セバスチャンはレオナルドについてほとんど何も知らなかったし、取り立てて気にもしなかった。

「昨日、ローリーに会ってきたよ」

机の椅子に座りながら、セバスチャンがそう言った。

「どうだった？」

粗末なソファーに座っていたレオナルドが訊いた。

「うちの親父がローリーに投資してたそうだ」

「へぇ……、そんなつながりがあったんだな」

「結局投資は失敗して、親父にはタバコとジャガイモが返ってきたそうだ」

「ははは……、タバコとジャガイモがあるだけでもよかったじゃないか」

「まぁな」

セバスチャンは苦笑いをした。

「ローリーにギアナに連れて行ってくれって頼んだんだ」

「それで？」

「親父に借りがあるので親父の許可なしではダメだって言われたよ」

「まぁ、妥当なところだな。ローリーにすれば断る理由が見つかって良かったんじゃないか」

「今回は調査だから短期間だと言ってた。次の機会は連れて行ってもらえそうだな。そうすりゃ、エルドラードだ。俺も黄金郷に行けるんだ。金杯でワインを飲みながら、金のバスタブに浸かってやる……」

「エルドラードにえらくハマってしまったもんだな。キタイの東、黄金の島国はどこかに行ってしまったのか？」

レオナルドが嘲笑《ちょうしょう》気味にそう言った。

「とりあえず俺はこの狭いところから抜け出したいんだ。どこでもいい、もっともっと違う大きな世界に飛び出したいだけなんだ」

実際のところ、セバスチャンは飛び出せるのなら、エルドラードであろうが黄金の島国であろうがどこでも良かったのだ。冒険好きなこの若者の好奇心さえ満たされさえすれば、それで良かったのである。

「ところでレオナルド……」

セバスチャンが急に話題を変えた。

「この間、生まれて初めて天使に会ったんだ……」

「天使？」

「あぁ、愛くるしい恋の天使なんだ」

レオナルドはキョトンとした顔になった。

「訊きたいことがある、人って一瞬で恋をするものなのか？」

「また急にどうした。セバスチャン、君が恋なんて言葉を口にするなんてローリーがエルドラードを発見した以上に驚きだ」

「レオナルド、真剣な話なんだ。人って一瞬で恋に落ちるものなのか」

「うーーむ……」

レオナルドは少し考えてから、「一瞬で恋するから人間なんじゃないか」と言うとセバスチャンは不可解な顔つきになった。

「つまり、一瞬で恋ができるように、神が男と女を作られたんだ」

「やっぱりそうかぁ……」

「何があった？」

「この間、二人でマーメイド亭に行っただろ」

「君がローリーに会いに行くって言ってた時か？」

「そうだ。あの帰りに馬車が襲われてたんだ。それで助けようとしたら馬車の中から天使が現れたんだ。一瞬で身体中がしびれた。生まれて初めてのことだった。それから何故か、毎日毎日彼女のことが頭から離れない。たった一瞬、時間にしてほんの数秒見ただけなのに……、なぜなんだろう……、今でも鮮明にそのシーンを憶えている……」

「セバスチャン、君に恋心があったことをうれしく思う。神はこの世が愛で溢れることを望んでおられるのだからな」

「神かぁ……、俺には信仰心はあまりないけど、彼女と会ったのも神の為せる業なのか。もう一度……、もう一度だけ、会いたい……、恋しい……」

「その気持ちを忘れるなよ。純真さは何ものにも勝る真実なんだからな」

レオナルドは、淡い恋心を抱くセバスチャンを愛しく思った。

「会えるよ、きっとまた会えるよ……」

セバスチャンは、レオナルドの無責任な慰めの言葉にただうなずくだけだった。

＊

グリニッジ、スペンサー家の屋敷、ジュリアの部屋

「ジュリア、あれだけロンドンには行かない方がいいと言ったのになんてことだ」

シュリアの父リチャードが厳しくそう言った。

「やつらに何故バレたのだ」

「お父様の言う通り、隠れミサには行ってません。何故馬車をつけられたのかと……」

「あの馬車がいけなかったのか……。カトリックの名門サマヴィル家からもらい受けたあの馬車がいけなかったのだ。やつらは見ただけでわかるのだ。馬車はすぐに処分した」

「あの方がお助けしてくれなかったら、私たちは今頃……」

「どうせそいつもプロテスタントだ。どんな了見で助けたのかは知らないが、後々ゆすりにくるのが関の山だ」

「お父様、そんな……。あの後あの人殺されているのかも知れないのよ……」

「どうせグルだ。とにかくこれから一歩も外に出るな。いいかマーサ、ジュリアを外に出してはダメだぞ」

リチャードはジュリアに仕えている女中のマーサにそう言うとマーサが、「承知いたしました、だんな様」と答えた。

「すぐにスペインに留学しろ。ケヴィンに頼んでいるので、手はずが整い次第出発しろ」

「お父様、私スペインなんかに行きたくありません」

「お前のため、スペンサー家のため、我々の真実の神のためだ」

「お父様……」

リチャードはジュリアの言葉を聞かずに部屋を出て行った。

「お着替えなさいませ」

マーサがそう言って、ジュリアが寝間着に着替えるのを手伝った。ジュリアはラフを取りながら、

「スペインなんて……」とつぶやいた。

「お嬢様の身の安全のためです」

マーサはすかさず返答した。

「神様なんて私には何だっていいの」

「そんなこと決して外で言ってはダメですよ。それだけで晒《さら》し首になりかねませんよ」

「もっといろんなことをいっぱいしてみたい」

「スペンサー家のお嬢様が、そんなわがままなことを言ってはダメです」

「でもマーサ、この間私たちを助けてくれた人、素敵だとは思わない？」

「あのお方ですか？」

「あの人、命を投げ捨ててまで私たちのことを助けてくれたのよ。それも見ず知らずの他人を助けるなんて、あの人こそ本当の神様だわ」

「お嬢様、人のことを簡単に神様だなんて言ってはダメでございます」

「あの人、殺されているかもしれないのよ。なのにグルだなんて、お父様もひどいわ」

「カトリック教徒へのおぞましい殺戮《さつりく》が厳しくなってきているので、旦那様があんなにも神経質になっておられるのも無理ないことです。ガーディナー卿、アルンデル卿、それに北イングランド随一の貴族だったノーフォーク卿までロンドン塔で処刑されているのですよ」

「あぁ勇敢なあの人。私を救ってくれる救世主だわ。どんな方なのかしら」

「身なりからして、身分の低い者でしょう」

「なんでもいい。もう一度お会いして心からお礼を言いたい」

「お嬢様とは住む世界の違う人です。たとえいい人でも、お会いするのはよくないことです」

「マーサわかってるの、あの人が助けてくれなかったら、私たち殺されていたかもしれないのよ、それでもお礼を言ってはダメなの」

「ダメです」

「馬鹿げているわ、マーサ」

「お嬢様、今日のところはお休みなさいませ」

寝間着に着替えたジュリアはふてくされたようにベッドの中に入った。ベッドに入ってからもあの日助けてくれた名も知らぬ人のことを思うと、胸が詰まる思いになりなかなか寝付けなかったジュリアであった。

その日はグリニッジ宮で女王主催の晩餐会が行われることになっていた。女王主催と言っても実質は枢密院のウォルシンガムの臣下たちが取り仕切る晩餐会である。旧教と新教の血で血を洗う壮絶な抗争は、日に日にその激しさを増している。ヨーロッパ各国の宮廷や神学校に間者《かんじゃ》を送り込んでいるウォルシンガムの臣下たちは、かつてない暴力的で残忍極まりない非情なやり方で、国内の旧教徒を根こそぎ壊滅しようとしている。今日の晩餐会は、国内の新教徒の有力者を集め、その結束力を計る目的があったのだ。セバスチャンの父、ジェームズ・コーウェルも熱心な新教徒で、ブリストルからわざわざ招待していただける栄誉に与《あずか》っていたのである。

セバスチャンは、晩餐会に参加するためグリニッジのフィリップ・ブラント宅に身を寄せているジェームズを訪ねていた。フィリップも階級はジェントリーで、グリニッジの郊外に広大な土地を持っていた。

フィリップ邸に着くと馬丁に手綱を渡し、裏口から中に入った。階下にいたフィリップ夫人がセバスチャンを見つけ、「まぁセバスチャンなの、こんなに大きくなって……」と言いながら抱きしめた。

「お父様とお母様が二階におられますよ。今回は女王様の晩餐会にご招待された栄誉に与ったのですよ、なんて名誉な……。あなた、あなたー」

フィリップ夫人が二階にいる夫に声をかけた。セバスチャンは階段を上り、二階の客室に入ると先にフィリップ氏が迎えた。

「セバスチャンではないか！　立派になったなぁ。ロンドンにいるのなら、ここグリニッジへいつでも遊びにきていいんだぞ」

ジェームズは妻キャサリンと窓際に立っていた。ジェームズはセバスチャンの顔を見るなり、「なんて格好をしているのだ。コーウェル家の人間が、ロンドンの物乞いと見間違うようなそんなだらしない格好をするのではない」

セバスチャンの身なりを見て、ジェームズは驚いた。

「任まいを変えろ。マーティン家に住むのはお前にとっては全くよくないことだ」

「そんなことよりセバスチャン、元気そうで何よりだわ」

母キャサリンがそう言いながらセバスチャンに近寄り抱きしめた。セバスチャンはキャサリンから離れると、テーブルの上に置いてあるリンゴを手に取った。

「父さん、サー・ウォルター・ローリーを知っていたの？」

「ローリーかぁ……。あいつの時代は終わったな」

「以前、サー・ローリーに投資したのかい？」

「ロアノークに植民地を作るって話だったけど、頓挫《とんざ》してしまったな。結局持ってきたのは、ジャガイモしタバコの葉を少しばかりだった」

セバスチャンはリンゴをかじり窓の外を眺めながら聞いていた。

「しかしローリーも地に堕ちた。ベスとの結婚がなければ、女王の寵臣《ちょうしん》の座をエセックスなんぞに奪われずに済んだのに……。ロアノークで貸しを作ってあったので、お前をアカデミーから宮廷へ入れるように計らってもらおうと思っていたが、今のローリーじゃ到底無理だな。また別の作戦を考えてやるから、とにかく今は大人しく待っておれ」

「ここにくるまでに、ローリーに会ってきたよ」

「なに……、ローリーに会ってきただって。奴は終わったんだ。会う必要もなけりゃ、会う価値もない」

「ローリーは女王から特許状をいただいて、今度ギアナに遠征するんだ」

「ギアナ？　そんな馬鹿げた話に乗るんじゃない。お前まさか一緒に行く気じゃないだろうな」

窓の外からはテムズ川が見下ろせた。ロンドンと違ってここグリニッジは、悠々と優雅に水が流れているように見える。と、その時一艘の小船がセバスチャンの目に留まった。

「セバスチャン、聞いておるのか。ローリーはダメだぞ」

セバスチャンはかじっていたリンゴを窓の外に投げ、急いで部屋を出た。

「こら、セバスチャンどこへ行く。話は何も終わってないぞ……」

ジェームズの言葉を無視して慌てて階段を駆け下り、裏庭からテムズ川の桟橋に出た。主な交通手段が馬や馬車しかない当時、船は有効かつ効果的な交通手段のひとつだった。主要都市のテムズ川には、人を乗せた船や商売のための船、商品を運ぶための船などで賑わっていた。そのため特権階級の人々はテムズ川沿いに大邸宅を構え、裏庭に自家用の波止場を持ち、船を大いに利用していたのである。

ちょうど船が一般留まっていたのでセバスチャンは飛び乗った。二階の窓から怒鳴っているジェームズに向かって「父さん、ギアナには行かない……、また後で……」、そう叫ぶと船頭に、「すぐに、あの船を追ってくれ、早く、早く出せ」と急かした。船頭は慌てて船を出した。

「もっと早く、もっともっと早く漕げ」

セバスチャンは必死で一般の船を目で追った。

「あれだ、あの船だ」

セバスチャンは遠くの船を指差した。

「あの船を追ってくれ。いや、あの船に追いついてくれ」

「だんな……、あまり無茶を言わないでくれよ。こっちゃ必死で漕いでますよ」

船頭のおかげで、船は見る見るうちに近づいていった。

「間違いない……」

船に乗っている人物を確かめるように、セバスチャンはそうつぶやいた。先の船は、大きな屋敷の裏庭に備えられた小さな桟橋に着いた。船から降りたのは、先日ロンドンで馬車に乗っていたところを襲われていたジュリアとマーサだった。二人は船を降りると裏門から中に入った。

ジュリアとマーサが裏庭を通り過ぎて、屋敷の前にきたところで父リチャードが烈火のごとく怒り狂ってやってきた。

「ジュリア、ジュリア! お前は一体何をしてるんだ」

ジュリアはリチャードにお辞儀をした。

「部屋から一歩も出てはダメだといっただろ！　マーサ、お前がついていながらどういうことだ」

「だってお父様、一日中部屋の中にいても退屈だから……」

「ばか者！　命あってのことだぞ。もっと真剣に考えろ。ほんとにお前って奴は何もわかってないのだからな。とにかく中に入れ」

まだ船に乗っていたセバスチャンは船頭に同じ桟橋につくよう指示した。

「誰の屋敷だ？」

セバスチャンが船頭に訊いた。

「ここはグリニッジでも有数のお金持ちのスペンサー家のお屋敷だ。君のような身分の人間が相手にできる人たちではないよ」

船頭の言葉は、セバスチャンの耳には届いていなかった。桟橋に船をつけると一目散に駆け出し、裏門から裏庭に入った。そこにいたのはリチャードだった。

「人の屋敷に勝手に入ってきて、お前何してるのだ」

仰々しい雰囲気にセバスチャンは、「お嬢様にお会いしたい」と言った。

「何の用だ」

「先日ロンドンでお嬢様をお見かけしまして……」

この言葉にリチャードの顔色が一瞬で変わった。

「どんな用件か知らんが、君のような人間がくるところではない。帰りたまえ」

「僕はただ……」

「うるさい、帰れ。すぐにここから出て行け」

この場の雰囲気ではいくら説明しても無理だと感じたので、セバスチャンは退散することに決めた。ただ、場所を突き止められたのは運命だと感じていた。もしフィリップ邸の二階から船を偶然見つけなかったら、二度と彼女には会えなかったに違いないからだ。セバスチャンは名残惜しそうに屋敷を見つめながら振り向きかけた。リチャードはセバスチャンの肩を押し叩いて出て行かせようとした。


次の日の夜、セバスチャンは霧が立ち込める中、グリニッジに向かって馬を走らせていた。ロンドンからグリニッジまで約八キロの道のりを一気に走り切った。

グリニッジに着くと、適当な茂みと木を見つけ馬を隠した。屋敷に近づくと周囲をくまなく観察し、二階の一部屋を探し当てた。高い塀を音を立てずに素早く乗り越え、茂みに隠れ、胸の鼓動を抑えながら息を整えていると、さわやかなローズマリーの香りがしてきた。お目当ての部屋の下にうまく入り込めたので、建物の壁から離れ庭に出て、「レディ、レディ」と、小さく伸びる声で二階のバルコニー目かけて呼びかけた。返事はない。危険なので、また建物の壁に引っついた。しばらくしてからまた庭に出て、「レディ、レディ」と呼び掛けた。返事はない。

部屋の中のジュリアは、セバスチャンの声に気づいていた。それは求め合う二人だけに響き合っている波長が重なっていたのだ。ジュリアは声が聞こえた時点で部屋の中にいたマーサに、「もう寝るからマーサも休みなさい」と声をかけた。

「わかりましたお嬢様、着替えの支度をいたします」

「いいのよマーサ、今夜はもうお休み」

その時、セバスチャンの二回目の呼び掛けが、ジュリアとマーサの間に細々と流れた。マーサにもはっきり聞こえていた。一瞬のぎこちない雰囲気。

「マーサ、ほら、もうお休み……」

ジュリアはマーサをドアまで連れて行き、外に押し出してドアを閉め、一目散にバルコニーに突進した。

「イエス、イエス、私はここよ」

壁に引っ付いて隠れていたセバスチャンの耳にはっきりとその声が聞こえた。すぐに庭に出た。

「レディ！」

そう小さく叫んだ瞬間、一階の近くの窓から人の声がしたので慌てて壁に戻った。話し声はそのまま遠ざかっていった。セバスチャンは太い蔦を見つけ、それによじ登っていった。ベランダに顔が覗くと、

「まぁ」とジュリアが声を上げた。

「レディ、ずっとお会いしたかった。ずっとあなたを夢見ていました」

「私はジュリア、あなたはセバスチャンでしょ」

「なぜ僕の名前を知ってるの？」

「馬車が襲われた時、あいつたちに名乗ったじゃないですか」

「そうかぁ……、あの時……」

「セバスチャン、本当に私に会いたかったのですか？」

『僕のことを憶えてくれているだけで天にも昇る思いです』

「本当?」

「本当です」

「セバスチャン、私だってどれだけあなたに会うことだけを願っていたか」

『本当に?』

『本当です』

「ジュリア、やっと会えた……」

二人は強く両手で握り合い、お互いの瞳を強く強く見つめ合った。

「よくぞ私を見つけ出してくれました。よくぞここまでたどりついてくれました」

「君のことを考えない日は一日たりともなかった」

「ロンドンでひと目会っただけなのに、私の心はあなたに奪われてしまいました」

相手がそれほどまでも自分のことを慕っていたとは、二人とも思いもしないことだった。

「あれからのあなたのことが心配で心配で……」

「あのまま死んでしまっても、あなたがご無事なら悔いはないです」

「何をおっしゃってるの、死んだらダメです」

「この身を捧げてもいいくらい、想いを馳せてました……」

「何よりもご無事でこうしてお会いできたことに感謝してますわ。私たちの命を助けてくださってありがとうございました。私にとってあなたは神様以上の存在です」

「君は天使だ」

その時、部屋のドアをノックする音が聞こえた。マーサが、「お嬢様、お嬢様」と呼んでいた。マーサは一旦離れにある使用人たちの住まいに帰ったものの、冷静になって考えてみると大変な事態になりかねないと心配になり戻ってきたのだ。

「何の用なの……、ちょっと待って」

ドアに向かってそう叫び、手を離した瞬間、セバスチャンの上半身が宙に浮いた。手をハタハタさせながら、背中から勢いよく茂みの上に落ちた。

「セバスチャン！」

ジュリアは叫んだ。落ちた音に気づいた一階にいた男たちは、「何者だ」と叫んだ。運よく無傷だったセバスチャンは、すぐに立ち上がり、走って逃げたところ、真正面に人影が立っていた。よく見ると先日馬車を走らせていた下男のピーターだった。ピーターは軽く会釈し、自分についてこいと指示した。セバスチャンはピーターの手引きでうまく壁の小さな抜け門までくることができた。

「ここからお出になされまし」

「ありがとう、恩に切る」

「いえいえ、あの時命を救っていただいたお礼にございます」

「明日の同じ時間ここにくるので待っていてくれ」

向こうから人の声がしていた。

「早く、行きなさいまし」

セバスチャンは、門を出ると一目散に夜霧に消えていった。ピーターは門を閉め、何食わぬ顔で立っていた。

「ピーター、ここに誰かこなかったか?」

剣を持ったリチャードと召使たちが厳しい剣幕でやってきた。

「私は門の鍵をかけ忘れたかと見にきたのですが、こちらには誰もこなかったです、だんな様」

「そうかぁ……、何かあったら私にすぐに報告するんだぞ」

「承知しました、だんな様」

リチャードと召使たちは庭をくまなく探したが、何も見つからなかった。屋敷の中に戻り、階段を駆け上がってジュリアの部屋に入った。驚いたジュリアはマーサに抱きついた。リチャードは二人を無視してバルコニーに出て外を見渡した。

「大丈夫かジュリア、誰かこなかったか?」

バルコニーの扉を閉めながらリチャードが言った。

「誰もきてません。何かあったんですか、お父様」

「外で大きな音がしたんだ」

「お父様、最近ちょっとおかしいですよ」

「何を暢気《のんき》なことを言っておるのだ。マーサ、何もなかったか?」

ジュリアは一瞬心臓が止まりかけて、マーサの顔を見た。

「お嬢様のおそばに私がずっとついておりましたが別に異常はなく、お嬢様の身にも何もなかったでございます」

「そうかぁ……、マーサ、君は君のお父さんからこのスペンサー家に仕えてくれている。マーサがジュリアについていてくれるだけで安心だ。このお転婆娘はなかなか私の言うことを聞かない。何かあったら、君が私に報告してくれ、わかったなマーサ」

「かしこまりました」

「とにかくジュリア、気をつけるんだ」

リチャードはそう言い残して部屋を出て行った。部屋の中に漂う一瞬の静寂……。

「マーサ……」

「お嬢様、何も言わなくてもいいでございます」

マーサが瞬時に遮った。

「早くお着替えくださいまし」

ジュリアは服を脱ぎ始めながらマーサに、「ありがとう」と、聞こえるか聞こえないかほどの小さな声でそう言った。

部屋に戻ったセバスチャンは、胸の鼓動を抑えることができなかった。ジュリアが自分のことを憶えてくれていたなんて！　夜に屋敷に忍び込み、もし捕まったとしたら大事になっていたはずだし、よしんばジュリアに会えたとしても、自分のことを憶えてないという不安もあった。しかし、考えていても何も始まらないし何も起こらない。想いを募らせる日々を悶々と過ごすことより行動を起こす方が早い。グリニッジのフィリップ邸でジュリアの船を見つけた偶然が、セバスチャンにとってすべての答えだった。一度目は誰にでも起こり得る偶然であるが、たまたま起こり得た二度目の出会いは運命であるとセバスチャンは信じたのだ。

その夜はほとんど寝付けなかった。セバスチャンの頭の中は、ジュリアのイメージが鮮烈すぎて、ずっと覚醒しているのである。朝、ニワトリの鳴き声を聞いても目は冴えていた。その日は一日中、何も手につかなかった。食事も喉を通らなかった。ただただ夜がくるのを待ち続けるだけだった。一日がこんなにも長いとは知らなかった。何をしても、どこにいても、時間が経たなかった。お昼過ぎにグリニッジに行こうかと考えたが、行ったところで、何もすることがないとわかっているから、行っても無駄だと思える。

どうにか、こうにか、日が暮れてきた。セバスチャンは、はやる気持ちを抑え、夜が深まるのを待った。やっと時間がきた。馬に乗り、グリニッジに向かって走り出した。

グリニッジの茂みに着いたのは、昨日の時間の少し前だった。抜け門の近くまで行き、身を潜めていた。約束の時間になっても誰も現れなかった。

「きっと何かの用事で出られないのであろう」、セバスチャンは心の中でつぶやいた。時間はゆっくりと過ぎていった。昨日の夜から待ち続けて、やっとここまでたどり着いたのに、ここにきてのこの時間は不安が募っていく。下男が僕を逃がしたことが見つかってしまったのか、下男がすべて喋ってしまったのか？　はたまた、下男の手引きでジュリアが抜け出してきてくれるのか……。いやいやそんなことはないだろう。考え出したら切りがない。と、その時小さな門の向こう側に人影が見えた。よく見るとピーターだった。「よかった。やっと、やっと、ジュリアに会える」、その想いだけでセバスチャンの胸の中ははちきれそうだった。門に向かうとピーターが待っていてくれた。あとは首尾よく忍び込んで、ジュリアの待つベランダへ駆け上ればいいだけだ。ピーターは門の中からセバスチャンを確認した。

「今日は無理でございます」

「どういうことだ、何があった？」

「あれから旦那様が神経質になられて、腕利きのナイトを二人、警備させておられます。見つかればあなた様のお命も危ないと思います」

「関係ない、門を開けてくれ」

「ダメでございます。あと一週間はこられない方がいいと思います」

「バカか君は。昨日の夜からのたった一日でも待てないのに、どうやって一週間我慢しろっていうんだ」

その時建物の中から、「ピーター、ピーター」と呼ぶ声が聞こえた。

「今夜のところはお帰りくださいまし。さぁ、早く早く」

セバスチャンは、後ろ髪を引かれる思いで門から離れた。茂みに戻り馬に乗りロンドンへの帰路についた。セバスチャンの胸の中は、落胆というよりも熱い情熱に燃えたぎっていた。情熱とは抑えられない衝動である。大人の余裕とは、その衝動の紛らわし方を知っているだけなのだ。情熱というものは、時として命さえ投げ出してまでも達成しようとしてしまう。簡単にあきらめない、へこたれない、それがセバスチャンなのである。

七

四月の下旬、ロンドンの街はどんより曇った日が続き、時折霧のような細かい雨が降っていた。そんな中、サー・ウォルター・ローリーの出発の準備が整ってきたという噂が立ったが、世間の反応は意外と冷ややかだった。国政の中心から外された者は、そんなに関心を持たれなかったのだろう。

セバスチャンにとっては、ローリーのエルドラードよりも、相変わらずジュリアのことで頭の中がいっぱいだった。あれから一日千秋の思いでなんとかその日その時を過ごしていた。

スペンサー家ではジュリアも同じ想いだった。あの次の日、ピーターがセバスチャンを逃がしたとは何も知らず、なぜセバスチャンはこないのか、何か気に触ることでも言ってしまったのか、私の屋敷に忍び込む大変さに恐れをなしてしまったのか……。そんなことを思い巡らしていた。その上、屋敷の敷地の中から出してもらえないフラストレーションも溜まりに溜まっていた。部屋の中は動きのない空気がしっとりとした時間の中にたたずんでいた。活発で好奇心旺盛で身体を動かすことが大好きな女の子にとっては、退屈極まりない時間だった。

その日の夕刻、ジュリアは裏庭のはずれ、塀のところで騒がしい音がしたのに気づいた。窓から覗いてみると、農夫やリチャードたちが見えた。何事かと部屋を出て階段を降り、裏庭から人だかりに近づいてみると、きつねが一匹矢を刺されて死んでいた。リチャードがジュリアに、「最近、家畜とかが襲われていたのは、こいつのせいだったんだ」と肩を抱き寄せながら言った。農夫の一人が、「だんな様、ありがとうございます。これで安心して寝ることができます」と頭を下げた。

「なに、礼などいらん。弓矢の名手に護衛してもらっていたのが幸いしたな」

農夫たちは、きつねの屍骸《しがい》を片付け出した。

「ジュリア、先日の夜、庭で大きな音がしただろう。それもこいつの仕業だったんだ……」

「お父様、よかったですわ。私、本当に怖かったんですよ」

「あの夜の理由がわかっただけで安心だ。おかしな人間が忍び込んでいるのではなくて何よりだ……」

「護衛の人たちはどうするの？」

「ロンドンに帰らせる」

安心したジュリアを見てリチャードは、「だけどジュリア、気を抜くんじゃないぞ。我々はまだまだ安心していられない。とにかくお前はスペインに行かないといけない」と、言った。スペイン行きで心は曇ったものの、これでセバスチャンがきやすくなると期待に胸が膨らんだ。

ジュリアが部屋に戻ると机に向かい、手紙を書き出した。書いては途中で破り、書いては途中で破った。やっとのことで手紙を書き終えるとピーターを呼んだ。

「お嬢様、何か御用でございますか」

「ピーター、大事なお願いがあるの」

「なんでございましょうか」

「ロンドンで襲われた夜のことを覚えている？」

「はい、覚えております」

「あの時、助けてくれた男の人がいたわね」

「はい、おられました」

「ピーター、今すぐロンドンに行く用事を作りなさい」

「ロンドン？」

「あの方を探し出して、この手紙を渡して欲しいの」

ジュリアは手紙を差し出した。

「名前はセバスチャン・コーウェル、テンプル法学院にいて、地元はブリストル」

「しかしお嬢様、私は……」

「何でもいいから用事を作ってすぐに行きなさい」

ジュリアの言い出したらきかない性格を知っているピーターは、手紙を手に部屋を出た。

「これでもう一度あの人に会える……」、ジュリアは手紙がセバスチャンの元に無事届くことだけをただ願うばかりだった。

ピーターはセバスチャンに会ったことをジュリアに何も言わなかった。手紙を届けるためには、まず理由をつけてロンドンに行き、テンプル法学院に赴いて訊いてみるしかないと考えていた。

バルコニーでジュリアに会ってから四日後、あと少しでピーターが言った一週間が経つ。セバスチャンは心の中で、せめて一週間は待とうと心に決めていた。セバスチャンにとって、ジュリアの屋敷にピーターという味方がいるだけでこれほど心強いことはない。そのピーターとの約束を反故《ほご》にするわけにはいかないのだ。

法学院に行く気もせず、人と会う気分にもなれなかった。セバスチャンの人生の中で起こるべくして起こったことで、それは誰にでも不意に起こり得る神の気まぐれなのである。時に、恋は人を苦しめてしまう。生まれて初めて体感するときめきという大敵に、セバスチャンの心は純粋すぎて、対処し切れないのである。

セバスチャンは二階の自分の部屋にいた。寒い夜だった。ワインを飲みながら、古ぼけて粗末な暖炉の前で毛布にくるまっていた。階下でセバスチャンを呼ぶ声が聞こえた。降りてゆくとマーティンが、お客さんだと言った。ドアを開けると、細かい雪が風に舞う中、一人の男が立っていた。

「ピーター！」

セバスチャンは大声で叫んだ。

「さぁ入ってくれ、さぁ、さぁ」

「いいえ、このまますぐにグリニッジに戻らなきゃいけません」

「何を言ってるんだ。どうやって帰るのだ」

「馬を待たせてあります」

「よくここがわかったな」

「テンプル法学院でたまたま知り合いの方にお会いできまして……」

「それにしてもよくこられたものだ」

「ジュリア様からお預かりしているものがございます」

ピーターはそう言って、上着の中から大事そうに手紙を出した。

「これをあなた様に渡すように、お嬢様に言われました」

全くの不意を衝かれたセバスチャンは訳のわからないまま手紙を受け取った。

「では私はこれで失礼いたします」

ピーターは、そう言って立ち去った。セバスチャンはドアを閉めると、マーティンに見向きもせず二階に駆け上がり部屋に入った。暖炉の前のイスに座ると手紙を読んだ。

私の愛しのセバスチャン様

この間は、私のところまできていただいてありがとうございました。

とても、とても、うれしかったです。

高い塀を乗り越え、危険を冒してまでも会いにきてくれた勇気に感謝いたします。

馬車が襲われた時、命を顧みず助けていただいた勇気に感謝いたします。

あなた様は私の世界を一瞬で変えてくださいました。
感じるのです。喜びと輝きを。希望と期待を。愛と勇気を。
あなた様に出会ったことによって、今までの自分の人生がいかに空虚なものであったか実感します。
今までの人生が稚拙な空想でしかなかったことを実感します。

私には何もわかりません。なぜこんな想いになってしまったのか、洗っても洗っても拭えない、心の襞《ひだ》にへばり付いてしまった粘液のような想い……。理屈でもなく、言葉でもなく、態度でもなく、理由のない想い。この想いは神の泉から勝手に湧いて出たようにしか私には思えないのです。

ただ、ただ、感じるのです。それが辛い。感じるこの心が切ないのです。
こんな私は狂気にまみれてしまったのでしょうか。悪魔の策略の手に落ちてしまったのでしょうか
……。

ジュリア

セバスチャンは、何度も何度も読み返した。読めば読むほど、自分も全く同じ気持ちだという共感と強烈な焦りを感じた。自分の想いも伝えたいと焦ってしまうのだ。明日の夜、グリニッジに行こうとセ

バスチャンは心に決めた。

ピーターは、その夜遅くに帰りついた。庭と屋敷の隅々まで知り尽くしているピーターにとって、誰にも気づかれずに帰り着くことは難しいことではなかった。手紙が無事にセバスチャンの手元に届いたかどうか心配だろうと察したピーターは、靴を脱ぎ裸足で廊下を忍び足で歩き二階のジュリアの部屋の前で止まった。そして注意深く口笛を鳴らした。部屋の中からかすかな物音。

「誰?」

ドアの向こうからジュリアの声が聞こえた。

「私でございます」

「ピーター!」

「お手紙は無事にセバスチャン様にお渡しいたしました」

「……、ありがとう」

「失礼いたします」

ピーターはそう言って廊下に戻った。ジュリアには達成感があった。何よりも自分の意思を貫き通す揺るぎない強さを持っている女なのである。

次の日の夜、ジュリアはマーサを早く部屋に帰させた。セバスチャンははやる気持ちを抑えて、時間が経つのを待った。抜け門にピーターはいない。以前登った塀を乗り越えた。裏庭を横切り、蔦を登った。ベランダから顔を覗かせると、ジュリアが立っていた。

「寒いでしょう。中にお入りください」

セバスチャンは暗闇に包まれた部屋の中に入り、ジュリアがベランダのドアを閉めた。ジュリアの部屋の中は、甘い麝香《じゃこう》バラとローズマリーの香りが漂っていた。


「手紙、ありがとう」

「無事お手元に届いてよかったですわ」

「会いたかった……」

「私もです」

二人は息ができないほど抱きしめ合った。夢のような瞬間だった。このまま世界が無くなってしまってもいいと思えた。いや、無くなってしまった方が楽になるのではと思えるくらいだ。頭の中が真っ白になっていくのがわかった。何も考えたくない。ただこの感触だけを感じていたい。この髪の匂いだけを感じていたい。このままずっと目をつぶっていたい……。どれくらいの時間が流れたかわからない。ずっと抱きしめ合っていた。

それからセバスチャンが身体を少し離した。目を開けてお互いの瞳を見つめ合った。ゆっくりと、本当にゆっくりと唇と唇が重なった瞬間、新しい世界が開けた。それはセバスチャンにとっても、ジュリアにとっても、初めての経験だったのだ。


五月下旬、ウォルター・ローリーがエルドラードに向けて出発したというニュースが流れた。しかしセバスチャンは以前ほどの関心はなくなっていた。ジュリアと新しい局面を迎えていたからだ。あれから週に二度ほどの頻度で、ジュリアの部屋に忍び込んでいた。抱擁してキスをして、少しばかりの時間小さな声でおしゃべりをして、長居する前に帰るのが常だった。そんな時間を持つことにより二人の状況が次第に見えてきたのだ。ジュリアは敬虔《けいけん》なカトリックであるスペンサー家の一人娘だ。セバスチャンのコーウェル家は熱心なプロテスタント信者である。この時期イングランドにおいてカトリックを信仰しているだけで、火あぶりや公開処刑、晒《さら》し首にされるのである。旧教と新教の宗教対立は、想像を絶する拷問・殺戮《さつりく》・処刑の戦いでもあるのだ。しかもジュリアはスペインに行かされる。セバスチャンにとっては気が気じゃない。この時代、自由な結婚が許されるのは、下流階層だけだった。厳格な階級社会は、皮肉なことに恋愛・結婚の自由を奪っていた。上流階級にとって結婚とは策略・政略のためにあったのだ。ジュリアの父リチャードも、ジュリアをスペインのカトリックに嫁がせる計画を立てていたし、セバスチャンの父ジェームズは、セバスチャンをイングランド・プロテスタントの爵位《しゃくい》を持つ名家の娘と結婚させる政略を持っていたのだ。

このままでは、いずれ別れるしかない。ロンドンでも、グリニッジでも、二人が結ばれることは絶対にあり得ない。それよりジュリアがスペインに行ってしまえば、それですべては終わってしまう。では他に方法があるのか――それが問題なのである。

恋には障害がつきものだ。障害とはその恋が真実かどうかを試すために、またはその恋の情念をとことんまで燃やし尽くさせるために、神が与えたやさしさなのかも知れない。

八

その日セバスチャンは久しぶりにマーメイドに出掛けた。奥のカウンターに座り、一人エールを飲んでいた。ジュリアとの行く末を案じると、八方塞がりになっていた。恋は人を哲学者にするとはよく言ったもので、セバスチャンは物静かな男になっていた。人が見たらその元気のなさから病気にでもかかったのかと心配するほどであったが、まさに恋の病の真っ最中なのである。人はこうして成長していくものなのだろう。

しかしながら、いくらエールを呷《あお》っても考量の深みが増すばかりで、何一つ先に進まなかった。セバスチャンにとって何よりもジュリアのいないこの世など考えられないことだったからだ。その時、どこかで聞き覚えのある声が背後から聞こえてきた。振り向くと、髭もじゃのジョン・バッカスが、以前と同じ席でワインを飲んでいた。

「ジョン！　ジョン・バッカスじゃないか」

「セバスチャン、また会えるとはな」

二人はうれしそうに握手をした。セバスチャンがレオナルドと飲みにきていた時、北西航路の話をしたり、アジアとの貿易の話をしたり、あげくの果てには、エセックス伯の若者と一戦交えた時のジョン・バッカスだ。

「よくきてるのか？」

横に座りかけたセバスチャンにジョンが訊いた。

「いや、たまにしかこない」

「俺はアフリカに行ってたよ」

「アフリカ？」

「あぁ、短期の航路だったが、荷物をいっぱい積んできたところさ。久しぶりのロンドンはやっぱりいいもんだな」

ジョンはそう言ってワインを飲み干してから続けた。

「セバスチャンはどうしていた、見るところ元気がなさそうだな」

「サー・ウォルター・ローリーがエルドラードを見つけにいよいよ出発するらしいことを知ってるか？」

「あぁ、聞いたとも。見つかりゃいいがな」

「サー・ローリーに会って連れて行って欲しいと直談判したんだが、ダメだった」

「ほう、そりゃ残念だったな……。まあ元気を出せ。ほら飲め」

ジョンはセバスチャンにワインを注いでやった。

「南米のエルドラードも、北西航路もいいけど、やっぱりアジアだ……」

ジョンが一息ついてから続けた。

「アフリカで、オランダ人と知り合ってな。面白い話を聞いたんだ。そうだよなダニー」

痩せたひょうきんな男に向かってそう言った。セバスチャンにとっては、ダニーも懐かしい顔だった。

ジョンが続けた。

「今度オランダから三隻の船団を組んで、東洋への航海に出る。オランダは東洋についての情報がほとんどないので本格的に進出を狙い出した。目的は東洋探検と商品の販路開拓だ。もちろん東洋の財宝蒐集《しゅうしゅう》も目的のひとつだ。投資者も船も話がついている。それで遠洋航海の経験のある船乗りを探しているということで、先日投資者の一人ヤンという男に会ってきた。オランダの船で乗組員は全員オランダ人だが、イギリス人の俺とダニーが参加することが決まったんだ」

「キタイの東、黄金の島国には行くのかい？」

「今回の航路はアフリカ南端の喜望峰からインド洋に出てモルッカ諸島へ航路をとる。そこから東洋の探検だ。しかしながらこの航路はポルトガルに独占されているので襲撃される可能性は多分にある。だけどこの航路だと確実に東洋に行ける。船はすべて大砲を備えた最新のガリオン船で、武器も相当積んでいく。文字通り命がけの航海になるだろう」

「ジョン、本当にオランダの船で行くのか？」

「俺たちが東洋に行けるチャンスはそうそうない。こんな冒険の旅に出られるのは、船乗りとして絶好のチャンスであり、また最高の栄誉だと思っている。しかも成功すれば大儲けできる。ダニーと一緒に行くつもりだ」

ダニーもうなずきながらうれしそうな顔をしてワインを口にした。セバスチャンの頭の中では、違うことを考えていた。若きセバスチャンにとって、アフリカ・インドの向こうに広がっている東洋は、何ものにも縛られない自由に満ち溢れた全く新しい世界で、自分の夢はそこでしか叶わないと思えてならなかった。

「出発は決まっているか？」

「船はオランダを二週間後に出る」

「二週間後！」

「喜望峰から先に行くためには、季節風に間に合うように出なければならない。時期を逃すと逆風になって東洋どころかインドにも行けないぜ。俺たちは一週間後グレートヤーマスの港からオランダに入る。船はテクセルの港から出る」

「あと二週間……」

そう言って考え込むセバスチャンに、ジョンはすかさず言った。

「セバスチャン、変な気は起こすなよ、君には無理だ」

「……」

「航海に慣れた俺たちだって命の保障はないんだ……」

セバスチャンは、ジョンのその言葉にただ黙り込むだけだった。

ジュリアは、自分のスペイン行きが具現化していくのを危惧《きぐ》していた。スペインに行ってしまったらその時点でセバスチャンとの決別を意味し、退屈で刺激のない人生を送ることになってしまうからだ。

ジュリアは斬新な女性だった。既成概念に捉われない自由な心を持っていた。当時としては非常に珍しいタイプの女性なのだ。

セバスチャンとジュリアはお互いの予定、特にジュリアの家族たちのスケジュールを確認し合いながら、次に会う夜を決めていた。会う度に募る想い、そして切なく愛おしい辛さ……。

マーメイドでジョンの話を聞いたセバスチャンは、秘かに船に乗ることを目論《もくろん》でいた。もちろんジュリアと一緒に行きたい。ジュリアと二人で新しい世界で生きてゆく。何も知らない世界で、全く新しい生活を二人で築きあげてゆく……。なんて素敵なことなんだ。セバスチャンはジュリアにジョンの話をしようと思っていた。連れて行ってもらえるのは、相当難しいはずだ。いや不可能だろう。しかも女連れでは全く話にならないはずだ。それよりジュリアがそんな突拍子もない話を承諾するわけがない。しかし言ってみないとわからない。突拍子もない馬鹿げたことだが、とりあえず言うだけ言ってみようとセバスチャンは考えた。不可能なのはわかっている。だけど何かを起こさないことには、何も始まらない。いかにジュリアの心が自分から離れてしまおうが、セバスチャンには他に何もなす術がなかった。

ジュリアと会う約束をしたのは二日後だったが、セバスチャンはグリニッジに向かって馬を走らせていた。いつものように茂みに馬を隠し屋敷に近づいた。すると一台の馬車が正門から中に入っていった。誰か来客があったので、今夜はジュリアに会えないだろうとセバスチャンは思った。しかしせっかくここまできたんだから、どんな奴がきているのか見るだけ見てやろうと考えた。セバスチャンの危なっかしい好奇心の為せる業である。塀を乗り越え、庭の茂みの中から玄関を覗いてみると、馬車から降りてきたのは、なんとレオナルドだった。レオナルドは隠れるようにしてさっさと屋敷の中に消えていった。

「なぜレオナルドがここにいるのか……?」、どう考えてもセバスチャンには理解できない。暗闇に目が錯覚したのだろうか。大きな屋敷のどこにいるのかわからない。とにかく本当にレオナルドかどうかだけは確認しないといけない。今夜のところはピーターの姿も見えない。慎重に、慎重に、大きな屋敷の周りを偵察に回った。すると一階の一部屋にいるレオナルドを見つけた。レオナルドはリチャードと話をしていた。セバスチャンは、何とか聞き取れるところまで近づき、窓越しに耳を澄ませた。

「今までご苦労だった、レオナルド」

「こちらの方こそ、ここまでしかお役に立てなくて……」

「いや、君は十分にがんばってくれた。さすがにノーフォーク卿の血をひいているだけのことはある。君の今までの勇気を讃えたい」

「ありがとうございます。リチャード様こそ危険を顧みず、今まで隠れミサをされていた勇気をお讃えいたします」

「司祭は無事に帰られたか?」

「はい、もうフランスに行かれたと思います」

「それはよかった……。君はこれからどうするのだ?」

「フランスかスペインの神学校に行こうかと思っています」

「そうかぁ……。君がロンドンを離れるのは本当に辛いことだ」

「リチャード様、ご家族の方ともども、くれぐれも身の安全を確保してください」

「ありがとう。これからは本当に気をつけるよ……。ところでジュリアのスペイン行きは順調に進んでいるかね」

「はい、マルチェラ家の方々の受け入れ態勢は大丈夫です」

「あの娘は本当にお転婆だから何をやらかすかわかったもんじゃない。妻のオリヴィアが早くに亡くなってしまったのがいけなかった……。マルチェラ家には祖母の妹が嫁いでいるので親交が深い。カトリックの教会に通わせて、性根を叩き直さねば……」

「ただ今すぐ動くのは危険かと……」

「……わかった。君の指示に従う。出発の準備ができ次第連絡してくれ」

「わかりました」

「またいつでもグリニッジに遊びにきてくれ」

「ありがとうございます」

その時、ジュリアが部屋に入ってきた。

「レオナルド、来ていたの？」

「ジュリア、ちゃんとあいさつしないか」

リチャードが怒鳴った。ジュリアは膝を曲げて軽く会釈した。

「元気そうだな、ジュリア」

「元気は元気だけど、ちょっと退屈」

「それならスペイン語の勉強をもっとしといた方がいい」

「そうねぇ……、スペイン語の勉強しなくちゃね。スペイン語がもっと上手になってからスペインに行くっていうのはどう、お父様」

「馬鹿なことを言うんじゃない」

リチャードはまた怒った。

「私がスペインに行く日は決まったの、レオナルド」

「いやまだだ。もうすぐ決まると思う」

「向こうでキチンと勉強し直せ。ここにいても我々の神が宿ることはない……」

「いいえ、いつの日か本当の神が何だったか必ずわかる時がきます。それまで我々の信仰を持ち続けましょう」

レオナルドはそう言って立ち上がった。セバスチャンは気づかれないようにその場を離れ、塀を乗り越え茂みに帰った。レオナルドを乗せた馬車がロンドンへ走り去る音が聞こえた。あまりのショックに、今夜のところはジュリアに会う気になれなかった。セバスチャンは馬を走らせながら頭の中がグルグルと回っていた。


レオナルド、ジュリア、リチャード、早くに亡くなった母のオリヴィア……、カトリック、隠れミサ……、スペイン、マルチェラ家……。それにしてもレオナルドがスペンサー家と懇意にしていたとは……。自分が無知で世間知らずで、世間から一人取り残されているような思いになった。ジュリアのことを相談するべきなのだろうか、黙っておくべきなのだろうか……。ジュリアは自分とレオナルドのことを知っているのだろうか……？　これからレオナルドとどう接すればいいのだろうか？。

セバスチャンの心は、はるか東洋に向いていた。この想いをとりあえずジュリアにぶつけよう。それしか何も浮かばなかった。

次の日、バルコニーで口笛を吹くと、淡い黄色のダスマスク織りのドレスを身につけたジュリアが出てきた。

「あぁ、私の大切なあなた、待ってましたわ」

セバスチャンは忍び足で部屋の中に入った。暖炉の前まで行くと、二人は強く抱きしめ合った。

「セバスチャンどうしたの、窒息しそうだったわ」

その日セバスチャンがあまりにも強く抱きしめたばかりに、ジュリアはそう言ってから続けた。

「私はあなたの胸の中で朽ち果てても本望だけど……」

「……」

「何かあったのセバスチャン……。私には言えないことなの……」

「スペインに行く日は決まったのかい？」

「いえ、まだよ……どうかした？」

「ジュリア、君がスペインに行ってしまったら、僕たちはもう終わってしまう……」

「まだ行く日が決まったわけではないわ」

「でも君が行ってしまったら、もう終わりだ」

「まだ大丈夫よ」

「でも君は行ってしまう……。笑われるかも知れないけど、君無しでは僕は到底生きていけないんだ」

「……」

「君と一緒にいられるのなら、悪魔にこの身を捧げてもいい。君のいない世界なんて、何もできない、何も手につかない、何も見えない、何も聞こえない、何も話せない……。ただ、ただ、辛い……、苦しい……。考えるだけで胸がはちきれそうなくらい苦しい……」

ジュリアはセバスチャンの首に手を回し、溶けるようなキスをした。セバスチャンはしっかりとジュリアを抱きしめた。

「セバスチャン、私も全く同じ想いよ……。あなたといるこの現実が私のすべての世界なの。あなたといるだけで私は私であり続け、本当の私として生きてゆけるわ。そのために悪魔に身を売って、この身が焼かれようが串刺しにされようが、あなたと一緒なら私は何も辛くない……」

「ジュリア……」

セバスチャンはもう一度抱きしめた。ジュリアが身体を離しながら、「実はある作戦を考えているの」と言った。

「アイルランドに行かない？」

「アイルランド？」

「エリザベスはアイルランドを征服しようと企てて軍隊まで派遣しているわ。イングランドとアイルランドは敵対国になっている。だからアイルランドに逃げ込めばなんとかなるわ。スペンサー家と馴染みの名家も知ってるし……」

「アイルランドかぁ……」

「どうしたの……、ダメ？　遠すぎる？」

「いや、アイルランドではすぐに見つかってしまうだろう……」

「じゃ、どうするの。私は真剣よ。他にどんな方法があるって言うの」

「アイルランドに二人で行くってことは、駆け落ちするってことだぞ。駆け落ちするってことはすべてを無くすってことなんだぞ」

「もちろんよ。セバスチャン、あなたがいるから私なの。あなたがいなければ、私が私になれないの……、本当なのよ」

「怖くないか？」

「あなたと離れることが一番怖い……」

「わかった……。二人で東洋に行かないか？」

「東洋？　東洋ってインドやキタイのあるところ？」

「そうだ、インドやキタイのあるところだ。キタイのまだ向こうには、黄金の島国があるらしいんだ」

「知ってるわ、ジパングでしょ」

「ジパング？」

「知らないの？　マルコ・ポーロの本を読んだことがないの」

「俺が知ってるのは、ジョン・バッカスの話だけだ」

「昔、本で読んだわ。黄金でできている国でしょ」

「そうだ、そこだよ」

「そんなところまでどうやっていくの？」

「オランダから東洋探検の船団が出る。その船に乗せてもらうんだ」

「本当に行けるの？」

「怖いか？」

「この間、友達のジュディが結婚したのよ。相手は野心家の公爵。公爵は新大陸のタバコ農園の事業に手を出していたの。それでジュディのお父様が、投資金と娘の結婚を差し出したのよ。ジュディはこんな小さなロンドンから抜け出して、新大陸で生活しているわ」

「行くか？」

「行きましょう」

「本当に大丈夫か？」

「行かない後悔より、あなたと一緒に行って後悔したい」

「絶対後悔させるものか。新しい世界をまるごと君にプレゼントしてやるぜ」

「ジパングって遠いんでしょう。私、テムズ川の船にしか乗ったことないのよ」

「それだけ乗ったことがあるなら十分だ」

「そんな簡単に乗せてくれるかしら……」

「不安か？」

「女の私を乗せてくれる？」

「変装すればいい……」

「でもどうやって……」

「無理やりでも乗ってしまえばいい」

「いつなの？」

「二週間後にオランダのテクセル港から船が出る」

「二週間後ね……」

セバスチャンはジュリアが早すぎて反対するかと思ったが、意外とあっさりと受け入れたことに驚いた。それよりも、ジュリアが東洋行きに賛成するとは……。ジュリアは心の中で、『そうよ、運命は自分で変えられるのよ』と思っていたのだ。

「ジュリア、本当にいいのか」

「こんなにいとしいあなた……、たとえ世界が朽ち果てても、たとえ地球の片隅に追いやられても、こんなに愛している気持ちは決して変わらないわ」

「信じていいのか」

「私こそ、信じていいの」

お互いの鋭い視線が熱く交錯した。目がすべてを物語っていた。希望の中に渦巻く不安……。

「ジョンたちは一週間後グレートヤーマスに着く。それに合わせて着くようにしよう。ライムハウスという街で落ち合おう。ここからだと馬車で二〇分もあれば着くだろう。来れるか？」

「ピーターに送ってもらうわ」

「今から船に乗る手筈をつけるのでもう来れない。ライムハウスの中心に広場がある。三日後のお昼、その広場で馬車を停めて待っている」

『わかったわ」

「三日後だぞ、大丈夫か？」

念を押すようにセバスチャンがそう言うとジュリアは力強くうなずいた。

セバスチャンとジュリアの発想は、その若さゆえ稚拙で未熟であるが、純粋な誠実さを持ち合わせている。冷静な大人から見れば馬鹿げた突拍子もないことだが、自由奔放な発想、燃えたぎる熱い情熱、人並みはずれたタフさを持ち合わせた人たちによって、人類の歴史が形作られてきた一面もある。ジュリアも、セバスチャンもそういうタイプに属する人間であったかもしれない。そういったタイプの人間は得てして現実の世界では、敢えて苦難の道を歩んでしまうことも多々あるものなのだ。

それに、お互いの想いが見事に増幅し合ってしまったところもあった。つまり、ジュリアは自分がここではないどこかに身を置きたい衝動に常に見舞われていた。伝統と慣習に縛り付けられた窮屈で退屈な日常より、自由で伸び伸びした環境で思う存分好き勝手に生きてみたい特異稀な思いがあった。セバスチャンは地位や名誉はもちろん欲しいが、何よりも冒険がしたかった。無限に広がっている未知の世界に躍り出たかったのである。そんなタイミングに、二人は出会い、熱烈な恋に落ち、東洋という異次元の世界への扉を開くことになるのである。セバスチャンとジュリアにとって、ただ単に駆け落ちするというものではなかった。それぞれが胸に抱いていた居心地の悪さと野望は、恋という媚薬が起爆剤になって爆発してしまったのだ。若さはすべてを含有する。純粋な誠実さは、時に人を追い詰めてしまうものなのであるから。

セバスチャンはいつものように塀を乗り越え、馬をつないである茂みに向かった。ジュリアの確約を得た以上、あとはどうやって船に乗るかだ。馬はおとなしく待っていてくれた。その時茂みの奥から男が三人出てきた。見るとジュリアの父リチャードだった。立ちすくむセバスチャンにリチャードは馬の首筋を撫でながら、「こんなところまで馬を駆ってこられるとは、どういう用事があってのことなんでしょうな……」と言ってから続けた。

「こんな立派な馬をお持ちだとは、下級階級ではなさそうだな……」

その時タイミングよく馬がヒヒィーンと鼻を鳴らした。

「んん……、以前どこかでお会いしたことがあるかな……、そうだ、ジュリアを追って庭にドカドカ入ってきた奴だな。こんなところで何をしている?」

リチャードは腰から短剣を抜きセバスチャンの喉元にその剣先を突きつけた。

「いいか、この辺りに二度と近づくな。お前が何をたくらんでいるのか知らないけれど、今度見つけたら必ず殺す」

殺気立ったリチャードは今にも剣を突き刺す勢いだった。セバスチャンは心の中で、今夜ジュリアに会えたことを幸運に思った。

「早く消えろ。二度とその忌々しい面を俺に見せるな」

リチャードは大声で怒鳴りあげた。セバスチャンは一気に馬に飛び乗ると、手綱を握り方向を変えて、勢いよく馬を走らせた。蹄《ひづめ》の音が夜の闇に紛れ、リチャードからどんどん遠ざかっていったのであった。

次の日、セバスチャンはマーメイドに行った。ジョン・バッカスを探すためだ。セバスチャンはジョン・バッカスの居所を知らないのである。マーメイドにいる客全員に訊くと、ジョン・バッカスのことは知っていても、その居所までは誰も知らなかった。もしかして本人がこないかと、店の閉店までいたが結局こなかった。

その次の日の昼間、街の中をくまなく歩いた。船乗りがいそうなところを回ったけれどジョン・バッカスには会えなかった。夜、マーメイドにも行ったがこなかった。こうなれば強攻策しかない。ジュリアと一緒に直接グレートヤーマスに行って、ジョン・バッカスを探すしか手はない。何としても一緒に乗ってゆく。失敗なんて考えられない。というより考える必要がないのだ。なぜなら、必ず成功させる自信がセバスチャンにはあるからだ。『根拠のない自信』、それこそ若者の特権でもあるのだ。

そして三日後の朝、ありったけの金をバッグに押し込み家を出た。ジョン・バッカスはもうグレートヤーマスへ旅立ったろうか。午前中、また街中を探し回ったが見つからなかった。仕方なくライムハウスへ向かい、馬車を停めた。馬車はマーティン家のものを拝借してきた。これから四〜五日かけてグレートヤーマスまで行き、そこで馬車を乗り捨てないといけない。部屋の机の上にマーティンへの短い手紙と馬車が一台ゆうに買えるお金を置いてきていた。

正午を告げる鐘の連呼が街中に響き渡った。馬車の中で待つセバスチャンに不安が募った。本当にジュリアはくるだろうか……。グレートヤーマスまで行って無事にジョン・バッカスに会えるだろうか……。果たして本当に東洋への船に乗れるだろうか……。いや待てよ、そもそもジョン・バッカスの話を信用してもいいのだろうか……。セバスチャンの頭の中で、急に現実的なことが駆け巡った。何とか為るのではない。何とかする。そう思い切るしかないのである。

運転台に座っていて、顔見知りに会ったらダメだと思い、馬車の中で待っていた。五分経ち、一〇分経った。ジュリアはこない……。街の喧噪《けんそう》だけが気配でわかる。三〇分経ち、あっという間に一時間経った。あまりにも突拍子もない話を簡単に鵜呑みにした自分が馬鹿げていたのだろうか……。たった三日間でジュリアが決心すること自体が無理なことだったのだろうか……。ジュリアは舞い上がっている自分を傷つけないために、賛同するフリをしただけなのだろうか……。二時間たった。自分だけグレートヤーマスに行っても何の意味もない。自分の計画性の無さ、無鉄砲さをつくづく痛感した。地位・名誉・財産・伝統……、そのすべてを投げ打って貴族の娘が自分についてくるわけがないのだろうか……。ジュリアに愛のかけらも無かったのか……。ジュリアの愛は本物だと信じていた自分がどれほど愚かな人間だったのか……。セバスチャンは自分の惨めさと幼さを呪った。

大きな虚脱感に見舞われたセバスチャンは、何もする気が起こらなかった。ただ馬車の中で放心していた。そして心の中でつぶやいた。

「ジュリア、こんなにも愛しているのに……」

レオナルドは、法学院に全く顔を出さなくなったセバスチャンを心配していた。帰りに何度かセバスチャンの下宿に寄ったが、いつ行っても留守だった。「あの無鉄砲男、何か面倒な事件に巻き込まれてなかったらいいのだが……」。皮肉にもレオナルドが危惧していた面倒な事件は、もうひとつの心配事から起こってしまった。グリニッジでカトリックの隠れミサに参加していた一人の男がロンドンのレオナルドの元に馬ですっ飛んできた。その日の朝、槍《やり》や武器で武装したイングランドの役人がスペンサー家に押しかけ、謀反《むほん》の容疑でリチャードを拘束し当局へ連行されたと知らせた。驚いたレオナルドはすぐにグリニッジに向かった。スペンサー家では、隠れカトリックを中心とした人たちが心配してきていた。レオナルドは皆に向かって、「みなさん、とりあえず家に帰ってください。そして家の中にあるロザリオ、聖團、聖像などカトリックの物を処分してください。私たちの神の信仰は、私たちの心の中で強く持ち続ければいいのです。今は身の安全を優先してください」と言うと一人の男が、「リチャード様はどうなる?」と訊いてきた。

「私が当局と掛け合って状況を聞いてきます。それまで待っててください」

「レオナルド、君も気をつけた方がいいぞ」

レオナルドはうなずいた。

「ジュリアは?」

「お二階の自分の部屋におられます」

マーサが答えた。レオナルドは二階に駆け上がり、ジュリアの部屋に入った。

「レオナルド!」

「大丈夫だったか?」

レオナルドはジュリアを抱きしめた。

「きてくれたのね、ありがとう。お父様は大丈夫かしら……」

「後で僕が状況を確認するから、今は何も心配しなくていい」

「レオナルド、お願いがあるの。今すぐにライムハウスに行ってきて」

「ライムハウスに？……」

「大事な方と大事な約束をしているの……。今すぐ行ってきて欲しいの」

「ジュリア、落ち着くんだ……」

懇願するジュリアをなだめるようにレオナルドがそう言った。ジュリアは慌てているようだった。リチャードが捕らえられて動揺していると思ったレオナルドは肩透かしを食わされた感じだった。

「どうしたんだ、ジュリア」

「レオナルド……、私……」

「何があったか、ゆっくり話してごらん」

「ある男《ひと》と、恋に落ちてしまったの……」

ジュリアは息を整え、落ち着いて話し出した。ロンドンで馬車に襲われた時の彼との出会い、馬車で助けられてからずっと彼を想い続けていたこと、そして彼が突然二階のベランダに現れたこと、それから会う度に胸が張り裂ける想いで恋をしてしまったこと、彼がプロテスタントだということ、リチャードがジュリアをスペインに行かせようとしていること、だから二人でアイルランドに逃げようと考えていたこと、彼がオランダから東洋に出る船に乗ろうと言ったこと、そのために今まさに彼がライムハウスで待っていること……。

「あの人は待ってるわ。私を信じてずっと待ってるはずだわ。私が臆病で、愛のかけらもないいい加減な女だと思われてるに違いない……」

「その男もいい加減で、本当は待ってないかもしれないよ」

「私にはわかるの、彼は絶対待ってる。彼はそういう男《ひと》なの……」

レオナルドは直感で思い出した。法学院でたまたま出くわせたピーターがセバスチャンの居所を訊いた時のことを――。レオナルドは、「その彼の名前は?」とジュリアに訊いた。

「セバスチャン……」

「……セバスチャン・コーウェルだな」

レオナルドが名前を知っていたことにジュリアは驚いた。

「なんてことだ……」

「えっ、セバスチャンを知ってるの?」

「ロンドンで一番仲のいい友達だ……」

「えっ、レオナルドとセバスチャンが友達……」

ジュリアもレオナルドも驚きのあまりそれ以上声にならなかった。お互いがお互いの思惑の中で、思索が交錯していた。

「敬虔《けいけん》なカトリック信者である僕が、なぜプロテスタントであるセバスチャンと友達なのか……。それは、自分がカトリックだとばれないようにするためなんだよ。僕にとって、信仰心がそれほど厚くなく宗教的に能天気なセバスチャンと友達になることは、実はそれこそ表面上の処世術でもあったんだ」

「そうだったの……」

「ジュリア、今日のところは、何も考えずに休んだ方がいい。マーサにそばについていてもらおう。明日役所に行ってお父上のことを確認してくる。セバスチャンのことも今日は忘れるんだ。後は僕に任せておけばいい」

「私、セバスチャンのことを心から愛しているの。あの人の前では本当の自分でいることができるの。それだけはわかって欲しい……」

「何も考えなくていい。何も心配しなくていいから」

レオナルドはマーサを呼び、ずっとジュリアについているように頼み、部屋を出た時は午後二時を過ぎていた。

ライムハウスは、造船の町である。ロンドンのテムズ川沿いの河口に近い町で、英国海軍の造船所として名高いチャタムの海軍基地にも遠くない。町には、大型の遠洋帆船、スペインやポルトガルの敵国との戦争のための軍艦の製造、また船を修理するためのドックもたくさんある。ライムハウスという名は、船員たちがここで壊血病に効くと考えられていたライムジュースを飲んだことに由来していると言われている。

町の中心にあるそれほど大きくはない広場の片隅に、馬車が一台正午から停まっていた。もう午後四時を過ぎているというのに、馬車は一向に動く気配を見せなかった。セバスチャンは放心した時間を過ごして冷静さを取り戻しつつあった。過ぎ去ったことをあれこれ考えても仕方がない。つまりジュリアがこなかった理由をいくら考えても埒があかないのである。それより次のことを考えなければならない。では、次に何をするか？………、しかしそれが何もまとまらないのである。とりあえず帰ろうか。グリニッジまで行く気にもなれないし、マーメイドで一杯やっていくか……。その時だった。馬車の中にレオナルドが乗り込んできた。あまりの唐突な出来事に、セバスチャンは驚愕した。

「最近顔を合わさないと思っていたら、こんなところにいたんだな」

「レ、レオナルド……」

「セバスチャン、残念だがジュリアはこない」

「……」

状況が飲み込めないセバスチャンは言葉を失っていた。

「スペンサー家とは子どもの頃からの長い付き合いなんだ。今まで君に何も言なかったけど、僕はフィリップ・ハワードの庶子《しょし》だ。祖父は一五七二年に、イングランドに亡命していたスコットランド女王でカトリックのメアリー・ステュアートとの内通疑惑がもとでロンドン塔で処刑された第四代ノーフォーク公トマス・ハワードだ。スペンサー家とは……」

「わかったレオナルド、君はカトリックの名家の庶子で、ジュリアと子どもの頃から親しかった……、そういうことだろ」

「そうだ、その通りだ」

レオナルドはうなずいてから続けた。

「今日の朝早く、ジュリアの父リチャードが、カトリック信仰の容疑で連行された」

セバスチャンの顔色が変わった。

「それでジュリアはここにはこれなかった。彼女は連行されたリチャードのことより、君との約束を反故《ほご》にしたことを気にしていた。まさか君とジュリアがこんなことを考えるまでになっていたなんて……」

「ジュリアは本当に気にしていたのか？」

「あぁ、本当だ」

「ジュリアは本当にここにくるつもりだったのか……」

「本当だ。君もジュリアも無鉄砲にもほどがある」

しばらく黙って考え込むセバスチャン……。

「どうしたんだセバスチャン。ジュリアを責めてもダメだし、リチャードを責めてもダメだぞ」

セバスチャンが静かに口を開いた。

「ジュリアがここに本当にくるつもりだったと聞けただけで十分だ」

「こんな無計画で稚拙なことを信じるなんて馬鹿げている。そもそもどうせジョン・バッカスの話だろう。なぜあんな男のことを信じられるんだ。そっちの方が不思議だ。セバスチャン、もっと大人になれ。無謀と情熱を履き違えるな」

「……」

黙り込むセバスチャンに、レオナルドが続けた。

「彼女を忘れるんだ」

「馬鹿なことを言うな。そんなことできるわけがないじゃないか」

「できるとかできないとかいう問題じゃない。忘れるしかないんだ」

「それができないから苦しんでいるんだ。彼女が悪魔に身を売ったとしても、俺はその悪魔に懇願する。

この身が焼かれようが、刺されようが、彼女と一緒になれない苦しみよりどれだけ楽で幸せなことか！」

『君が悪魔に身を捧げようが、地獄で焼かれようが、ジュリアとは一緒になれない」

「それは誰が決めたんだ」

「自然の摂理、神の宿命、人間の原理なんだよ。つまり、君とジュリアがこんな状態で生きていて、こんな形で出会い、こんな関係でいるのはすべて神の意思なのだ。それに逆らうことはできないんだ」

「好きになった女と一緒にいたいと思うのも、自然の摂理ではないのか。そもそも、なぜ神は男と女を作ったんだ。男と女が恋に落ちるようにしたのは神じゃないのか」

「神の意思は尊大なるものだ。何人も神に抗うことはできない……」

「今は神よりもジュリアだ。俺にとってはかけがえのない世界でたった一人の人なんだ。今日はとりあえず帰る」

セバスチャンはそう言って一旦馬車を降り、運転台に乗り換えた。

「ロンドンに戻ろう」

馬車を降りて立っていたレオナルドにセバスチャンが声をかけた。レオナルドは馬車の運転台に乗り込み、セバスチャンの隣に座った。空は陰気な灰色の雲に覆われ、風はますます冷たくなっていくようだった。二人はただ黙ってロンドンへの道をたどっていた。

＊

一週間後、ジョン・バッカスとダニーは当初の予定通りグレートヤーマスに着いた。ここから船に乗ってオランダのスヘフェニングンの港町に行き、そこからテクセル港に入った。

テクセルの港に直行すると、視界に壮大なる東洋への夢を馳せた最新の大型ガリオン船三隻が映った。その姿は、雄大なる威厳を保ち、男の冒険心を暴力的なまでにも奮い立たせ、これから起こり得るいくつものドラマをせせら笑うかのように夕暮れの中、静かに佇んでいた。明日、船団は出発する。今日はこのいずれかの船の中で一泊する予定である。船の近くまで立ち寄ると、後ろからこの航海に誘ったオランダ人のシモンがジョン・バッカスの肩を叩いた。ダニーも含めた三人は再会を喜んだ。

「早々だが、ヤンを憶えているか？」

「一度会った投資家の男か」

「そうだ。ヤンが待っているので会いに行こう」

シモンはそう言って、二人を船の中の船長室へ案内した。部屋の中は、海図や資料、コンパスなどがテーブルの上に置いてあった。部屋の隅にあるチェストの上には地球儀もあった。投資家のヤンはジョン・バッカスとダニーを見ると笑顔で握手をしてきた。

「よくきてくれた」

「こんな偉大な航海に参加させてもらっただけで光栄であります」

「紹介しておこう、今回の船団の総司令官ウィレムだ」

ヤンは傍らに立っていた男を紹介した。ウィレムは、すらっとした長身で、質素な黒っぽい上着(タブレット)、スタイリッシュでスタイルのいいタイツを履き、鞘におさめた小剣を腰につっていた。ジョン・バッカスは、「これがこんな偉大な航海の司令官なのか。船乗りの司令官というより、どう見てもビジネスマン風で好かない野郎だ」と、心の中で思った。

「いろいろと準備もあって、最後の資金繰りが延びている。出発を一ヶ月後に引き延ばすことにした」

ヤンがそう言った瞬間にジョンが怒り心頭に声を上げた。

「冗談じゃない、一ヶ月も出発を延ばすと、季節風に間に合わなくなる。喜望峰から先に行くためには、季節風に乗らなければならない。時期を逃すと逆風になって東洋どころかインドにも行けない」

「君は東洋に行ったことがあるのかね」

ウィレムが訊いた。

「いいえ、ありません」

「ないのなら我々の指示に従ってもらう」

「それでも、一ヶ月延ばすのは危険だ。下手すりゃ喜望峰にさえ着くことができなくなるかもしれない……」

「東洋に行ったことがないのにどうしてそんなことがわかる?」

「遠洋航海を経験している船乗りの常識ですぜ。風がなければ船は進まないんだ」

遠洋航海の経験がある船乗りなら誰でも知っているこんな基本的な常識さえも知らない気取った総司

令官に、ジョン・バッカスは不安を憶えた。この男で本当に大丈夫なのだろうかと……。

「船には、交易のための毛織物や羊毛、ビロードの布などを満載する。しかもポルトガルやスペインの船に出会って戦闘となった時のために、大砲や小銃、弾薬などで重装備する必要がある。そんな簡単に出発できるものじゃないんだ」

「しかし目的地に着かなければ航海そのものの意味が無くなってしまう……」

「この航海にどれだけ莫大な費用がかかっているか、君は知っているのか！」

ウィレムは痺れを切らして怒鳴るようにそう言った。

「まぁ、そう苛立つなウィレム。彼も航海のことを思って言ってるんだ」

ヤンが割って入った。

「そもそも、オランダの船になぜイギリス人が必要なんですかね」

ウィレムが皮肉まじりにそう言った。

「ジョン、君はイギリス海軍の輸送船長としてスペインとの無敵艦隊との大海戦に参加した経験があるのだね」

ヤンはウィレムの言葉を無視して、ジョン・バッカスに訊いた。

「はい、そうです」

「海軍を辞めた後はロンドンの貿易会社で船長を務めて、アフリカの航路にはよく行ったんだろ」

「その航路が一番得意でした」

「若い頃は北東航路の探検にも参加して、スピッツベルゲン諸島まで行ったことがあるそうじゃないか」

「あの航海ではノース・ケープまで行きました。あの時は生きて帰れるとは思ってもみなかったですね。吹雪と氷で大変な航海だった……」

「君は見かけによらず、立派な船乗りだ。しかも冒険心もあってタフだ」

ヤンは振り返り、「君にこれだけの経験があるかね、ウィレム君」と言うとウィレムは黙って下を向いた。ヤンはジョン・バッカスを見た。

「これだけの大航海なのだ、資金も相当額つぎ込んでいるのもわかって欲しい。しかしできるだけ早く出発するように努力をする」

「何よりも風です。一日でも早い出発をお願いします」

「わかった。ところでジョン、ひとつ頼みがある」

「この私に……、何ですか？」

「イギリスは、かの無敵艦隊を打ち破った素晴らしい武器と技術を持っている。オランダ人水夫に欠員が出た。大砲を使えて銃の腕もある水夫を二人ほど連れてきてくれないか」

ウィレムはこれ以上イギリス人が増えるのかと怪訝《けげん》な顔をしたが、ジョンが「わかりました。あたってみます」と答えると何も反論しなかった。

ジョンとダニーとシモンの三人は船を降りた。

「本当に出航するのか？」

ジョンがシモンに訊いた。

「これだけの準備をして、ここまできたら出航しないことはないだろう。どうする、ジョン」

「大儲けのチャンスはそうそうに掴めない、俺は行くぜ。一旦ロンドンに帰って水夫を二人見つけるよ。出発の日がわかれば連絡してくれ」

「わかった」と、シモンが答えた。

そこでジョン・バッカスとダニーはシモンと別れた。港には三隻のガリオン船が雄大に浮かんでいた。


グリニッジでは、拘束されていたリチャードが三日後に釈放されて帰ってきた。逮捕された時、屋敷をくまなく捜索されたが、カトリック信者を決定付ける証拠が何一つ出なかったことが幸いしたのだ。ジュリアもリチャードの釈放を素直に喜んだ。あの大きな屋敷での使用人を除いた一人住まいは、荷が重かった。

あれからセバスチャンはどうなっただろう……。レオナルドは無事にセバスチャンに会えただろうか……。セバスチャンは怒っているだろうか……。ジュリアの元にはどちらからも何も連絡はないままだった。


レオナルドには新しい悩みの種ができてしまった。ジュリアのお転婆も相当なものだが、セバスチャンの破天荒ぶりには、呆れ返るしかなかった。

レオナルドは自分の身の振り方に、ロンドンでのカトリックへの弾圧が増していく中、フランスかスペインの神学校へ行こうと本気で考えていたが、セバスチャンのおかげでそれどころではなくなってしまった。あの男は何をしでかすかわかったもんじゃない……。自分一人で好き勝手にやればいいものの、ジュリアを巻き込んだとあっては、知らん顔はできない。まずジュリアの身の安全を確保するのが先決だ。できればセバスチャンをブリストルの田舎に帰したいものである。

それにしても、よくまあオランダの船で東洋へ行くなんてことを平気で考えられたものだ。しかも女を連れて。正気の沙汰じゃない。セバスチャンは悪魔に身を捧げてまでもジュリアと一緒になると言ってたけれど、セバスチャンこそ悪魔に取憑りつかれているのではないかと思えるほどだ。レオナルドにとってセバスチャンの思考回路が無茶苦茶なのだ。とりあえず、東洋行きはなくなった。それだけでひと安心できる。しかしながらあの男は何を考え出すかわからない。注意深く見ていかないと……と肝に銘じていた。

そんな折、ロンドンの町はずれでジョン・バッカスを偶然見た。レオナルドは雑踏をかき分けて、ジョン・バッカスを追った。レオナルドとジョン・バッカスの距離が悪すぎた。結局ジョン・バッカスを見失ってしまった。「あの男、やっぱりいい加減な奴だ。東洋に行くと言っといて、未だにロンドンをうろついているじゃないか」、レオナルドは憤懣《ふんまん》やるかたなかった。根も葉もない話を信用したセバスチャンより、ありもしない話を吹っかけたジョン・バッカスのことが許せなかった。雑踏の中で立ち尽くしながら、レオナルドは、何とも言えない不安が渦巻く悪い予感を感じていたのだった。

セバスチャンは東洋行きが駄目なら、ジュリアが言ったアイルランド行きでもいいと真剣に考えるようになっていた。未来を切り開くためには改革が必要だと思っていたのだ。このままではジュリアがスペインに行ってすべてが終わってしまう。それを阻止するためには、自分が動かなければならない。レオナルドが言う、「すべては神の意思」なら、自分が神になって未来の意思を切り開けばいいと、単純至極に考える極めて宗教心のない男なのである。

ジョン・バッカスは、大砲を使えて銃の腕もあるイギリス人水夫を必死で探していた。できれば無敵艦隊との海戦の経験があれば最高である。時間がない。出発が一ヶ月延びたといえどもテクセル港までの道程を考えれば、日数がほとんどなかった。知り合いを当たり尽くしたが、目ぼしい人材にはめぐり会えなかったし、たとえいたとしてもこんな危険な大航海をすぐに快諾できるわけがなかった。

テムズ川のほとりに腰を下ろし、ジョン・バッカスは途方に暮れていた。心の中でヤンの依頼を気軽に快諾したことを後悔した。かといって誰も連れて行かないわけにもいかない……。大砲を扱えようが扱えまいが、とりあえず船にさえ乗せてしまえば、後は航海中に仕込めばいい。誰かいないものか……。

偶然と運命は表裏一体、常に相関関係を持っている。すべての偶然の意図は、ジョン・バッカスの頭の中のシナプスでつながった。ジョン・バッカスは立ち上がり、目を輝かせてマーメイドへと走り去った。

マーメイドに着くと、手当り次第にセバスチャンの居所を訊いて回った。すると、セバスチャンを知っているという赤ら顔の男に出会った。セバスチャンがいるマーティン家の近くに住んでいる男である。

「あの若造は、ポンドに変わった男だぜ。何を考えているのかさっぱりわからん。ブリストルの実家は大金持ちのくせにいつも汚い格好をしている。毎日どこに行ってるのかも知らないし、何をしているのかもさっぱりわからん男だ。マーティンも相当手を焼いているようだが、月々大そうなお金を入れてくれるので、そう簡単に切れないらしいぜ」

ジョン・バッカスがこの赤ら顔の男にセバスチャンを呼んできてくれと頼むと、面倒くせぇと断ってきた。ジョン・バッカスは仕方なく小銭を差し出すと男は喜んで出て行った。カウンターに一人座って待っていると、何人かの顔見知りの船乗りたちが、「おいジョン、オランダの船で東洋に行ったんじゃなかったのか」と皮肉っぽく言ってきた。ジョン・バッカスはその度に、「延期になったんだ」と無愛想に答えていた。

しばらくして赤ら顔の男がセバスチャンを連れてきた。セバスチャンはジョン・バッカスの顔を見るなり、「この野郎、俺をだましやがったのか」と問答無用で殴りかかってきた。セバスチャンのパンチをサラリとかわしたジョン・バッカスは、「落ち着けセバスチャン……、朗報だ」と言って椅子に座り直した。

「ほら、座れ、セバスチャン。俺の話をしっかり聞くんだ」

胸の中の苛立ちを抑えてセバスチャンは椅子に座った。

「とりあえず、一杯飲め」、ジョン・バッカスがそう言うとエールを注文した。セバスチャンは運ばれてきたエールを一気に飲み干した。

「俺はあんたを探していたんだぜ。何としても船に乗せてもらおうとな。それでグレートヤーマスまであんたを探しに行こうと思ってたんだ……」

「きたのかグレートヤーマスまで」

「いや、ちょっとした行き違いがあって行けなかった。それよりこんなところで何をしてるんだ。東洋に行くオランダ船の話は嘘なのか」

「俺は予定通り、オランダのテクセル港へ行った。着いたのは出発の前日だった。そこで投資家と今回の航海の総司令官と会ってきたよ。出発は延期になったんだ」

「延期に?」

「そうだ、一ヶ月延期になった」

ジョン・バッカスはワインを一口飲んでから続けた。

「セバスチャン、俺を探してたというのは本気で船に乗るためなのか?」

「本気だ」

「航海は大変だぞ。ましてや素人の君には相当過酷なことだぞ」

「覚悟はできてる」

「夢物語だけでは済まないぞ。命を落とす可能性も十分にある」

「命がけで冒険ができるんだぜ。それに俺には新しい世界に行かなければならない理由があるんだ」

セバスチャンは直感で、ジョン・バッカスは自分を連れて行く気だとわかった。問題はジュリアだ。自分は行けてもジュリアまでも連れて行けるのは相当難しいだろうと考えていた。

「実は投資家に頼まれ事をされた」

「……」

「航海中にスペインやポルトガルの軍艦に襲撃される可能性があるので、相当の武器を積んで重装備で行く。スペイン人の水夫に欠員が出たこともあって、大砲を使えて銃の腕もある水夫を二人ほど連れてきてくれないかと頼まれたんだ。セバスチャン、大砲は扱えるか？」

「扱えないが扱えるように努力する」

「銃は扱えるか？」

「銃ならブリストルの森で狩りをやって遊んでいたので大丈夫だ」

「行くか？」

「ジョン、頼まれたのは二人って言ったな」

「ああ、言ったよ」

「俺の知り合いで大砲が撃てて、銃の扱いもできる友達がいる。この話をしたら、何としても自分も連れて行って欲しいと頼まれてるんだ。そいつも一緒じゃダメか？」

「その友達は若いのか？」

「まぁ、若いといや～若いし、若くないといやぁ～若くないし……」

「無敵艦隊との海戦の経験はあるのか？」

「あぁあるとも。何でもサー・ウォルター・ローリーの片腕だったそうだぜ」

「おぉ、それはありがたい。本当にきてくれるのなら、是非きて欲しい」

「俺に任せておいてくれ。二人で行く」

「これこそ神の思し召しだ。助かった……」

ジョン・バッカスが心から安堵の表情を浮かべた時、セバスチャンの想いはジュリアに飛んでいた。

無謀に思えた勝手な想像力が現実をここまで変えてきた事実に、セバスチャン自身が驚くほかなかった。セバスチャンには思い描いたイメージを現実に引き寄せる何か特殊な力が備わっているのかと思わせる出来事だった。今度こそ、しっかり予定を組んでジュリアと一緒に必ず船に乗ろうと心に誓った。大砲の扱いも銃の扱いも、船にさえ乗ってしまえばこっちのもんだと思っていたのである。不安より期待。それがセバスチャンの信条である。

「住所を教えてくれ。出発の日がわかり次第連絡する」

「わかった」

「それとプライベートな荷物はできるだけ少なくしてくれ。船は大きいが貿易のための荷物など満載してるのでな」

「了解した」

「いつ出発してもいいように、すぐに準備に取り掛かってくれ」

ジョン・バッカスのその言葉に、セバスチャン・コーウェルは無言で力強くうなずいたのだった。

天から降って湧いたような幸運。ジュリアと東洋への旅に出ることが実現した。しかも向こうからお願いされてである。信じられない強運だ。

早々、その夜グリニッジに馬を走らせた。馬をとめる場所は、今までよりずっと遠くの茂みを見つけ、だいぶ歩いてからジュリアの屋敷にたどり着いた。蔦《つた》を登りベランダに顔を出した。

「ジュリア、ジュリア……」

小声で呼んだ。気配がしない。部屋には誰もいないようだ。少しして、ドアが開いた。セバスチャンはもう一度ジュリアを呼んだ。

「セバスチャン、あなたなの?」

ジュリアがベランダに出てくると同時にセバスチャンは身軽にベランダの塀を飛び越えて中に入った。

「セバスチャン!」

「ジュリア!」

二人は壊れ合うぐらいに強く強く抱きしめ合った。今ここに相手が存在しているという、身体全体に伝わる熱い感触。腕に感じる相手の体積。夢でもない、幻でもない。お互いの身体の存在を確かめ合うようにきつくきつく抱きしめ合った。何も聞こえなかった……、何も見えなかった……、何も考えられなかった……。

しばらく抱きしめ合った後、身体を少し離し、お互いを見つめ合った。交錯する視線だけでお互いの想いが通じ合った。言葉にならない瞬間というのはまさにこの時である。ゆっくり、ゆっくりと、唇が重なり合っていった。そして二人の脳は、すべての活動を一瞬休止したのだった。

長いキスの後、二人は部屋の中に入った。ジュリアはライムハウスに行けなかったことを言い訳するわけでもなく、レオナルドが自分の代わりに行ってくれたのか確認することもなく、ほほえましく愛くるしく穏やかな少女の顔をしていた。

「ジュリア……、俺と本当に一緒になる気があるか?」

ジュリアは黙ってうなずいた。

「オランダ船の東洋行きが一ヶ月延びた」

「じゃ、まだチャンスはあるってことなの？」

「そうだ……」

「お父様が拘束されたこと、ライムハウスに行けなかったこと、そしてお父様が帰ってきて、出航が一ヶ月延びた……。すべて何かの縁で繋がっているのね」

「しかも、大砲と銃を扱えるイギリス人水夫を二人探しているということだ。できれば無敵艦隊との海戦の経験のある人間がいいって言ってるらしいんだ」

「えっ、そんなことってあり得るの？」

「俺たちが一緒になるためにすべてが動き出している。今度こそ本当に出発だ」

「いつ？」

「出発の日の連絡がくることになっているが、まだはっきりとはしていない。しかしオランダのテクセル港まで行く日にちもあるので、あまり時間がない」

「どれくらい？」

「早ければ二、三日中に出発しないといけない」

「わかったわ、ただ……」

「ただ……、どうした？」

「大砲と銃が扱えるかしら」

「大丈夫だ。航海は長い。敵に襲撃されるまでに俺が教える」

「ホント、頼もしいわ。セバスチャンは大砲を扱えるのね」

「いや、扱ったことはない」

「じゃ、どうするの？」

「君より先に俺が覚えればいいんだろう」

「まぁ、そういうことね……」

「あっそれと、無敵艦隊との海戦の経験があるって言ってあるから、適当に話を合わせておいてくれ」

ジュリアは呆れ気味に、「無敵艦隊ねぇ……」とつぶやくように言うと、少し考えてから、「レオナルドに言っておいていい？」と訊いた。ジュリアはセバスチャンに反対される前に切り出した。

「私が出てゆくと、お父様はすごく心配すると思うの。私がいなくなった後、お父様に心配しないようにレオナルドに説明しておいてもらうわ」

「……」

「大丈夫よ。私から素直に説明すれば絶対わかってくれるわ。レオナルドのことは子どもの頃から知ってるから安心して」

「わかった。もし反対されたらすぐに俺に言ってくれ」

「大丈夫よ」

ジュリアは微笑みながら答えた。

「じゃ、行くね」

セバスチャンはジュリアの唇に軽くキスをした。

「気をつけて帰ってね」

バルコニーの上からジュリアが小声でそう言った。セバスチャンは蔦を降りると笑顔で手を振って夜霧の中に消えていった。その夜は五月というのにまだまだ肌寒い夜だった。

次の日、レオナルドはグリニッジから馬を走らせてロンドンに帰ってきた。グリニッジでジュリアから一部始終を聞いたレオナルドは、ロンドンの場末でジョン・バッカスを見た時の不安が見事に的中してしまったと思った。前回のライムハウスの一件でこの問題は終わり、セバスチャンとジュリアの仲もそのうち自然消滅すると思っていたが、よりによって出発が一ヶ月延びたなんて。おまけにイギリス人水夫を二人探していたなんて……。セバスチャンとジュリアにとっての神は幸運に満ち溢れているものだが、レオナルドにとっての神は、どこまでも試練を与え続ける存在なのである。

馬に乗りながらあれこれと考えを廻らし続けた。そうしている間に、あっという間にセバスチャンの住んでいるマーティンの家に着いた。二階に上るとセバスチャンが荷造りをしていた。

「精が出るな」

その言葉にセバスチャンが振り向いた。セバスチャンは一瞬で、レオナルドはジュリアから話を聞いたとわかった。

「早ければ、二〜三日後に出なければならないからな」

「手伝おうか？」

「俺は大丈夫だ。手伝うのならジュリアを手伝ってあげてくれ」

「女の旅支度は大変だぞ」

「女じゃない、船の上ではジュリアは男なんだ」

「大砲と銃を扱えて、無敵艦隊との大海戦の経験のあるイギリス人水夫かぁ……」

「レオナルド、何が言いたい」

「すまないセバスチャン、嫌味で言ってるのではないんだ。本当に心配しているんだ」

「今回は大丈夫だ。俺も最初はジョン・バッカスをいい加減な奴だと信用しなかったけど、出発が一ヶ月延びたことで、間違いないと確信している。オランダ人水夫に欠員が二人出たというのは、俺たちの情熱がそうさせたんだ」

「本気で行くのか？　セバスチャン」

セバスチャンはうなずいた。

「ジュリアも連れて行く気なのか？」

セバスチャンはもう一度力強くうなずいてから、「俺たちが一緒になれるのはこれしか方法はない」と言った。

「わかった。ジュリアもその気だ。君たち二人の決意を前にして何を言っても収まらないだろう。セバスチャン、僕は本気で君たちを応援しようと思っている」

セバスチャンは肩透かしを食らった感じがした。レオナルドは必ず反対すると思っていたからだ。

「本当にそう思ってくれているのか？」

「君の偏屈さも知ってるし、ジュリアの人並みはずれた強情さもよく知っている。彼女のことは子どもの頃から知ってるからね。僕が反対したところでどうにもならない。それならいっそ、幼馴染と親友のためにひと肌脱ぎたい」

「ありがたい……。恩に切るレオナルド」

「それで相談がある」

セバスチャンは、レオナルドの次の言葉を待った。

「出発はどこの港だった？」

「オランダのテクセル港だ」

「テクセルかぁ……。ここからだいぶあるな。いいかセバスチャン、ジュリアは簡単に屋敷を抜け出せない。僕が責任を持ってジュリアをテクセルの港まで連れて行く。セバスチャン、君は一人でテクセル港に行ってくれ。そこで落ち合おう」

「ちょっと待ってくれ、レオナルド。それはダメだ。ジュリアが本当にくるのかどうか気が気じゃなくなる」

「セバスチャン、僕を信用してくれ。ジュリアは必ず僕が連れ出す」

「しかしなぁ……」

「僕とジュリアは幼馴染なんだ。ジュリアのお父さんのリチャードには僕は絶大なる信用がある。僕が連れ出すほうが安心だし簡単だ」

「……」

「セバスチャン、僕は本当に君たちの役に立ちたいんだ。もし僕を信用できないのなら、僕は君たちの意見に反対せざるを得なくなる。そうすれば、この話は流れてしまう。セバスチャン、よく考えてみてくれ。このままグリニッジに行ってリチャードにこの話をできないことはないんだよ」

セバスチャンは、レオナルドが知ってしまった以上、いつでもリチャードにバラされることは理解できた。それがレオナルドを信用する確信となった。

「レオナルド、本当に信用していいんだな？」

「本当に信用してくれ」

「わかった」

レオナルドとセバスチャンは熱く握手をした。セバスチャンはそのグリップの強さから、レオナルドは本気で応援してくれていると信じてやまなかったのである。

その日の夜、セバスチャンはジュリアに会いに行った。「やっぱりあの人は私のことをわかってくれている」と、ジュリアはレオナルドの好意にいたく感動していた。これで間違いない。すべてうまくいくよう手筈は整った。後は出発の連絡を待つばかりである。

「新しい世界が僕たちを待っている」

「あなたとなら世界の果てまでもついていけるわ」

キスをして、その言葉を最後にバルコニーを降りた。夢と希望と期待に膨らんだ二人に、満月が微笑んでいたのであった。

セバスチャンの元に出発の日が知らされたのは、その二日後だった。セバスチャンは早々レオナルドに会った。「出航は六月二四日正午だ。俺は二日後にはここを出て、二四日の早朝にテクセル港に着くようにする。

君たちも二日後までには出発するようにしてくれ」

「わかった」

「ジョン・バッカスとは、テクセルの港で会うことになっている。あいつも相当燃えているようだぜ」

「腕が鳴るだろうよ」

「出航の時間に遅れたら大変なので、一日前にはテクセルかその近くの町で泊まるようにしておいてくれよ」

「テクセルまでの道のりは調べてある、心配しないでくれ。それより航海のことを考えていた方がいい」

「船にさえ乗れば何とかなる。ジョン・バッカスもいるしな」

「わかった。ではテクセルで」

「あっ、それと、ジュリアに変装を忘れないように言っておいてくれよ」

「ジュリアはこの日のために長い髪をばっさり切っていたよ」

「じゃ、大丈夫だな。テクセルで会おう」

その言葉を最後に二人は別れた。この時点では、セバスチャンには何者も敵はいなかったのである。

ロンドンを出る当日の朝、セバスチャンは馬でグレートヤーマスに向かっていた。よく晴れた朝だった。こんなに気持ちのいい朝を迎えるのは久しぶりのことだと思っていた。道行く風景はのどかで目に見えるすべての世界が微笑んでいるようだった。

グリニッジのスペンサー家では、一〇個ほどのトランクに囲まれたジュリアが自分の部屋でレオナルドの迎えを待っていた。父リチャードは朝から外出しているはずだったので、気兼ねなくレオナルドと出発できるはずであった。

約束の時間になってレオナルドが部屋に入ってきた。これでやっと出発できると思った瞬間にリチャードと下男のピーターとマーサが続いて入ってきた。

「なんだ、この荷物は……。長い航海に行くにしても、いくらなんでも多すぎるんじゃないのか」

「お父様……」

ジュリアはそう言いながらレオナルドの顔を見た。

「ジュリア、行ってはダメだ」

レオナルドのその言葉に、ジュリアは「レオナルド、私を騙したの！」と叫んだ。

「騙したなんて言ってはダメだぞジュリア。レオナルドはお前のために敢えてこういう選択をしたんだ。ピーター手を貸してくれ。このお転婆娘を地下の部屋に連れて行って頭を冷やさせないとならないからな」

落胆したジュリアは自分一人では立てないくらい、全身から力が抜けていった。「すべてが終わった……」、そう思ったジュリアはこの場に及んで抵抗することなく、ピーターとマーサに抱きかかえられながら地下室に入った。

「しばらくそこで頭を冷やせ」

リチャードが重々しく鉄の筵をかけながらそう言った。階段を上るとレオナルドが馬を曳いていた。

「本当に行くのか？」

リチャードがレオナルドにそう言った。「ジュリアがこないとわかるとあの男はロンドンに舞い戻ってきて、また何をしでかすかわからないですよ。僕が一人でテクセルに行って、彼が一人で船に乗るようにしてきます」

「大丈夫か？」

「任せておいてください」

「君には本当にいろいろ世話になった。君が帰ってきたら君の将来の役に立ちたい。無事に戻ってきてくれ」

「大丈夫です、心配しないでください。それよりジュリアをよろしくお願いいたします」

レオナルドはそう言うと颯爽と馬に乗り、テクセルに向かって走り去ったのだった。

九

一五九五年六月二四日、オランダ・テクセル港

　オランダ北部に広がる北海に、島が連なっている。その中のワッデン諸島最大の島がテクセル島である。テクセル島は長さが三〇キロほどの大きさだ。この島の港は一七〜一八世紀、世界で最初の株式会社「オランダ東インド会社」が極東方面に出発する船団の停泊港として利用されていた。そのため港には多くの大型帆船が停泊し、その優雅さから画家たちが船団の絵を描きにくるほど当時は有名な港だった。

　その日の朝、テクセル港に最新の大型ガリオン船三隻が停泊していた。赤・白・青の三色旗が船の檣頭《しょうとう》で潮風にはためいている。セバスチャンははやる気持ちを抑えて船に近づいた。近くで見ると壮大で雄大だった。帆柱、帆桁、それにクモの巣を張りめぐらせたような索具のロープ。これに乗って大海原へ駆け出し、東洋への大航海へジュリアと旅立つ。船団を目の前にして、今までのすべての幻想と妄想が一瞬で現実になった瞬間だった。

「いよいよだな」

ジョン・バッカスがそう言ってセバスチャンに近づき、固く握手をした。

「一人できたのか？」

「もう一人は出発までにくるはずだ、心配ない」

ジョン・バッカスは停泊している船を見上げて、「あれがホープ号、こっちがヘロープ号、そしてこれがトラウ号だ」と一隻一隻指差しながらセバスチャンに説明した。ホープは文字通り希望を意味し、ヘロープは信仰、トラウは忠誠を意味していた。

「この船団の旗艦はホープ号だ。総司令官のウィレム以下航海長、航海士はホープ号に乗る。お前さんたちはトラフ号に乗ることが決まっている」

「ジョン、君はどの船に乗るんだ？」

「俺は今回、これまでの遠洋航海の経験を見込まれて、副航海長として旗艦ホープ号に乗る」

「同じ船ではないんだな」

「大丈夫か？」

「心配するな。連れと一緒だ。二人で力を合わせてがんばるよ」

「航海は長い、しかも君が考えているほど甘くはないぞ。船は常に乗組員のチームワークで成り立つんだ。まあその時がくればわかるだろう……」

セバスチャンは航海の不安よりジュリアが無事にくるかどうかが心配だった。ここまできたら親友のレオナルドを信じるほか手はなかった。

その同じ時刻、レオナルドはテクセルの町に着いていた。セバスチャンに見つからないように町の小さな宿屋にひっそり身を潜めていた。レオナルドは正午ちょうどに船に行こうと決めていた。

セバスチャンとレオナルドがテクセル港にいる三日前。

ジュリアは地下室でセバスチャンのことを思っていた。またしてもセバスチャンを裏切ることになってしまい、涙が止まらなかった。地下室に入れられて何日が経つだろう。父リチャードは船が出港するまでここから出さないだろうとジュリアは思っていた。食事はマーサが運んでくれた。ジュリアがマーサを押しのけて逃げ出さないように、ドアのそばにはピーターが立っていた。

「お嬢様、こんな不憫《ふびん》な生活もあと少しです。がんばって我慢してくださいませ。リチャード様はお嬢様のことを思ってのことなんです」、これがマーサの口癖だった。

できることならここから逃げ出してでもテクセルに行きたい。でもどうすることもできなかった。私の人生は結局誰かが作った人生を歩むだけに過ぎなかったのか……。ジュリアにはそれが幸せなことだとは、どうしても思えなかった。

その次の日の早朝、ドアの鍵の音で目が覚めた。寝ぼけた眼で振り向くとドアがゆっくりと開いた。

「誰？」

シュリアはまだ夢の中なのかと疑いながらそう訊いた。入ってきたのは下男のピーターだった。そこではっきり目が覚めた。

「ピーター！」

「お嬢様」

「どうしたの、こんな朝早くに」

「リチャード様は夕べから出掛けられてて、もうすぐ帰ってこられます。行くのなら今すぐです」

「えっ?」

ピーターは粗末なソファーに座っているジュリアの前で身を屈めてひざまずきながら続けた。

「お嬢様が本当に行きたいのでしたら、上に馬車の用意ができています」

「ピーター、本気なの?」

「お嬢様が本当に行きたいのでしたら、リチャード様が帰ってくるまでには出なければなりません」

「わかったわ」

ジュリアは目を輝かせて立ち上がり地下室の階段を駆け上がった。

「ピーター、とりあえず部屋の荷物を運んでちょうだい」

「お嬢様、時間がございません。出るなら今すぐです」

「じゃ、必要なものだけ取ってくるわ」

「早くしてください。リチャード様に見つかれば私の命はないでしょう」

「わかった」

ジュリアはそう叫んで自分の部屋に駆け込み、山積みされたトランクの中から小さな鞄だけを手に取り、玄関へと走った。ピーターはもう馬車に乗って待っていた。ジュリアはそのまま飛び乗るとピーターは馬に鞭を打った。その時、家の中からマーサが飛んできた。

「お嬢様、どこに行かれるのですか？　ピーター何をしているの！」

馬車は広い庭を門に向かって走り出した。

「ピーター、なんてことを。お嬢様、お嬢様～」

馬車の走る音がマーサの叫び声をかき消した。馬車はスピードを上げて屋敷を出て走り去った。

その頃リチャードは馬に乗って広大な牧場の中で、農夫と話をしていた。その時自分の屋敷の方向から一台の馬車が、かなり遠くの道を走り去って行くのが見えた。「こんな田舎道をえらく急いでどこに行くつもりなのか……」と思いながら見ていた。リチャードにはその馬車にジュリアが乗っていて、自分の下男であるピーターがオランダのテクセルに向かって走らせているなど、知る由もなかったのであった。

ジュリアとピーターの二人は、グレートヤーマスから船に乗りオランダのスヘフェニンゲンに着いた。ジュリアは出発のためにかなりの金を用意していたので、旅費には不自由しなかった。馬車では出発に間に合わない。それにジュリアがいないことに気づいたリチャードがいつ追ってくるかもわからない。そこで馬を調達し、二人で走り飛ばした。一日中馬で走り、夜になると適当な町で宿を取った。食事は二人で簡単に済ませた。

その夜、ジュリアがピーターに、こんな危険を冒してまでなぜ私の味方をするのか訊いてみた。ジュリアには不思議なことだったのだ。口下手なピーターはほんの少しのワインも手伝って、その夜は少しばかり饒舌《じょうぜつ》になっていた。しかし目は真剣だった。

「私は学がございません。頭も良くないし、世間のことも何も知りません。私は親に捨てられた子どもだったので信仰だけは頑なに守り続けていました。リチャード様にお仕えしたのも司祭様のご紹介でした。信仰だけが私の支えであったんです。だけどなぜ神様は、神様のために人が殺し合うようなことをされたのかが私にはわからないのです。新教と旧教の神様は違う神様なのですか。何か正しくて、何か正しくないのかが、私にはわからないのです。私にわかるのは、お嬢様とセバスチャン様のお気持ちが、真実だと感じることだけでございます。そのお気持ちはかけがえのない真実です。私はただそれを信じたいだけなのです。命を投げ打つほどにお美しいそのお気持ちに、私どもの命を捧げてもいいと思っています。ただそれだけのことです……」

ジュリアは黙って聞いていた。

「明日の朝早くから急げば、正午までにはテクセルに着けると思います。明日は大変な一日になると思いますので、早くお休みくださいませ」

ジュリアは立ち上がってベッドに入った。眠る前に、「ピーター、ありがとう」と囁くように言ったが照れくさがりのピーターは何も返事ができなかった。

次の日、二人は夜明け前に起きた。言葉にならない緊張感が二人を余計無口にしていた。地獄の暗闇から徐々に解放されていくような見事な日の出だった。ジュリアとピーターは刺すほどに美しい朝の光に包まれながら、馬で駆け出した。一路テクセルに向かって……。

テクセル港に停泊している三隻の船の中では、皆が忙しく出発の準備をしていた。総司令官のウィレムはジョン・バッカスが副航海長になったことを快く思っていなかった。出航してから機会を見て、解任する気であった。港には、投資家や関係者、船乗りの家族、そして出航を見守る人々で溢れ返っていた。

デ・ホープ号は旗艦だけあって総重量五〇〇トン、乗組員は一三〇人とかなりの大型船である。副艦ヘット・ヘローフ号は三〇〇トン、乗組員は一一〇人、デ・トラウ号はそれより小ぶりで八六人の乗組員だった。セバスチャンはまだ船には乗らず、港でジュリアを待っていた。レオナルドは本当にジュリアを連れてくるのか……。

レオナルドはまだ宿屋に潜んでいた。船は正午の鐘の音とともに出港するものだと思っていたので、正午少し前に船に着くと決めていた。実際のところは、風の状況を見て出航するので、時間は臨機応変でいい加減なものだった。正午を過ぎてしまうと、セバスチャンはジュリアがこないばかりに船には乗らず、港に一人残っているかもしれない。正午より早すぎると、なぜジュリアはこないとセバスチャンに責め立てられるだろう。セバスチャンを船に乗せるためには、港に着く時間が重要だったのだ。不安と緊張を胸に秘め、宿屋を出るタイミングを見計らっていた。

セバスチャンは港で待ち続けていた。そこへホープ号に乗っていたジョン・バッカスがわざわざ船を降りてやってきた。

「連れはまだか?」

「もうくると思う」

「怖気づいたか。こないなら君だけ船に乗れ」

「もう少し待ってくれ」

「セバスチャン、いい加減に船に乗って皆を手伝え。船の中は出発の準備でごった返してるぞ」

「わかっている。もう少しだけ待ってくれ」

「西向きの風が吹いているので今のうちに出るぞ。俺の船は今から抜錨《ばつびょう》して沖に出る。トラウ号もいつまでも港につけてるわけにはいかない。早く決断しろよ」

ジョン・バッカスはそう言い残してホープ号に乗っていった。こないのか、ジュリアはこないのか。レオナルドはどうなったんだ。騙されたのか。トラウ号にかかった桟橋のたもとでセバスチャンは待っていた。

「もう出しますぜ」

「もうちょっとだけ待ってくれ、頼む」

ホープ号とヘローフ号は抜錨も終わり、ゆっくりと岸から離れていった。港の観衆から大歓声があがった。「だんな、どうします」

その時だった。レオナルドが人ごみを掻き分けて現れた。

「レオナルド！　ジュリアは？」

「もうくるはずだ。セバスチャン、遅れて悪かった」

「そんなことよりジュリアは？」

「この人ごみではぐれてしまった。セバスチャン、時間がない、とりあえず船に乗れ」

「一人で乗れる訳がないだろう」

「ジュリアがきたら、僕がここから乗せるから」

「ダメだ、ジュリアと一緒でないと航海に行く意味がないんだ」

その時、桟橋を片付ける男が、「いい加減にしてください。もう出しますぜ」と言うと、セバスチャンがまたしても、「もう少し待ってくれ」と懇願した。


馬でテクセルに着いたジュリアとピーターは、人ごみの多さに馬を下りた。不器用に男に変装したジュリアは人ごみを掻き分け、一目散に港目がけて走りに走った。ピーターはすぐに追いつけなくなり、ジュリアを見失った。ジュリアは走った。命がけで走った。


レオナルドは、「セバスチャン、とりあえず一緒に船に乗ろう。僕が人質だ。ジュリアがきたらその時点で僕とジュリアが入れ替わる」と言うと、無理やりセバスチャンを桟橋に押し出し、急かしていた男に小声で、「船を出せ」と言った。二人は一緒に桟橋を渡り船に乗った。船に乗ると船員の全員が怪《け》訝《げん》な顔をして二人を見た。レオナルドはセバスチャンを船の中に押し込んだ。桟橋がはずされ錨が上げられた。西風をいっぱいに受け帆が膨れ上がった……。

「船が出るじゃないか」

その時港から「セバスチャン！」と言う叫び声が聞こえた。セバスチャンが欄干に寄りかかって見るとジュリアだった。

「ジュリア！　ジュリア！」

「セバスチャン！」

船はゆっくり動き出している。欄干から海に飛び込もうとするセバスチャンをレオナルドが後ろから羽交い絞めにし、それを止めた。

「ジュリア、ジュリア！」

岸にいたジュリアも海に飛び込もうとした。その瞬間ジュリアの腕を掴んだのはリチャードだった。

「セバスチャン！」

ジュリアはその場に崩れ落ち、泣き叫んだ。セバスチャンは欄干から手を伸ばして泣き叫んでいた。泣き崩れるジュリアから身体を離したリチャードは、背筋を伸ばして船を見ると凛々しく立っているレオナルドと目と目が合った。リチャードは何も言わずに右手を上げた。レオナルドも何も言わずに右手を上げた。

トラウ号は静かに遠ざかっていき、オランダを、イギリスを、そしてヨーロッパを後にしてはるか彼方、東洋に向けて出航したのだった。

十

　当初の予定を一ヶ月遅れて船団は無事大航海の旅に発った。偶然から運命が始まり、運命は時として偶然に翻弄される。偶然のめぐり合わせか、運命のめぐり合わせか、とにかく船にはセバスチャンとレオナルドが乗った。当分どこかの港に寄港する予定もなく、レオナルドは船に乗ってしまった以上このまま航海するしかないと腹をくくっていた。セバスチャンはテクセル港の桟橋から泣き叫ぶジュリアの声が脳裏にこびりついて離れず、しばらくは眠れぬ夜も続き、夢でうなされることもあった。レオナルドはそんなセバスチャンの姿を見ても、そのことについて改めて声をかけることはなかった。

　そんなセバスチャンとレオナルドは、オランダ人たちから日に日に孤立していき、二人の周りは常に堅苦しい雰囲気に包まれていった。航海の困難さより、こんな険悪な雰囲気の中でセバスチャンがいつオランダ人たちと問題を起こすか、レオナルドは気が気でなかった。航海が始まりしばらく経ってから、二人に救世主が現れた。痩せたひょうきん者のダニーが近づいてきたのだ。

「おぉダニー、君も一緒の船だったのか」

　ダニーに会ったおかげで空気が一変した。ダニーはジョン・バッカスと航海の経験はかなり積んでいたし、オランダ語が話せるのが幸いした。船の中は毎日毎日目きまぐるしく皆が働いていた。セバスチャンとレオナルドもダニーに助けてもらいながら、下級船員としてヘトヘトになるまで働いた。毎日毎日慣れない重労働に明け暮れ、身体は疲れ切っていたので、今まで通りレオナルドが船に乗ってしまったことも、ジュリアのことも敢えてお互いに口に出さなかった。とにかく状況は航海を続ける他ないのである。しかしセバスチャンの頭からジュリアのことが離れる日は一日たりともなかった。

出航当初は順調だったものの、ジョン・バッカスが危惧していた通り、風の状態は最悪だった。無風の日々は立ち往生し前に進まなくなり、逆風にでもなればなおも最悪で、押し戻されてしまうのである。そのため、当初の予定より大幅に遅れ出した。その間トラウ号の甲板の上では余った時間を使って戦闘訓練が行われた。いつスペインやポルトガルの船に遭遇するかわからないからだ。奇妙なものでこの訓練が始まるとレオナルドとセバスチャンに対してオランダ人たちが友好的になってきた。つまりイギリスもオランダもプロテスタント国である。敵対するカトリック国スペイン・ポルトガルにお互い協力して命を守るために戦うという同胞意識が芽生えたからだ。カトリックであるレオナルドも、船上では和を乱さないためにも、プロテスタントを装っていた。しかしこの先、レオナルドがカトリックであったために皆の命が救われることになるとは、想像すらできなかった。

満足な海上戦闘経験のないオランダ人水夫たちは、無敵艦隊との大海戦を経験したイギリス人水夫に大いに期待していた。しかし、若く見えるセバスチャンとレオナルドにオランダ人水夫たちは、「子どもの頃、無敵艦隊ごっこの経験があるだけじゃないのか」と陰口を叩いていた。セバスチャンは銃の扱いはよくできたので何とか凌げていたが、大砲の扱いとなれば話は別だった。

右舷の甲板に搭載された見事なカルバリン砲のそばに集まったオランダ人を前に、セバスチャンとレオナルドが立っていた。砲長が長いのでラテン語で「蛇のような」という言葉に由来されたカルバリン砲は、アルマダの海戦で大活躍した。オランダ人は皆興味津々で見ている。セバスチャンが見よう見真似で大砲に玉を込めようとするとレオナルドが、「いやいやこれが先だ、セバスチャン」と口を挟んだ。するとダニーが、「お二方、こっちを先にやらなきゃダメですぜ」と言った。何度かやっているうちにダニーの手つきがあまりにも慣れているので、セバスチャンが「ダニー、大砲を撃ったことがあるのか？」と訊くと、「撃ったも何も、無敵艦隊の時は、ドレークの船に乗ってこのカルバリン砲を撃ちまくっていたんですぜ」と答えた。オランダ人水夫たちは、「何だ、大砲の撃てるイギリス人水夫というのは、この痩せっぽっちのひょうきん男だったのか」と納得した。何はともあれ、セバスチャンとレオナルドはダニーのおかげで助かった。

そんな船の上の日々は淡々と流れた。ある時、船の上にゆったりとした時間が流れた。真っ赤な夕焼けが西の水平線に浮かんでいた。潮風が帆をたっぷりと膨らませていた。この日は風の気まぐれか、久しぶりに順風が吹いていた。

レオナルドが皆から離れ、一人欄干にもたれて夕日を見ていた。後ろからセバスチャンが近寄り隣で欄干にもたれた。レオナルドはセバスチャンに振り向かず、夕日を見ながら独り言のように言った。

「ロンドンではここまで見事な夕焼けは見れないな」

「……」

「海ってこんなに広くて、こんなに美しいものだと初めてわかったよ」

セバスチャンは何も言わなかった。

しばらくの沈黙。そしてレオナルドがつぶやくように沈黙を破った。

「同じ夕日でもこんなに違うものなんだなあ……。世界は広いんだ……」

「……」

また少しの沈黙。

セバスチャンが口を開いた。

「船に乗る気はなかったんだろう……」

「……」

「それとも、最初から船に乗る気でテクセルにきたのか……」

「……」

夕日の輪郭が水平線に触れた。

「すべては神の愛なんだ。誰もそれに背くことはできない……」

夕日と水平線がゆっくりと重なっていくと、水平線から海に向かって真っ赤な光の帯が波にキラキラ光った。

「船に乗ったことを後悔してないか?」

セバスチャンは自分のことより、レオナルドの身の上を気遣えるほど落ち着きを取り戻していた。

「僕が後悔などするわけがないだろう。後悔することは神の愛に背くことなんだ。起こり得るすべてのことは神の意思だとわかれば何も恐れることはない……」

夕日が沈み、空は夜の帳《とばり》が訪れる前の最後の輝きを残さんとばかりに薄紅に染まっていた。セバスチャンとレオナルドはそれ以上何も言わないで、潮風に髪をなびかせながら、ただ静かに海を見つめていたのだった。

戦闘訓練が順調に行われているトラウ号をよそに旗艦ホープ号では日々混乱に混乱を重ねていた。航路と日程が大幅に遅れているからだ。テクセルを出てからアフリカ最西端ベルデ岬に到達するまで二ヶ月も要し、三ヶ月経ってもまだアフリカ大陸の半分しか進んでいなかった。総司令官ウィレムは痺れを切らせて、航海長のオランダ人に詰め寄るものの、気弱な航海長は口を濁すしかなかった。それにとってかわったのがジョン・バッカスだった。

「司令官、オランダを出るのが遅すぎたのです。あの時一ヶ月延期せずに出航していたらこんなことにはならなかったはずです」

熟練した航海者なら誰でも予測できることなのだが、ウィレムも航海長も遠洋航海に関する基本的知識に欠けていたのである。ウィレムを総司令官に任命したのは投資家たちであった。それはウィレムを船乗りとしての実績ではなく、腕利きのビジネスマンの商才を見込んでのことだったのだ。ウィレムはジョン・バッカスを出航したらすぐにでも解任するつもりだったが、オランダ人航海長があまりにも頼りなさすぎたので、腹立たしいものの副航海長の地位を簡単に切ることはできなかった。ジョン・バッカスが出航の延期を言えばその度にウィレムは、「君はオランダへ引き返せと言うのかね」と怒鳴りつけるのである。

オランダを出航してから、どこかの港に寄港して食糧を補給するあてもなく、船の中では水が腐り始めていた。そのためジョン・バッカスは、「水を飲む時は必ず煮沸して飲むように全員に徹底させてください」とウィレムに進言していた。しかしそれを守らなかったのはウィレム自身だった。ウィレムは昼夜かまわず酒を飲んでいた。この航海の難儀さとプレッシャーに、酒の量は日を追うごとに多くなり、酔いが深まると面倒くさくなって腐った水を喉に流し込んでいたのである。そのため、常時下痢に悩まされ、眼球が飛び出すくらい、頬がこけて、出航当時の優男《やさおとこ》の面影が全くなくなり、骸骨のように痩せ細っていった。それを見たジョン・バッカスは航海長に、「司令官はそう長くない。司令官がいなくなれば恐らく君かホープ号の副船長のどちらかが新しい司令官になるだろう。心積もりをしておいた方がいいぞ」と助言していた。

九月下旬、ようやく赤道を越えた。赤道を越えると同時にウィレムが死んだ。下痢と暑さによる衰弱死だった。旗艦ホープ号だけでなく、三隻の船で下痢、原因不明の発熱、脚気《かっけ》や壊血病《かいけつびょう》にかかった者たちが増え始め、死亡する者まで出た。ホープ号ではウィレムを丁重に水葬した。これを機に各船の船長、航海士が集まって今後についての会議をすることになったので、各船に搭載している小船に乗って全員が旗艦ホープ号の船長室に顔を揃えた。

新しい総司令官には、オランダ人航海長が昇格した。

「どうする、このまま地獄のような航海を続けるか、本国に引き返すか？」

新司令官が切り出した。航海慣れした熟練のトラウ号船長がすかさず、「この航海は危険すぎる。無風、逆風おまけに台風にまで襲われている。今のままじゃアフリカ最南端の喜望峰に無事着いたとしても、季節風に間に合わないのではないか。南西の季節風は九月までで、一〇月になると逆風になると聞いている。それでは喜望峰から先に進むためにはアフリカの最果ての地で一年間待たなければならない。私はこんな悪夢のような航海にけりをつけて本国に引き返すべきだと思っている」と答えると副艦ヘローフ号の船長が続けた。

「ウィレム司令官の死で船員たちは動揺している。しかも日々病人が増えていき、ウィレム司令官のように死んでいった者も何人かいる。それなのに水と食糧を補給できるあてもない……。このまま航海を続けても状況はますます悪化するばかりだ。とりあえず引き返して本国に帰り、また次のチャンスを待つべきかもしれない」

前総司令官ウィレムは、この航海を投資者から託されたビジネスチャンスと捉えていたので、何が何でも引き返すという選択肢を取らなかったが、ウィレムがいなくなった途端、臆病風に吹かれた船長たちは一斉に帰国を口にした。新しい司令官が、「皆の意見は同じだな。我が船団は本国に引き返す他ないようだな……」

その時一人の男が口を開いた。ジョン・バッカスである。

「確かに我々は喜望峰から先の季節風には間に合わないでしょう。東回りの航路はこの先一年間待たなくてはならない。しかし我々の目的をもう一度思い出して欲しい。それは東洋へ行くことだ。船乗りとして船乗りの目的を果たさなければ、オランダを出航した意味がなくなる」

「何も東洋への航海を断念するわけではない」

口を挟んだのは、ヘローフ号の船長だった。「一度本国に帰り、もう一度入念に計画を立てて、次のチャンスに備えるということだ」

ジョン・バッカスは何も返事をせず部屋の隅に歩み寄り、テーブルの上に置いてある地球儀の前に立った。

「我々は今このあたりだ」

そう言ってアフリカのギニア湾を指差した。そこから指先をゆっくりと海の上を左下に這わせていき、南アメリカ大陸の南端で止めた。皆は一同に固唾《かたず》を呑んだ。

「東向きの季節風が間に合わないのだったら、西に進めばいい。西方航路だ。南アメリカ大陸の西側に回れば太平洋に出られる。そこから東洋を目指せばいい」

「マゼラン海峡か……」

船長の一人が落胆した声でそう言った。

「ジョン・バッカス、君はいい加減にしたまえ」、司令官が顔色を変えてそう言った。

「マゼランが海峡を発見したのは七〇年以上も前だ。その七〇年の間、海峡に挑んだ者は数知れずいるが、無事通過して東洋に行き着けたのは、イギリスの海賊ドレークとキャベンディッシュくらいのもんだろう。そんな危険な海峡をなぜ我が船団が……」

「他にどんな方法があるんです。航海することが我々の使命ではないのですか？」

ジョン・バッカスは司令官の言葉を遮るように強くそう言い放った。

司令官が尻込みするのも無理はなかった。

南アメリカ大陸の南端にホーン岬がある。ホーン岬が大陸の南端にあるため、それ以降南極大陸までは海だけである。その南アメリカ大陸と南極大陸の間にある世界一幅の広い海峡が、世界最大の二つの大海、太平洋と大西洋をつないでいる。その海峡をマゼランが発見したマゼラン海峡だと思っている人が多いが、実はそれはドレーク海峡であってマゼラン海峡ではない。ドレーク海峡は、マゼランに次いで世界一周の航海に出たドレークがマゼラン海峡を通過した時、嵐に見舞われ偶然発見した海峡なのである。ではマゼラン海峡はどこか？

南アメリカ大陸の南端は陸続きではなく、恐ろしく複雑に入り組んだ海路が陸を分断している。つまり南アメリカ大陸の南端は、ガラス板でできた大陸の先だけを金づちで叩いて割ったような地形で、大陸の一部ではなくティエラ・デル・フエゴという諸島なのである。この曲がりくねった細かい迷路のような海峡は、南アメリカ大陸東側を陸伝いに南下してきたマゼランが太平洋に抜ける海峡だと信じて入っていったのである。

ドレークが嵐に遭遇して偶然ドレーク海峡を見つけるまでは、南アメリカ大陸と南極大陸はつながっており、マゼラン海峡こそ唯一太平洋に抜けることができる海峡だと信じられていたのである。

「面白いじゃないか。こんなところでジタバタしても始まらない。ジョン・バッカスが言うように、我々は航海をしているんだ。引き返してスペインやポルトガルの船に遭遇しても危険は同じだ。無事オランダにたどり着いたとしても、臆病な船乗りとして一生汚名を着せられるのもうんざりだ。マゼラン海峡、やろうじゃないか。船乗りとしての名誉に賭けよう」

そう言ったのは、ヘローフ号の船長だった。他の者は一様に黙り込んだ。しばらくの沈黙を破ったのは司令官だった。

「わかった、マゼラン海峡を目指そう」

この決断で進路は決まった。司令官は続けて言った。

「ジョン・バッカス、君を新航海長に任命する」

虚を突かれたジョン・バッカスは一瞬驚いた。

「マゼラン海峡は命がけで臨まなければならない。水路が狭くなったり、迷って閉じ込められるかもしれないし、座礁の心配もある。マゼラン海峡を提案したのは君だ。だから君が責任を持って海峡通過の先陣を切ってくれ」

ジョン・バッカスは船乗りとして歴史に名を刻めるチャンスだと胸の高ぶりを覚えた。

「そのため、君はこのホープ号からトラウ号に配置転換する」

何のことはない、体《てい》よくホープ号を放り出されたとジョン・バッカスにはわかった。

「それじゃ、私はどうなる?」

トラウ号の船長が異議を出した。

「最小の船を任され、船団の航路を取るために先頭に立ってやってきたのはこの私だ」

「航海長と船長と力を合わせてがんばってくれたまえ」

「私はある意味、航海長としての役目も果たしてきたはずだ。それなのに訳もわからないイギリス人を押し付けられては迷惑だ。この男がトラウ号にくるなら私は降りる」

「降りてどうする?」

「ホープ号に乗る」

「ホープ号にきても船長にはなれないぞ」

「こんなイギリス人と一緒になるなら、たとえ船長を剥奪されてもホープ号に乗りたい」

「ジョン・バッカス、君はそれでもいいか?」

ジョン・バッカスは黙ってうなずいた。司令官とジョン・バッカスが承認したことによって、配置転換は無事完了し、集まったメンバーはそれぞれの船に帰った。


ジョン・バッカスがトラウ号にきた。

セバスチャン、レオナルド、ダニー、ジョン・バッカス……。全員が抱き合って喜んだ。

「我々はアフリカの喜望峰を捨てて、マゼラン海峡を目指すこととなった」

ジョン・バッカスは、船長会議の経過を皆に説明した後、「マゼラン、ドレーク、キャベンディッシュたち英雄と名を連ねることができるんだ」と得意げに言った。この時マゼラン海峡の本当の厳しさを知る者は誰もいなかった。

アフリカのギニア湾から方向転換し、進路を南西に取った。大西洋横断である。進路を逆に変えることにより、風向きは順風となった。しかし食糧も水も底をつきだし、病人は増える一方だった。船の中は太陽の光が刺すように痛く、暑さのあまり船底の樽に入っている腐った水を飲むので、ひどい下痢が蔓延した。船乗りの宿命である壊血病が猛威をふるい出す。野菜不足が引き起こすこの病気は手足がむくみ、口の中が腫れて出血し、何も食べられなくなって死んでゆく。亡くなった水夫たちは、麻袋に包んで水葬していた。

マゼラン海峡はまだまだ遠い。そんな中追い討ちをかけるように、台風に見舞われた。やっとのことで乗り切ると、トラウ号から遠くにヘローフ号が確認できたが旗艦ホープ号が見当たらなかった。それから四～五日経ってもホープ号は見つからない。ジョン・バッカスは、その時何故トラウ号の船長がホープ号への配属転換を申し出たか理解できた。つまりホープ号はオランダに帰ったのだ。臆病者の新司令官が即座にマゼラン海峡行きを決定したのと、その条件にジョン・バッカスを新航海長に任命してトラウ号へ配置転換したのも、すべては途中で逃げ出してオランダに帰るためだったのだ。それをトラウ号の船長は見抜いていたのである。ただヘローフ号の船長はしっかりとマゼラン海峡に向けて舵を切っていた。

ギニア湾を出てから三ヶ月後、見渡す限りの大海原の中にやっと島影を見つけた。トラウ号とヘローフ号の船員たちはボートを降ろし、原住民との物々交換用の品物と、万が一のために全員が銃を備えて、島に上陸した。レオナルドは船に残ったが、ジョン・バッカスとともに上陸組に参加したセバスチャンは疲れ果てた身体にも関わらず、意気揚々とはしゃいでいた。

砂浜に上陸し、ココヤシの揺れる葉の中を進むと集落があった。家の中のかまどには火がついたままだったが原住民は逃げ出したのか人影すらなかった。鈴を鳴らして原住民に呼び掛けたが、返事はなかった。そのまま何の反応もなかったので、船員たちは手に抱え切れないほどの芋や野菜、果物を掻き集め、ある者は家畜の山羊を捕まえ、ある者は水をカメに入れボートへと急いだ。その時後ろの船員の悲鳴が聞こえた。林の中から原住民の槍《やり》が飛んできたのである。セバスチャンは持っていた果物を放り出し、慌てて銃を構え、林に向かって無闇やたらに撃ちまくった。銃に驚いた原住民は一瞬ひるんだようで、その隙に全員がボートに乗り込み、セバスチャンも最後に飛び乗り岸を離れた。

「危ないところだった」

ジョン・バッカスがそう言った時には、林の中から続々と武装した原住民が出てきて、槍をかざして砂浜で飛び跳ねていた。その数は見る見る増えていき数百人はいるようだった。

「セバスチャン、よくやった。少しでも遅れていたら全員殺されていたに違いない」

全員が胸を撫で下ろした。食糧と水と山羊を満載したボートは船に着き、これで何とか凌ぐことができた。皆が久しぶりの食事を満喫した。特に山羊を解体してその肉を食べた時は、泣いて歓声をあげる者までいた。ヨーロッパ人の食生活の主流は肉である。何よりも食するものは、とにかく肉なのである。そのため、いくら食糧が手に入ったからといっても壊血病の予防にはならないのである。

航海慣れしたダニーは別として、セバスチャンとレオナルドもその若さゆえ何とか体力が持っていたが、さすがに限界に近づいてきたところだった。ただ不思議なことにジョン・バッカスだけは、壊血病の気配すらなかった。そのジョン・バッカスが、セバスチャン、レオナルド、ダニーに向かってこう言った。

「何故だかわからないが、長い航海をしても俺だけ大きな病気にかかったことはない。俺は肉より、野菜や海草、特に果物をよく口にする。肉は食う奴が多いので取り合いになるのが嫌だったんだ。そのせいかどうかはわからないが、お前たちも真似るだけ真似てみたらいい。命が惜しいのなら果物を食え」

頑丈な船員が目の前でバタバタ倒れていき、明日はわが身かとおののいている中、ジョン・バッカスの生気を見れば、三人がそれに従うよりなかった。ジョン・バッカスの経験が生んだ知恵のおかげで、三人は助かったのである。

まともな食事も、あっという間に底をついた。また長い航海が続く。船の中は相変わらず病人が増える一方だった。セバスチャンとレオナルドは、ジョン・バッカスの助言のおかげか、病気にかかることはなかった。好奇心旺盛のセバスチャンは、ジョン・バッカスから船のいろいろな知識を教えてもらい、時には舵を取るくらいになっていた。沈着冷静、頭脳明晰のレオナルドは、常に平常心で落ち着いていた。何はともあれ、トラウ号はジョン・バッカスを軸として、セバスチャン、レオナルド、そしてダニーが中心となって航海を続けていたのである。そんなある午後、マストの上で見張りに立ったオランダ人が歓喜の叫び声を上げた。それがマゼラン海峡に達した瞬間だった。

トラウ号は直ちに狼煙《のろし》を上げ空砲を撃ち、後続するヘロープ号に合図した。どちらの船でも、船員たちは抱き合って喜んだ。マゼラン海峡の入り江にそびえるビルヘネス岬は氷と雪に覆われていた。南半球の季節は、冬に近づいていたのだ。セバスチャンとレオナルドも初めて目の当たりにするマゼラン海峡に、抱き合って喜んだ。トラウ号に乗り合った運命を呪うより、航海を続けるという宿命に、二人の絆はロンドンにいた時よりはるかに強く結ばれていたのであった。

マゼラン海峡は複雑に入り組んでいる。間違った水路に入れば行き止まりだし、極端に狭い水路を通らなければならない時は、座礁の危険も孕《はら》んでいたし、それにとてつもなく大きい氷塊が迫ってくることもあった。水路の両岸に屹立《きつりつ》した山々は山頂から中腹まで雪と氷に覆われていた。病気と飢え、それに寒さが重なり、ここまでにどれはどの船員たちが死んでいったかわからない。食べる物もほとんど残っていなかった。寄港する港もなければ、原住民が住んでいそうな集落もない。ここは南の果て、世界的難所で有名なマゼラン海峡である。先に進むこともままならない。船員たちは徐々に絶望感を抱き始めた。そんな時だった。甲板でダニーが大声を上げた。

「ペンギンだぁ〜、うじゃうじゃいるぞぉ〜」

マゼランがペンギン島と名づけたフエゴ諸島の主島は、その名の通りペンギンの群棲地であったのだ。世界的航海を志す者なら誰でも知り得ているのが、ガラパゴス諸島の巨大な陸亀、モーリシャス島のドードーという珍鳥、そしてマゼラン海峡のペンギンである。これらは長い航海の中で船乗りたちの絶好の食糧となるのである。

停泊できる入り江を見つけ、さっそくボートに乗ってペンギン島に上陸した。セバスチャンは銃を持ち出し、アザラシやオットセイを仕止めていた。海獣と野生の草も採集し、食糧を満載したボートは船に戻り、肉を堪能した。神経質なレオナルドは最後までペンギンを口にするのを渋っていたが、あまりの空腹に耐えかね、目を瞑って喉に押し込んでいた。背に腹は変えられない、遠洋航海の宿命である。

マゼラン海峡に入ったのは四月だった。四月といえば南半球では、冬の始まりになる。海峡の氷塊が日を追うごとに大きくなって増えていき、海も風雪で荒れていた。船団の航海長であるジョン・バッカスは、ここペンギン島で越冬することを決断した。ここなら食糧も確保できるし、傷んだ船の修理・修復もできる。陸を探せば木材にできる森林があるかもしれないし、食べられる野生の草も採取できる。島の波打ち際では、海草や貝類を採るのも可能かもしれない。ヘローフ号の船長も、即座に同意した。

底冷えする寒さ、刺すように痛い風、その風に舞う雪。ロンドンでもオランダでも経験したことのない厳冬だった。船員たちは船の修復、食糧の確保と精力的に動き回った。

そんな中、ジョン・バッカスは船長室に籠って海図と向かい、進路とこれからの計画を探っていた。料理も得意だったダニーは、ペンギンの肉の調理法をいろいろと開発していったので、食事は飽きることがなかった。疲れ切った病気の船員たちを尻目に、タフなセバスチャンは、毎日意気揚々と海獣の狩りに出掛け、ボートに乗り切れないくらいの獲物を仕止めてきていた。余った肉は塩漬けにして、保存食として加工した。これからの航海を考えれば食料の保存はいくらあっても足りることはない。

レオナルドは、陸に上がり食べられる草を採取し、波打ち際で海草と貝を採った。西洋人は、草も海草も貝も口にしない。毎日毎日肉ばかり食べる。そのため、休養のための碇泊《ていはく》のはずが、壊血病が蔓延するばかりだった。当時はまだビタミン不足が壊血病の原因だとは知られていなかったのである。セバスチャンとレオナルドとダニーは、ジョン・バッカスの忠告を忠実に守り、草・海草・貝類を中心に食べていたので、病気にはならなかった。

トラウ号でもヘローフ号でも、死者は日々絶えることはなかった。恐怖におののいてオランダへ引き返してしまった旗艦ホープ号は別として、テクセル出航時一九六人いたトラウ号とヘローフ号の乗組員は、三分の一以上を失い一二〇人ほどまで減っていた。そのうちトラウ号は四八人が生き残っていた。

亡くなった者の遺体は甲板の隅に集められ、その数はゆうに二〇を超えていた。凍りつきそうな海に捨てるわけにはいかず、よく晴れたある日、ボートに遺体を乗せて陸に上がり、山麓の草原にまで運んで、凍りついた地面を掘って埋めた。元気があるものだけが気力と体力を振り絞り、何度か同じ行為を繰り返した。埋め終わって形だけの祈りを捧げた。皆はプロテスタントの信者として祈りを捧げたが、レオナルドだけは誰にも気づかれないように肌身離さず身に付けているカトリック信者としての証、ロザリオを服の上から握り締めて祈りを捧げた。

船に帰るボートを漕ぐセバスチャンが、レオナルドに言った。

「俺たちはよくここまで生きてこれたものだな。航海なんかしたことないのに、生き延びれるものなんだな」

「目の前でこんなにも人が簡単に死んでゆくなんて、はかないものだよ」

「俺たちが生き延びられているのも、ジョン・バッカスとダニーのおかげだな。ロンドンのマーメイドで、初めてあの二人に会った時のことを思い出すと、よくぞここまできたものだ」

「俺たちはロンドンに住んでたんだな。すべてが遠い過去の記憶に思える……」

「そうさ、俺たちはロンドンに住んでたんだぜ。ロンドンから馬を駆ってグリニッジまでジュリアに会いに行ってたのさ」

「ジュリアがこなくてよかったな」

レオナルドがポツリと言ったその言葉にセバスチャンは黙って下を向いた。

「でも、リチャードを振り払ってでもテクセルまできたジュリアの愛は本物だった……」

「……」

「彼女は本当に君を愛していたんだ」

冷たい風が水面を突き抜けていった。セバスチャンはボートを漕ぎながら言った。

「今ここにいて思うのは、今までの自分はまるで夢を見ていたのかと、ふと思える時がある。この最果ての地で生きている自分が本当の現実で、ブリストルで生まれ育ったことも、ロンドンにいたこともすべて、本を読んでいるような夢物語と思える時があるんだ」

「……」

「だけど、すべてが現実だと思い知らされることがある。夢じゃない、記憶のすべてが現実だと思い知らされる瞬間がね。それはレオナルド、君がいつも俺の目の前にいることなんだ」

「誰も神の定めた運命には逆らえない。僕は今ここで生きながらえていることを神に感謝している」

「船に乗ったことを後悔してないか……？」

セバスチャンは同じことをまた問いかけると、レオナルドは静かに答えた。「セバスチャン、起こり得るすべての現実が正しいんだ……。それが神の意思なのだから……」

水面の冷気は少しの風で揺らいでいた。そんな空気の中を鋭利なナイフの先のように日の光が差し込んでいた。まぶしくはあるが暖かくはない日差しである。遠くで断崖の雪が溶けて海に崩れ落ち、そのけたたましい轟音が海峡に響き渡った。ボートが船に着いた。

八月、やっと冬が明けそうだった。水路の氷塊が小さくなり出し、数も減ってきた。修復を終えた二隻の船は、見事に生き返り帆を広げた。

「出航だ！」

航海長ジョン・バッカスの威勢のいい掛け声とともに、船は出港した。それから数日かけて暗くて狭いマゼラン海峡の水路を抜けると、目の前に太平洋の大海原が光り輝いて広がっていた。世界屈指の難所マゼラン海峡通過に成功した瞬間だった。乗組員は全員甲板の上で飛び跳ねて喜んだ。

かすかに丸みを帯び、どこまでも大きく広がっている水平線を見ると、素直に地球の尊厳を感じさせられる。圧倒的な自然のダイナミズムと、光のきめ細かい純真さに触れると、人は高揚するのである。

「さぁ、東洋だ」

ジョン・バッカスが果てしなく広がる水平線の彼方を見つめながらそうつぶやいたのだった。

船の針路は、チリの海岸線を北上した。海岸線はアンデス山脈の山々が連なり、断崖絶壁が延々と続いていた。トラウ号とヘロープ号はお互いの位置を確認し合いながら航海を続けていた。しばらくは順調だったものの、無風、逆風で少ししか前に進めず、やっといくらか進んだかと思えば、今度は嵐で圧し戻されてしまうのである。稀に見る長い長い航海である。一体いつになったらどこに着くのか……。

太平洋への出航時はよかったものの、極寒の寒さから北上するに従って海上の日差しが強くなっていった。これは予想以上に船員たちの体力を消耗させた。船員の誰もが、航海を続ける気力より生きる活力を失いつつあった。衰えゆく体力の中、喪失感、絶望感という不安だけが、日々大きくなっていくのである。しかし、ジョン・バッカスは真剣だった。船乗りとしての名誉と誇りと責任を持った誉れ高き航海者だ。弱音を吐かず、必ず東洋にたどり着くという強く揺るぎない信念を持って、羅針盤を睨みつけ、舵を握り航海を続けていた。

そんな時、またひどいことに嵐に見舞われた。トラウ号の誰もが気力を振り絞って一昼夜、暴風雨と闘った。病気の者や、生きる気力を失った者は、容赦なく怒り狂う海に放り出されていた。

次の日の朝、あれだけ荒れくれた海は嘘のように静まり返り、風ひとつ吹かない穏やかな凪だった。

ヘローフ号は見当たらなかった。旗艦ホープ号は嵐に乗じてオランダに帰ってしまったが、男気を見せてここまできたヘローフ号の船長をジョン・バッカスは思いやり、「無事でいてくれ……」と、心の中で祈り続けていた。

トラウ号では、ヘローフ号のことを心配しているわけにもいかなかった。乗組員は五〇人を切り、病気などでまともに動けるものはもっと少なかった。しかもトラウ号のオランダ人船長も副船長も、弱り果ててとうの昔に亡くなっていた。そのため実質トラウ号の船長はジョン・バッカスが仕切っていた。

そのジョン・バッカスは、東洋のどこに行くか決め兼ねていた。落ち着いたらヘローフ号の船長と話し合おうと考えていたが、ヘローフ号と嵐ではぐれてしまった以上、トラウ号は単独で航海しなければならない。ジョン・バッカスは、ダニーとセバスチャンとレオナルド、そして動けるオランダ人水夫数人を船長室に集めた。

「ヘローフ号とはぐれてしまった以上、我々は単独で航海しなければならない。さてどこに行くかだ」

三人は黙って顔を見合わせた。

「オランダ人の中に東洋に行ったことがあるって男がいますぜ」

ダニーが言った。

「東洋のどこに行ったことがあるんだ?」

「詳しくは知らないが、キタイ(中国)まで行ったことがあるのは俺くらいだって自慢してましたぜ、どうせホラを吹いているんだろうとは思いますがね」

ジョン・バッカスはしばらく考え込んでから、「ここに連れてきてくれ。東洋に行った話が嘘だったら、追い出してやる」

「だいぶ年をとったじいさんなので、病気で死にかかってますぜ。どうします？」

「とりあえず連れてきてくれ」

ダニーはセバスチャンとレオナルドを連れて、その男の元へ行った。病気は相当ひどそうだった。ダニーの言った通り年をとっていたので、今まで生きてこられたのが不思議なくらいだ。三人はこのオランダ人を担架に乗せて船長室に運び、ソファーに身を横たえさせた。喋ることもままならないようなので、四人は会議を続けた。

「胡椒や肉桂《にっけい》、丁子《ちょうし》などの香辛料を手に入れるのならモルッカ諸島、生糸や陶磁器を求めるならチャイナ、銀や香料ならインドだ……」

世界地理にあまり詳しくないセバスチャンとレオナルドは、行き先のイメージが湧かなかった。ダニーは、「ここからインドは遠いんじゃないか」など、知ってる限りの知識で説明していた。その時、ソファーの上から搾り出すような声でオランダ人が口を開いた。

「何を買うかは問題じゃない、何が売れるかが問題なのだ……」

四人は驚いて男を見た。オランダ人は続けた。

「ダニー、この船の積荷は何だ？」

口ごもるダニーに代わってジョン・バッカスが答えた。

「ほとんどが毛織物だ。他にビロードの布、珊瑚珠《さんごだま》や琥珀《こはく》、硝子球《がらすだま》に鏡、それに火薬や鉄砲だ」

「アジアやキタイは暑い国だ。そんなところに毛織物を持って行っても売れない。西回りではインドは遠い、しかも暑い……。毛織物が売れるのは私の知る限りジャポンだけだ」

「ジャポンって、キタイの東の海の果てにある黄金の国のことか？」

すかさずジョン・バッカスがそう訊くと、「マルコ・ポーロで有名になった国だ」とセバスチャンが驚いて口を挟んだ。セバスチャンにははっきりと思い出された。グリニッジのジュリアの部屋で、ジョン・バッカスから聞いたキタイのまだ向こうにある黄金の国の話をした時、ジュリアが言った言葉だった。


「東洋？　東洋ってインドやキタイのあるところ？」

「そうだ、インドやキタイのあるところだ。キタイのまだ向こうには、黄金の島国があるらしいんだ」

「知ってるわ、ジパングでしょ」

「ジパング？」

「知らないの？　マルコ・ポーロの本を読んだことがないの」

「俺が知ってるのは、ジョン・バッカスの話だけだ」

「昔、本で読んだわ。黄金でできている国でしょ」

「そうだ、そこだよ」


ソファーのオランダ人は、「黄金の国ではない、銀の国だ」と言った。事実、日本は石見《いわみ》銀山から銀が豊富に採れた。当時は世界の三分の一の銀が日本産だったといわれるくらいであった。

「ただジャポンはポルトガルとスペインの船が入っている。カトリックの宣教師たちも多数上陸して熱心に布教していると聞いている。オランダとイギリスがそこへ食い込むのは難しいかもしれないが、俺たちはただ貿易をしたいだけだど突っぱねればいい。毛織物を暑い国に持っていくよりよっぽどましだと思えるのだが……」

オランダ人は、息苦しさをこらえながら話した。

「確かに彼の言う通りだ。我々は売ることを先に考えなければならない」

ジョン・バッカスが納得した。オランダ人は、「ジャポンは東洋の最果ての地にある。独自の宗教と文化、それに独特の価値理念を持っているそうだ。それもまた楽しみじゃないか……」と言った。

「ジャポンへ行こう。海図も持っている。西回りに針路を変更したおかげで、ジャポンが近くになったのだ。ジャポンに行こう、いいかみんな?」

ジョン・バッカスの問いかけに三人は反論の余地がなかった。ダニーは黄金や銀という言葉に興味をそそられ、ニヤニヤしていた。レオナルドはオランダ人の「ジャポンにはカトリックが上陸して布教している」という言葉に反応していた。

セバスチャンは、ジュリアの残像でいっぱいだった。航海中、生き抜くために忘れていたジュリアのことが、頭の中を火花を散らした電気回路のように駆け巡った。テクセルの港で泣き崩れていたジュリア……。グリニッジのジュリアの部屋に忍び込んだこと……。

「そんなところまでどうやっていくの?」

「オランダから東洋探検の船団が出る。その船に乗せてもらうんだ」

「本当に行けるの？」

「怖いか？」

「行きましょう」

「本当に大丈夫か？」

「行かない後悔より、あなたと一緒に行って後悔したい」

「絶対後悔させるものか。新しい世界をまるごと君にプレゼントしてやるぜ」

「ジパングって遠いんでしょう。私、テムズ川の船にしか乗ったことないのよ」

「それだけ乗ったことがあるなら十分だ」

「そんな簡単に乗せてくれるかしら……」

「不安か？」

「女の私を乗せてくれる？」

「変装すればいい……」

「でもどうやって……」

「無理やりでも乗ってしまえばいい」

「いつなの？」

「二週間後にオランダのテクセル港から船が出る」

「二週間後ね……」

「ジュリア、本当にいいのか？」

「こんなにいとしいあなた……、たとえ世界が朽ち果てても、たとえ地球の片隅に追いやられても、こんなに愛している気持ちは決して変わらないわ」

「信じていいのか？」

「私こそ、信じていいの？」

グリニッジにいる時は、何もわかってなかったんだ……。レオナルドが言うように、自分もジュリアも何もわかってなかったんだ……。まさか今ここからジュリアの言った黄金の国ジャポンを目指すなんて……。ロンドンのマーメイドで、ジョン・バッカスから黄金の国の話を聞いた。そんな安っぽい話を信用するなと戒めたレオナルド……。運命は時として偶然に翻弄される。セバスチャン、レオナルド、ジョン・バッカス、ダニー……、この四人が一緒になって、太平洋のはるか向こう、ジャポンを目指すこととなったのであった。


針路はジャポンに決まった。南アメリカの海岸から北緯三〇度のジャポンに向け、太平洋の大海原に突入した。

今までの無風、逆風、暴風雨が嘘のような順風に乗ってトラウ号が太平洋上で赤道を越えると、気が狂ったような灼熱の暑さが船員を襲った。マゼラン海峡のペンギン島での食料もとっくに底を尽いていた。何日も何日も果てしなく続く大海原に、船員たちは日陰に隠れて動こうとしなかったが、帆は豊かな風にパンパンに膨れ上がり、船はスピードを上げて太平洋を駆け抜けていた。そんな時、やっと島影を見つけた。適当な入り江を見つけて投錨《とうびょう》した。ボートを降ろし、元気な者が銃を片手に乗り込んだ。岸に着くとダニーとオランダ人水夫三人がボートを降りて、ジャングル目かけて歩き出した。一番最後にセバスチャンが降りようとすると、ジョン・バッカスが、「ダニーが銃を忘れている。持って行ってくれ」と、セバスチャンに渡した。セバスチャンは四人の後を追いかけながら、ダニーを呼んだ。ダニーは自分が銃を忘れていることに気づき、引き返した。オランダ人三人がジャングルに足を踏み入れたまさにその瞬間、顔を白く塗りたくった原住民がオランダ人三人を棍棒で殴りかかった。一瞬の出来事に三人はあっという間に倒された。

「ダニー、走れ」

セバスチャンのその言葉にダニーが走り出した時、原住民が投げた槍がダニーの背中をえぐるように突き刺さった。その時ボートからジョン・バッカスが銃を撃ち、原住民の一人が倒れた。ボートから銃を撃ちまくっている間にレオナルドもセバスチャンに手を貸し、二人でダニーをボートに運んだ。

「ボートを出せ」

オランダ人三人を残して、ボートは岸を離れた。原住民たちは銃の射程距離を知っていたのかそれ以上近寄ってこなかった。ボートが船に着くと、岸辺で何百人と増えていった原住民たちが、殺したオランダ人三人を頭の上に掲げて、奇声を発しながら狂ったように飛び跳ねていた。顔を白く塗りたくっているのでこの世のこととは思えない異様な光景だった。それを見たジョン・バッカスが、「人食い人種だ。本当にいたとはな……」とつぶやいた。

「錨を上げろ、船を出せ」

ジョン・バッカスの声が響いた。セバスチャンは船に上げたダニーを腕の中で抱きしめていた。

「ダニー、大丈夫だ、しっかりしろ」

ダニーの顔色が見る見る生気を失っていくのと同時に、抱きかかえているセバスチャンの腕がべったりと血に染まっていった。

「ダニー、聞こえるか？　しっかりしろ、ダニー……」

ダニーはゆっくりと目を開けた。

「マーシャ……、マーシャがロンドンで俺を待ってるんだ」

「……」

「黄金の国に行って、宝物をいっぱい持って帰ってやるって約束したんだ……」

ダニーはそう言って咳をすると口から血を吐いた。

「わかったダニー、マーシャだな。何も喋るな」

「マーシャは年増だけどいい女なんだぜ……」

「めぁ、マーシャは本当にいい女だ」

「セバスチャン……。あんたよくここまできたもんだな……」

ダニーはそう言って目を閉じた。

「これから黄金の国に一緒に行くんだろ！」

ダニーがうっすら笑った。

「ダニー、ダニー、黄金の国はもうそこだぞ！」

ダニーはもう一度笑った。

「宝物を持ってロンドンに帰るんだろ！」

「……、マーシャ……」

その嗚咽を最後に、ダニーはセバスチャンの腕の中で息を引き取った。

「ダニー!!」

セバスチャンはダニーを抱きしめながら、大声で空に向かって泣き叫んだ。レオナルドは胸の前で十字を切った。

「ロンドンの場末の売春宿の女に入れ込んじまってな。一発儲けてマーシャを喜ばすのがこいつの夢だったんだ……」

ジョン・バッカスが目に涙を浮かべてそう言った。セバスチャンは泣きじゃくりながら、ダニーを抱きしめた手を緩めようとはしなかった。

ダニー・スケフィントン、三六年の生涯だった……。


ダニーの亡き骸は、セバスチャン、レオナルド、ジョン・バッカスの手によって丁重に水葬された。それぞれが、ダニーに対するそれぞれの想いを感じていた。

それから、よく晴れ渡った日が続いた。風も強く順風だった。嵐で散々痛めつけられ帆は順風をパンパンに受け、トラウ号は風を切りながら颯爽と東洋の最果ての国ジャポンを目指していた。

水は雨水を溜めてなんとか凌げていたが、食糧は危機に瀕してきた。歩けるものはほんのわずかで、衰弱して動けなくなった船乗りたちが、船のあちこちにいた。亡くなった者は、そのまま海に投げ捨てた。この状況の中ではそうするしか方法はなかったのである。

そんな時、前方にまた島影が見えた。入り江に近づくと、原住民の小さなカヌーがたくさん出ていた。漁をしているのだろうか。トラウ号を見つけてもカヌーは警戒することなく、湾の中を自由に動き回っていた。

「おそらくスペイン領かポルトガル領だろう。連中はガリオン船に慣れているようだな」

ジョン・バッカスがつぶやいた。甲板では、セバスチャン、レオナルド、それにまだ動けるオランダ人十数名が、入り江を見つめていた。

「何よりも食糧だ」

ジョン・バッカスがそう言った。

「でもスペインかポルトガル領だったら、一巻の終わりだ。今の状態じゃ、軍艦がきたらひとたまりもない」

オランダ人の一人がそう言ったが、かといって早急に逃げ出す準備をするだけの人材も体力もなかった。とりあえずボートを出して偵察に行こうかと思案していた時であった。岸からボートが一艘こちらに向かってやってきた。よく見ると原住民が漕ぐボートに、西洋人の男が二人乗っていた。ボートは見る見るトラウ号に近づいてきた。とっさにレオナルドが、「ジョン、ポルトガル語かスペイン語が話せるか?」と訊いた。

「スペイン語は話せるが、ポルトガル語も少しなら……」

「わかった……。セバスチャン、隠れるんだ。他の者も隠れて物音を立てないでくれ」

ボートはお互いの顔かたちがはっきりとわかるところまで近づいてきた。ボートの男の一人がスペイン語で話し出した。それを受けてレオナルドが流暢《りゅうちょう》なスペイン語で返した。

「我々はスペインの船で遭難している。おまけに船の中は、疫病《えきびょう》がはやっているので乗組員はほとんど死んでしまった。生きているのは我々とあとごく数名だけだ」

レオナルドの言葉をスペイン人は信用したようだ。度重なる嵐のおかげで、船はボロボロになり、船旗も国旗もなくなってしまっていたのが幸いした。船に乗るというスペイン人に疫病にかかったら大変だからと乗船を拒否すると、スペイン人は素直に従った。

「何よりも食糧と新鮮な水が欲しい」

同胞と信じたスペイン人は、親切だった。これがもしオランダ国籍の船だとわかれば即座に捉えられて全員処刑されていたに違いない。以前、嵐ではぐれてしまったヘローフ号は沈没こそ免れたものの、南アメリカチリ沿岸に流された。運悪くそこでポルトガル船に見つかり、乗組員全員が処刑されていたのであった。

スペイン人と一緒に岸に行くため、レオナルドとジョン・バッカスがボートを降ろしている瞬間だった。島影から突然巨大なスペインの黒い軍艦が帆をいっぱいに広げて近づいてきた。整備が行き届いているのか両舷に備え付けられた大砲はピカピカに輝き、今にも砲弾が飛んできそうだった。今のトラウ号なら一発で沈められてしまうだろう。スペイン船のあまりの壮大さに、皆度肝を抜かれた。

「隠れろ、全員身を潜めて隠れるんだ」

レオナルドが甲板に向かって叫んだ。

「どうする、レオナルド？」

ジョン・バッカスは、青ざめた顔をしてそう訊いた。

「心配ない、うまくやる。とにかく僕の指示通りして欲しい。必要なこと以外は絶対喋らないでくれ」

「わかった」

「行こう」

二人はボートに乗り、スペイン人のボートについて岸へと向かい出した。軍艦からもボートが出て、位の高そうな軍服を着こなした軍人が、こちらのボートに向かって、「ＨＯＬＡ（オーラ）」と手を上げながら上機嫌で叫んだ。岸に着くとスペイン人が原住民に指示して、あふれんばかりの果物、野菜、芋を持ってこさせた。軍服を着ていた軍人は総督《そうとく》のようだった。おそらく新世界への航海の途中なのだろう。食糧をボートに積み込んでいる途中に、総督が近づいてきた。

「ようこそウォーク島へ。それにしても、ひどくやられたものだな。船長はどっちだ？」

ジョン・バッカスが手を上げた。

「どこの港から出た？」

「バルセロナです」

「バルセロナか……、いつだ？」

「三年ほど前です」

「えらく長い航海だな」

「すみません、船の中は病人であふれています。とにかく早く水だけでも届けたいので、行ってもいいですか。降ろしたらすぐに戻ってきますので……」

「船の状態は見るも無残だな。わかった、行ってやれ」

ジョン・バッカスとレオナルドが、食糧と水を満載したボートに乗ろうとした時、総督が、「ちょっと待て」と言った。ジョン・バッカスとレオナルドの心臓が一瞬止まりかけた。

「一人は残れ」

二人は顔を見合わせると、レオナルドが、「僕が残りましょう」と言った。

「航海の詳しい話を聞こうじゃないか」

レオナルドは、総督は間違いなく疑っていることに気づいた。ジョン・バッカスがボートを出そうとした時、レオナルドがボートに近づき果物をひとつ取り上げた。その時小声で、「船を出せ」とジョン・バッカスに言った。

「そうかぁ、何日も満足に食べてないんだな。おい、水と食べ物を運んでやれ」

「ありがたい」

レオナルドは運ばれてきた水を、口からこぼしながら思い切り喉に流し込んだ。飲んだ水が身体全体に浸透していき、指の先まで染みていくのがはっきりとわかった。

ジョン・バッカスが乗ったボートが船に戻ると、食糧と水を見た船員は歓声をあげた。一旦船に上がったジョン・バッカスは、皆に落ち着けと指示した。そしてセバスチャンを呼ぶといきなり羽交い絞めにして、「ロープを持ってこい」と叫んだ。

「何をするジョン！」

驚くセバスチャンを無視して、両手を後ろで縛り上げ、口にもロープを縛りつけた。

「船を出すぞ」

錨を上げ、舵を切り、トラウ号はゆっくりと動き出した。


岸では、レオナルドが果物をガツガツ食べていた。トラウ号が逃げ切るまで何とか時間稼ぎをしないといけない。その時森の中から、トントンと木を打つ音がひっきりなしに響いていた。

「何の音ですか？」

「教会を立ててるんだ」

「教会？」

「この世界はすべてローマ法王のものなんだよ。我がスペイン軍は、その証明をするために世界中に教会を立ててるのさ」

「それはよかった」

レオナルドは、胸の中からロザリオを取り出して見せた。それを見た総督は一気に懐疑の念が取れた。

「カトリックか？」

「もちろん私は敬虔《けいけん》なカトリック信者です。是非その教会を見せていただいて、お祈りをさせて欲しい」

「おぉ、そうか、そうか」
総督も熱心なカトリックだったことが幸いした。総督は上機嫌で、レオナルドを森の中の教会へ案内した。レオナルドはこれで相当時間が稼げると、ほっとした。沖ではトラウ号が静かに遠ざかっていたのを誰も気づいていなかった。

口と両手両足を縛られたセバスチャンは、どこにそれだけの力があったのかと思えるくらいに、甲板の上でもがいていた。船長であるジョン・バッカスにはこうするしかなかった。大事なのは航海することである。それを最優先にしなければならない。これは航海者の宿命であるのだ。レオナルドを残して船を出すには、セバスチャンを縛り上げるしかなかったのである。
トラウ号が動き出すのに気づいた軍艦のスペイン人が、脳天気に手を振っていた。中には、「大丈夫か、そんなボロ船で」と馬鹿にして叫んでくる者もいた。ジョン・バッカスはただ笑いながら軍艦に向かって手を振っていた。トラウ号は徐々に風に乗り、スピードを上げて大海原へと駆け出していった。

森の中を抜けると大きな広場に出た。思っていたより大きな島で西洋人がうまく原住民に取り入ったようだった。おそらくここは新大陸への寄港地で、食糧や水の補給所、木材をうまく扱っているところなどから、船の補修地として使われているのだろうと、レオナルドには思えた。教会は小ぶりながら立派なものだった。まだ骨組みしかできてなく、原住民が忙しく働かされていた。総督は得意げに、教会の建設の説明をした。「我々はこれから新大陸に向かう。ここに帰ってくる頃には、立派な教会が立っているはずだ」と、あご髭をこすりながら、満足げにそう言った。その時、海の方から一人のスペイン人が総督のところにやってきた。

「閣下、この男が乗っていたボロ船が出発しました」

「出発？」

「はい、おそらく我が国の船ではないと思われます。どうします、軍艦で追いかけますか？　今ならまだ間に合いますが……」

「あんなボロ船、放っておけ。おかしいと思っていた」

総督はレオナルドに振り向き、「君の仲間が君を裏切って行ってしまったらしい。どこに何しに行くのか知らんが、あの船じゃいくらも持つまい。この男を監禁しろ」と隣のスペイン人に命じた。レオナルドは、トラウ号が無事に逃げられてよかったと安堵の表情を見せたのであった。


トラウ号は航海を続けた。ここまでどれほどの難局を乗り越えてきただろう。何人の仲間を失ってきただろう……。トラウ号が満身創痍《まんしんそうい》でもなお航海を続けられているのは、何よりもジョン・バッカスの船乗りとしての技術と、揺るぎない強い意思がトラウ号に乗り移っているからに違いなかった。

見渡す限りの水平線に囲まれてから、ジョン・バッカスはセバスチャンのロープを解いた。解かれたセバスチャンは、ジョン・バッカスに何も言わなかった。セバスチャンは、欄干にもたれて夕日を見ていた。ジョン・バッカスは、ただ黙って海を見つめているセバスチャンを、セバスチャンのためにとってあった水と食べ物の前に連れて行った。

「レオナルドのことを思うなら食え」

セバスチャンは、喉を通らなかった。

「レオナルドが命を賭けてこの水と食べ物を俺たちに与えてくれたんだ。だからレオナルドのために食え」

「……」

「食え、しっかり食え、食って生き抜くことがレオナルドへの恩返しなんだ。食って航海を続けることが、死んでいったダニーや仲間たちへの弔いなんだ！」

セバスチャンは、急に食べ物を口に押し込んだ。泣きながら無理やり口に押し込んだ。そして泣き崩れて、ジョン・バッカスの胸に倒れ込んだ。ジョン・バッカスはセバスチャンをしっかり抱きしめた。

「レオナルドはきっと生きている。そんな簡単に死ぬ男ではない。きっと、きっと、いつかはきっと、レオナルドに会えるさ……」

完璧な夕日が西の水平線に落ちていた。セバスチャンは、ジョン・バッカスの胸の中で泣き続けていた。

黄金の国ジャポンはまだまだ遠くにあったのだった……。

十一

航海は続く。船乗りが止めない限り、航海は続くのである。ジョン・バッカスは日々羅針盤に向かっていた。傍らでセバスチャンが舵を取っていた。レオナルドのおかげで少しばかりの食事にありつけたが、すぐに底を尽いた。後は水と、芋を潰して水で練っただけのウジの湧いたビスケット、熟しきった果物が少しだった。船の中では、動ける者が限られていた。何とか立って歩けるのは二〇人を切っていたし、他の者たちは、生きているのか死んでいるのかわからないほど弱り果てて動かなかった。何よりも壊血病《かいけつびょう》が猛威をふるっていたのだ。セバスチャンとジョン・バッカスはそんな船員たちに、「ジャポンはもうすぐだぞ」と、声をかけて回り、死んでしまっている者は、そのまま海に水葬した。

トラウ号はそんな船員の状態を知っているかのように、北緯三〇度にあるジャポンを目指して、順調に波を切ってくれていた。

「このまま順調に行くことを願うばかりだ。ジャポンはもうすぐだ」

ジョン・バッカスは口癖のように毎日毎日同じ言葉を繰り返した。そのうちに、今朝方飲んだ水の煮沸が十分ではなかったのだろうか、セバスチャンがひどい下痢に襲われ、体力が急激に損なわれていった。今になって、下痢が続き衰弱し切って死んでいった者の気持ちがわかった。はるかヨーロッパの故郷を離れて、だだっ広い太平洋の真ん中に投げられる身はさぞ無念だったことだろう――と。

気分が悪く吐き気が続き、身体全体が重くて辛い。動くのはトイレに行く時くらいで、それも調子の悪い日は、這っていくほどだった。ジョン・バッカスは、「とにかく動くな、無駄に動いて体力を消耗するな」と厳命した。

明るいところに出れば、気分が悪くなる。日光を浴びると吐き気が増すので、日中はトイレの近くのデッキに潜り込み、夜になれば、風にあたりに甲板でのたうち回った。辛くて苦しい日々が続いた。一日が一〇日以上に思えるほど長い。時折ジョン・バッカスが心配して様子を見にきた。その時いつもと同じように、「ジャポンはもうすぐだ。それまでがんばるんだぞ」と励ましてくれていた。

狭くて暗いデッキにうずくまり、さすがの俺ももうダメかと弱気になっていた。ジュリアと別れ、ダニーは死んでしまい、レオナルドとも離れてしまった。みんな、自分の元から離れていく……。今度は自分が離れる番なのか……。

夢物語のようなロンドンでの時間が、脳裏をかすめる。今から思えば、あの頃は何の心配もなかった。甘っちょろいガキが根拠もない自信だけで、何を意気がっていたんだろうか。生きる意味を何も知らなかったし、生きていくことに何の苦労もないと思っていた。日々思っていたのは、退屈を紛らわせるだけの情熱だけで、それさえあれば刺激的な人生を送れると勘違いしていただけだった。

ジュリア、ジュリア……、君がこなくて本当によかった。もし君がきていたとして、君を死なせることがあったとしたら、僕はその罪を一生背負い、悔やんでも悔やんでも悔やみきれない思いになるだろう。君のいない暗黒の世界で一人では生きていけないに違いない。レオナルドに感謝したい。ジュリアを止めてくれて心から感謝したい。自分の人生までも投げ打ってジュリアを止めてくれたレオナルド……。太平洋の真只中で、敵に身を売り飛ばしてでも皆を救ったレオナルド……。自分の愚かさを嘆くばかりだ。情けない……。もっと人を大事にすればよかった。レオナルド、君こそ真の友だちで、本当の英雄だ。でも、レオナルドはまだ生きている。あの島でまだ生きているはずだ。

デッキの中でうずくまりながら、辛さと傷みと苦しみに意識が朦朧《もうろう》としていく中、セバスチャンの頭の中はとりとめもなくいろんなことが去来した。

ロンドンでは、レオナルドにもジュリアにも、俺が世界を変える、俺が神になってやると豪語していた。何か世界を変えるだ、何か神になってやるだ……、情けない……。現実がこんなにも厳しいものなのか、生きるとは、こんなにも辛いことなのか……。自分の精神の不甲斐なさに、つくづく嫌気がさした。こんな思いのまま、生きていくことに何の意味があるのか……。だが死ねない。こんな生き地獄の真只中でももがき苦しみながら、死と相反する生き延びようとするわずかな生気がどこから湧き起こってくるのか。このまま気が狂ってしまった方がどれだけ楽になれるだろうか。なのに生きようとする欲望のかけらが、狂気の波を必死で抑えつけようとする。その力はどこからやってくるのか。もし神が本当にこの世にいるなら、殺すか生かすか、はっきりしてもらいたい。太平洋上のボロ船の暗くて狭いデッキの中の地獄は真っ平ご免だ。こんな苦しみが続くのなら、いっそすんなり死なせてくれて、ゴミのように海に捨てられた方がよっぽどましだ……。なんてことだ、この自分がこんなにも神にすがるとは……。

「何が神になってやるだ……」

セバスチャンは一人で口ごもるようにそう言った。

それから二～三日、同じ状態が続いた。良くなる気配はなかった。セバスチャンはうずくまりながら、やみくもにただ時間が過ぎるのを待ち続けた。そんな時、ジョン・バッカスがやってきた。

「具合はどうだ？」

セバスチャンはうずくまったまま、「何とか生きている」と、か弱い声で返事をした。

「北緯三〇度を越えた。後は真西に進むだけだ。必ずジャポンに突き当たる。風さえ順調に吹いてくれれば、何の問題もない。本当にあと少しだ、がんばれ」

セバスチャンはジョン・バッカスが慰めで言っているのか、本当にジャポンが近づいて言っているのか、わからなかった。

「セバスチャン、これを飲め」

ジョン・バッカスは左手に水を入れたカップを持ち、右手の手の平の上に異様な臭いを放つ、指で丸めたような黒い塊を差し出した。

「これはアフリカに行った時に、現地の人間からもらった秘薬だ。どんな病気にも効く万能の薬だ。今まで一度も使わずに大事にとってあった。今こそ、セバスチャン、お前が飲め」

「それを飲んだら、楽に死ねるか」

「馬鹿なことを言うな。アフリカのジャングルの奥地でしか取れない特別な葉でできた秘薬だ」

「こんな地獄の苦しみから早く解放されたい……」

「今のままでは本当に死んでしまうぞ」

「ジョンはそれを飲んだことがあるのか？」

「ない。幸いにも今まで飲む機会がなかったのさ」

「本当に効くのか？」

「いいかセバスチャン、俺の話をよく聞け。人生とは誰と組むか、誰と仕事をするか、誰についてゆくか、誰と付き合うか、誰と結婚するか……そんなことじゃないんだ。一番大切なことは、人生とは誰を信じるかなんだ……。飲め」

ジョン・バッカスは、セバスチャンを抱きかかえて口を開かせ、異様な臭いを放つ黒い塊を口の中に放り込み、水を飲ませた。

「眠くなるはずだ。ぐっすり寝ればいい」

セバスチャンは、しばらくしてすぐに深い眠りについた。ジョン・バッカスの予言の通り、ジャポンはもう目の前まで迫っていた。順調にいけばあと二～三日で着く距離まできていた。秘薬が効いたのかぐっすり眠った次の日、セバスチャンは驚くほど回復していた。下痢は信じられないくらいに治まっていたのだ。しかし船の中では、歩ける者は数人にまで減っていた。

舵を取るジョン・バッカスの隣にセバスチャンがいた。セバスチャンがアフリカの秘薬を飲んだ次の日、信じられないことに完璧に回復していた。

「あの秘薬、すごかったな」

「アフリカの神秘が生んだ知恵だろう。何よりも助かってよかった」

「あんたのおかげだ」

「神がお前を見捨てなかったってことさ」

「あんな大事なものを俺に飲ませてよかったのか？」

「そんなに効いたのなら、ジャポンの旅が終わったら、一緒にアフリカに行こうか」

「俺はあんたを信じるよ」

「光栄なことだ」

「あんたは俺の命を救ってくれた」

「俺だけではない。レオナルドもダニーも、みんな俺たちの命を救ってくれたんだ」

「結局二人きりになっちまったな……」

「大事なことは航海することだ。何としてでも、ジャポンにたどり着こう」

セバスチャンは笑いながら、ジョン・バッカスの肩を叩いた。

風は順調に吹いていたものの、少しずつ強くなっていくようで、南の空が曇り出してきていた。台風である。しかもかなり大型の季節はずれの台風が、トラウ号に近づいているのであった。

今は四月である。通常台風は、夏から秋にかけて発生する。しかし一年に一度あるかないかくらいで春に発生することもある。冬から春にかけての日本上空はジェット気流と呼ばれる強い西風が吹いて、日本付近への接近を抑えているが、何かの要因で弱くなったり、また通常より位置がずれたりした時、台風は北上し日本を直撃することもあるのだった。

ジョン・バッカスは船乗りの経験から、その気配を敏感に察知していた。「ジャポンを目の前にして、最後の難関だな」、ジョン・バッカスは心の中でそうつぶやき、「何が何でも、どんなことをしてでも、絶対にジャポンに行ってやる」と奮い立っていた。

その日の夜から、海は荒れ出した。伊豆諸島を抜けて日本の東南側からジャポンを目指していたトラウ号は、運悪くまともに台風の進路と重なっていた。台風はやや西よりに北上し、日本本土に上陸する典型的な進路を取っていたのであった。

今までどれくらいの暴風雨を凌いできたことか……、どれほどの困難に打ち勝ってきたことか……。しかし、船はボロボロに朽ち果て、頼りになる人員もいない。暴風雨がくれば帆をたたむのは常識だが、破れまくっている帆をたたむ人員がいないというより、ところどころロープが切れたり絡まったりしているので、たたみようもなかったのである。

「大丈夫だ、絶対大丈夫だ」、ジョン・バッカスは何度も何度も自分に言い聞かせた。

夜半から本格的に台風が近づいてきた。トラウ号は完全に台風の暴風雨圏内に入った。ジョン・バッカスは舵を握った。海は狂ったかのように荒れに荒れてきた。今まで体験してきたどんな嵐と比べても、そのパワーは桁違いだった。雨交じりの強風に煽られた大波と大波は激しくぶつかり合い、白いしぶきを天高く舞い上げていた。ジョン・バッカスは頭からバケツの水を何度も何度もひっくり返されたように息もできないくらいに波をかぶり、全身ずぶ濡れだった。あまりの揺れの激しさに、ジョン・バッカスの目の前で、数少ないオランダ人が宙を飛んで海に投げ出されているのが見えた。満身創痍のトラウ号は、大波に天高く持ち上げられたと思うと、一瞬で波の谷間の奈落の底へと突き落とされた。これほどの大波を横から受ければひとたまりもない。あっという間に転覆して沈んでしまう。身体を何度も宙に飛ばされていたジョン・バッカスは、最後の最後の力を振り絞り、舵を決して放すことはなく、横波を受けないように船を立て直そうとしていた。しかし帆はズタズタに破れ、恐ろしい強風に煽られていた。舵が動かない。その時、ずぶ濡れになったセバスチャンが舵を握った。

「セバスチャン、生きていたか！」

「あんた一人を残して死ねないぜ」

まともに波を浴びながら、二人で必死に舵を切った。転覆は免れたものの、大波はそのパワーと大きさをどんどん増していった。波が両舷に当たる音が、ドーンと不気味な音を立てて響いた。黒と灰色の世界である。暗黒の地獄絵図とはこのことなのか。時として自然はどこまでも残酷な仕打ちを人間に与える。

残っていた何本かのマストのうちメインの一本が、ついに折れた。折れたマストにロープが絡まり、トラウ号は大きく右に傾いた。このままでは確実に沈没する。セバスチャンは腰からナイフを抜き、よろめきながら甲板に出た。

「何をする、セバスチャン、戻れ、戻ってこい」

雨と風と轟音でジョン・バッカスの叫び声はセバスチャンに届かなかった。セバスチャンはフラフラになりながら何とか船と海に落ちたマストをつないでいるロープを掴んだ。

「止めろセバスチャン、戻ってこい」

ジョン・バッカスは声を振り絞って、思い切りそう叫んだ。船はアップダウンを繰り返して、もまれにもまれながら徐々に傾きが大きくなっていた。このままでは船が転覆して二人とも死んでしまう。それなら自分が犠牲になることにより、一人でも助かればいいとセバスチャンは思っていた。たとえ自分が死んでも、ジョン・バッカスだけでも生き残り、航海を続ければいいのである。大事なことは航海を続けることだと教えてくれたのは、ジョン・バッカスなのだから……。

左手でロープをしっかり握り、右手に握ったナイフでロープを切ろうとするものの、波と風と、尋常ではない船の揺れでうまく切れない。その時波の頂点から底まで一気に突き落とされた。セバスチャンの身体は放り出され海に投げ出された。それでもロープはしっかり握っていた。折れて絡まったマストに煽られた船は、いつ沈んでもおかしくなかった。セバスチャンはロープを握り締めながら、ナイフで切った。何度も何度も切った。ついにロープが切れた。トラウ号が大きく反対側に煽られた瞬間、まともに右からの横波を受けて転覆した。折れたマストにしがみついていたセバスチャンは、大波の向こう側でトラウ号が転覆したのが見えた。

「ジョン！　ジョン・バッカス……」

最後の力を振り絞ってそう叫ぶと、「俺もここまでか……」と心の中で悟った。折れたマストにしがみつきながら、意識が遠のいてゆくのがセバスチャンにはわかった。黒と灰色と波と雨と強風の世界。視界は全く悪く、押し寄せてくる波と波しぶきしか見えない。台風は速度を上げて日本列島に近づいていた。トラウ号が沈没した地点、つまりセバスチャンが折れたマストにしがみついていたところは、ジャポンのすぐ目の前だった。

それから五分と経たないうちに台風は、日本の紀州に上陸した。そしてその次の日、セバスチャンは白崎海岸に打ち上げられたのである……。

一五九七年四月一九日のことだった。

十二

日本、紀州由良村、呉作の家

呉作の布団にくるまって熟睡しているセバスチャンこと天狗は、一昼夜眠り続けた。呉作と小春は、天狗が寝ている間、何事もなかったかのように普段通りの生活をしていた。時折小春が天狗の様子を見には行ったが、すやすや眠るその寝顔を見て安心していた。呉作は敢えて天狗のことは触れなかったが、心の中では心配の種は尽きなかった。

夕日が西の山に沈みかけていた。春を誘う心地いい風が、険しい山々の間を吹き抜けていた。

「大狗様はこのまま目を覚ますことがないのだろうか……」、呉作がそう思っていた矢先だった。炭焼き窯《かま》の準備をしている呉作の元へ小春が家の中から飛んできて、呉作を家の中に引っ張った。

「目が覚めただか！」

呉作はついに事が起こり出したと覚悟して家の中に飛び込んだ。天狗は辛そうに上半身を起こしていた。小春が近づき天狗を起こすのを手伝った。天狗は朦朧《もうろう》とした意識の中、聞いたことのない言葉で何やら訴えていた。

「水だ、水を汲んでくるで」

呉作はそう言って桶いっぱいに水を汲んできた。飲みやすいように湯飲み茶碗に水を入れようとすると、天狗は呉作の身体を押しのけ、桶に顔ごと突っ込み、息ができないのではないかと思えるくらい必死で水を飲んだ。セバスチャンはやっとここで息を吹き返した。ぼさぼさに伸びた前髪と顔全体に水がかかり、小春が手ぬぐいを渡した。天狗は顔を拭いて、やっと呉作と小春の顔が目に入った。呉作は不安と恐怖と好奇心に満ちた奇妙な顔つきになっていた。天狗は呉作と小春の顔を交互に見た。天狗が首を振る度に、呉作も一緒に首を振った。それを見て小春が笑った。呉作は真剣だった。

天狗は我に返ると自分がほとんど裸であることに気がついた。それを察した呉作は慌てて納屋へ行き、隠していた天狗が着ていた服と靴を持ってきた。しかし弱り果てている天狗には着る力がなかった。呉作は仕方なしに自分の着物を取り出して、天狗に着させてやり、帯を締めた。小柄な呉作の着物を着ると、大人が子どもの着物を着たような出で立ちになり、それを見た小春がまた笑った。

「腹が減ってるはずだ。小春、囲炉裏《いろり》で汁を作れ」

小春は慌てて食事の用意をし出した。呉作は勇気を振り絞って訊いてみた。

「おめーは天狗様だか?」

天狗は怪訝《けげん》な顔をした。呉作はもう一度訊いた。

「おめーは天狗様だか?」

天狗は呉作の問いかけを無視して、訳のわからない言葉で何か喋った。

"My name is Sebaschan Couwell. Here is Japan?"

最後に語尾を上げながら、立てた指で地面を指したので恐らくここはどこかと訊いているに違いないと呉作は考えた。

「紀州じゃ、紀州の由良《ゆら》じゃ。おめーは海にいただ」

呉作はもう一度訊いた。

「おめーは天狗様だか?」

"I don't know. I want to know just here is Japan?"

また語尾を上げながら、立てた指で地面を指したので、「紀州じゃ、き・しゅ・う」と呉作は説明した。

「まぁよいわ。何にしても天の国からきた神様じゃ、人間の言葉はわからんのじゃろ」

呉作は変に納得して自分に言い聞かせた。実在するのか、それとも架空の存在なのか……。神聖なる神なのか邪悪な妖怪なのか……。天狗にまつわる伝説は数知れずあるが、実物の天狗を見た者は誰一人いなかった。呉作は、白崎海岸に遭難したイギリス人セバスチャンを、神の国から舞い降りてきた神の使い天狗様だと誤解したにすぎなかっただけである。しかし呉作にとって、遭難したセバスチャンをそう誤解することしか、唐突に起こり得た現実を自分の中で処理することができなかったのもまた事実なのである。

食事の用意ができた。

「さぁさぁ、座れや」

呉作は天狗に囲炉裏のそばの粗末な座布団に座るよう促した。水をたらふく飲んだものの、全身の筋肉に激痛が走っているセバスチャンの身体は、歩けないほどになっていたので、這うようにして囲炉裏のそばまできた。奇妙な場所で食事をするものだ。何か何やらさっぱりわからない。小春が椀に、野菜と芋が入った汁を入れ、天狗に渡した。天狗はこの見たこともない奇妙な料理が口に入るものかと疑った。椀を持ったままの天狗に、小春が手許に置いてあった箸を渡した。天狗は呉作が箸を使って食べているのを見て、自分も箸を使おうとしたが、何度やっても落とすばかりだった。それを見た小春が、木でできたおたまの小さいものを持ってきて天狗に渡した。天狗はそれを取ると、椀の汁を一口、口に入れた。口の中に鰹節と昆布の出汁《だし》の匂いに交じって味噌の味が広がった。今まで味わったことのない奇妙な味だった。素材そのものの味を生かす料理に、調味料といえば塩と胡椒くらいしかない食事しか口にしていないセバスチャンにとって、出汁を取るという味の深みが、舌の先から脳の味覚野に反応した。それに炊き立てのご飯も出された。何よりも何日もまともな食事にありつけていない。それからがむしゃらに食べに食べまくった。

「まぁほんにこの神様はよく食べるもんじゃ。小春、もっとついでやれ」

炊いたご飯のほとんどを天狗が食べた。食べ終わるとまた床に入り、もう一度眠り出した。食事の後片付けをしている小春に呉作が、「おめぇは天狗様が怖くねぇだか?」と訊いた。小春は、何も返事をしなかった。

「これからどうするよ……」

思案にくれる呉作だった。

「しょうがない。村の長老に相談するしかないか……」

それを聞いた小春が血相を変えて呉作の腕を掴み、ダメだと首を振った。

「行かん方がいいだか……」

小春がうなずいた。しかし呉作は思案にくれていたのであった。

四月下旬、ようやく山にも春が訪れていた。呉作は久しぶりに山を降りた。呉作の作る陶磁器は品質が良く、評判も高かったので、殿様や金持ちの家で重宝された。それゆえ、呉作自身が金に困ることはなかったが、生来質素な山の暮らしをしていたので、金を使うこともそうはなかった。

そんな呉作が幾ばくかの金を持ち、できるだけ村の人間には顔を合わさないようにと、明け方に家を出た。家を出る前小春に、「いいか、おら和歌山城の城下町まで行くで。天狗様が起きてもどこにも行かしちゃなんねぇぞ。人に見つかったらえらいことになるでな。小春、天狗様をどこにも行かしちゃなんねぇぞ」

念を押すように呉作は小春に言って聞かせた。

村を抜けて、紀州藩・和歌山城の城下町まで足を延ばした。呉作はそこで呉服屋へ行き、その店にある一番大きな着物と帯を買った。それと大きな草鞋《わらじ》も買った。帰りにお茶屋に寄りだんごと持ってきた瓢箪《ひょうたん》の容器にたっぷりと酒を注いでもらった。

天狗が目覚めたのは昼近くだった。寝床の中で大きなあくびをしながら、背を伸ばした。囲炉裏では小春が食事の準備をしていた。天狗が起きたのに気づくと、小春がそばまできた。小春の顔を見た瞬間、どこか変な場所で、変な食事をしたことが夢ではなく、現実だったのだと思い知らされた。セバスチャンは小春にもう一度訊いた。

"Here is Japan?"

小春は顔の表情ひとつ変えずに返事をしなかった。

"What's your name?"

返事をしない小春に、この子は人間の子かとセバスチャンは真剣に疑った。

小春はセバスチャンの着物を正し、井戸に案内した。小春がつるべから桶に水を入れ、その水でセバスチャンは顔を洗った。ひんやりした感触が顔を濡らした時、はっと自分が今この山の中で生きていることを実感した。顔を上げれば、透き通った水色の空、白い雲、聞こえている心地よい鳥たちのさえずり、生命感あふれる新緑が広がる深い森……。

あの気が狂ったような嵐の中、荒れる海へ投げ出され、折れたマストに絡まったロープを切り、そこから意識が飛んでいる。そのまま死んでしまうだろうと覚悟を決めていたので、ここが死後の世界だと言われても何の不思議もないわけである。

小春が手ぬぐいを差し出してくれた。何がどうなって今ここにいるのか……。それよりも海で遭難したのに、何故山の中にいるのかが不思議だった。この子が助けてくれたのだろうか……。男が一人いたような記憶が残っているが、それは夢か幻だったのだろうか……。この子があまりにも神秘的な眼をしているので、妖術でも使って自分を助けてくれたのか……。そんな想いを抱きながら、囲炉裏についた。

炊き立ての白いご飯と、川でとれた鮎の塩焼き、それに菜っ葉の味噌汁。天狗はお玉を使って食事をし出した。隣で小春も一緒になってご飯を食べた。

十分な睡眠と、栄養もたっぷりつけたので、セバスチャンは少しずつ生気を取り戻してきた。そして体調が戻ると、我を取り戻しつつもあった。自分でも不思議なくらい落ち着いていた。

目に見えるものすべてが、セバスチャンの好奇心々をくすぐった。囲炉裏はもちろんのこと、畳、木造の家、土間、草鞋……。ブリストルで生まれ育ち、ロンドンで生活していたセバスチャンにとって、気がついたら地球の裏側どころか、宇宙の果てにまできたような感覚になるのも無理はなかった。この先どうなるのかという今の状況に不安になるより、航海の幾多の困難を乗り越えてきたことと、最後に遭難して死を覚悟したことを思えば、命が助かったこと、見ず知らずの異邦人が親切にしてくれることに感謝していた。

食事が終わると、外に出たくなった。土間に履いてきたブーツがあったが、面倒なので裸足で外に出た。春の気持ちのいい日和だった。花が咲き、木々が瑞々《みずみず》しく新緑に光っていた。少し先に焼き物師の作業場と、大きな窯《かま》があった。年季の入った窯はところどころ煤《すす》で黒く汚れていた。セバスチャンは、これは何をするものだろうかと窯をさすりながら考えた。小春が作業場に置いてあった欠けた皿や茶碗をセバスチャンに見せた。欠けているとはいえ見事な陶磁器だった。陶磁器はチャイナの特産品だと聞いていたが、ここでもこれだけ見事な陶磁器を作っていたとは……。夢の中に出てきたあの男が作ったのだろうか。恐らくここはジャポンで間違いないのだろうとセバスチャンは思ったが他の人を見かけないし、その気配すら感じない。この二人だけでこの世が成立している世界観があった。

小春はセバスチャンを、窯から少し山に入ったところへ誘った。そこには土を盛った上に奇妙な文字を縦書きに書いた細長い板が立ててあった。小春は手に持ってきた花を板の元に置き、両手を合わせて拝んだ。小春はセバスチャンにも同じことをしろと、手振り身振りで促したので、セバスチャンはぎこちなく一緒に手を合わせた。恐らくここは亡くなった誰かが埋められた墓なのだろうとセバスチャンにはわかったが、墓としたら何と質素な墓なのだろうかきと思えた。風にそよいで揺れている木々の枝葉から洩れるやわらかい日差しが、手を合わせて拝んでいる二人をやさしく見守っていた。

小春は呉作との約束を思い出し、家に帰ろうとしたが、天狗様はまだどこかに行きたそうだった。セバスチャンにとって、ここがどこかを知る手がかりがもっと欲しかったのだ。小春は天狗様が何かを思い出し、自分の居所に帰るのではないかと危惧《きぐ》していた。小春が天狗様の腕を掴んで家に帰ろうとした時、山道を村人が登ってくる気配を感じ、小春は咄嗟に天狗様の腕を無理やり引っ張り、家に走って連れて帰ると、ちょうど呉作が町から帰ってきたところだった。小春は道を指差し呉作に村人がくることを伝え、天狗様を隠すよう家の中に連れ込んだ。小春は人差し指を立てて口に持っていき、声を立てないよう、天狗様に伝えた。セバスチャンは訳がわからないまま、小春の言う通りにするしかなかった。

「おぅ、甚五に新介じゃねーか」

呉作が山道を登ってきた村人にそう言った。

「久しぶりじゃの、元気かね」

「元気やっとるよ。急にどうしただ」

「いゃ〜久しぶりにおかねばあさんとこ行ってよ。その帰りにここに寄ったんよ。元気にしとるか思てな。小春はどうしたじゃ？」

それを聞いた小春は、天狗様にじっと動かないように合図をして、外に出た。

「おぉ、小春。元気しとったか」

小春はうなずいた。

「山ん中の生活は小春には不憫《ふびん》じゃて……。たまには町にも行かせてもらえや」

「この子は口がきけんからのお。ここの暮らしがおうとるで」

「それにしても、色が白うて、美しい顔しとるのぉ～」

「お茶も出さずにすまんが、これから小春と山に行くんで……」

「それは悪いとこじゃったなあ。元気だったらそれでええ。おれらは帰るで、また何かあったら言ってくれ」

「ありがたいことじゃ。また村に行かせてもらうで」

「それじゃ、元気でな。小春も元気で暮らせや」

甚五と新介が山道を降りて行き、姿が確実に見えなくなった瞬間、呉作は家の中に飛び込んだ。天狗様は外の様子を伺っていたようだった。

「見つからんでよかった、よかった」

呉作は胸を撫で下ろしたが、セバスチャンには合点がいかなかった。突然放り込まれたこの異次元の世界に、住人がいたのだ。しかもその住人に自分の存在を隠したのである。この男と少女は自分にとって敵なのか味方なのか。つまり他の住人がやってきて自分を隠したということは、敵から身を守ってくれたのか、それとも味方に会わせるのを邪魔したのか……。

“Why? Why did you make me hide from peple?”

「何言ってんか知らんが、こっちこい。町でいっぱい買ってきたで」

呉作は天狗様の訳のわからない言葉を無視して、うれしそうに風呂敷を開け、中から着物と帯を取り出した。

「これじゃ。これが一番大きい着物じゃ」

そう言って呉作は誇らしげに着物を大きく広げて見せた。

「ほれ着てみ」

セバスチャンは、着ていた着物を脱いで、新しい着物を袖に通した。

「まだ少し小さいが、おかしくはなかろう。どうだ着心地は？」

セバスチャンにとって、前に着ていた窮屈な着物より、身体が数段楽になった。セバスチャンにとってヨーロッパの服装は、厳格に満ちて窮屈この上なかった。服装・服飾が階級を象徴するのだから、胸の羽飾りひとつとっても気を遣わなければならない。それに西洋の服は何かと身体を締め付けるし、ボタンがやたらと多くて面倒だ。それに比べて、たった腰帯一本で着ることができる着物は、身体を楽にしてくれるので、手足が自由に解放された感じがするのである。セバスチャンが立ち上がって、小春が帯を締めると、それはそれは、大そう立派な男に映った。

「もうすぐ夜じゃ。小春、暗くなるまで待つで」

小春がうなずいた。

「夜になれば、小摩木《こまき》の谷へ行くぞ。わしは朝仕掛けたハンザキを取ってくるで。今夜は小摩木へ行ってから、ハンザキの汁じゃ。酒も買ってきとるでな」

ハンザキとはオオサンショウウオのことで、貴重な蛋白源として、食用にしていた地方も多い。ハンザキは、身体を半分に裂いても生きていそうだからそう呼ばれるようになったという説もあるくらい、食べると精がつく。呉作は、白崎海岸に打ち上げられた天狗様の回復を祈る意味でも、ハンザキ汁と酒を用意したのであった。

呉作が川に着いて仕掛けを見ると、見事なハンザキがかかっていた。

「よし、今夜は最高じゃ」

大物を捕まえた呉作はうれしそうに笑った。家に帰ると、天狗様が着ていた服、靴を触っていた。呉作は小春にそれらを人に見つからないように、川で洗ってこいと言った。小春は天狗様の手から、それらを取ると川へ走っていった。

川で取れたハンザキを、呉作は得意げに天狗様に見せた。

「見事じゃろ」

天狗様は初めて見るのか、グロテスクなその姿を見て、気味悪そうに顔をしかめていた。それを見た呉作は笑いながら、さっそく料理にとりかかった。小春が天狗様の服を洗って帰ってくると、納屋の藁《わら》の上で乾かした。呉作は囲炉裏にハンザキ汁を仕込んだ鉄鍋に蓋をして掛けておいた。

そうこうしているうちに西の山に陽が沈み、あたりは暗くなった。ハンザキ汁の準備も整った時、呉作が小春に、「行くぞ」と声をかけた。

「天狗様、これから山に入るで」

呉作が行灯《あんどん》を持ち、先頭に立った。小春が天狗様の手を引いて後に続いた。月の光は山の中まで届かず一面暗闇で、樹木の冷気が木と木の空間を覆いつくし、山道の足元も危ない。しかも狼だろうか、動物の遠吠えが、山の頂に響いていた。
"Where are you going?"
小春は、天狗の訳のわからない言葉を笑顔で返し、手を引いた。セバスチャンは、気が気ではなかった。こんな夜分に真っ暗闇の山の中に連れて行かれて、一体何をされるのか。この二人は善良振っているものの、何かの狂信者で、不可解な儀式でもして殺されるんじゃないかとセバスチャンの脳裏をよぎった。悪魔とは、見るからに凶暴そうなやっと、一見穏やかに見えるが、実は善意の仮面をかぶったやつもいると、子どもの頃ブリストルで聞いたことがあった。それに、航海中人食い人種に遭遇した悲壮な場面を、思い出していた。
"Wait, wait, wait……Where do you take me?"
天狗は一瞬立ち止まりかけてそう言ったが、小春はただ微笑んで天狗様の腕を両手でしっかり掴み、山の奥へ奥へと連れて行った。いざとなればこの二人くらいなら、倒すことはできるだろうと、セバスチャンは腹をくくっていた。真っ暗闇の山の中を、呉作が照らす弱々しい行灯の明かりだけが、ぼぉ～と浮かんでいるように揺れていた。川のせせらぎが規則正しく聞こえていた。険しい山道をしばらく歩くと、呉作が足を止めた。呉作は、川を見下ろしながら、「着いたで」と言った。天狗様が呉作の肩越しに覗き込むと、呉作が手を伸ばして行灯で照らした。そこはただの川だった。月の明かりに川面がキラキラ光って流れていた。手前にゴツゴツした岩が、うっすらと見えた。
「降りるで」

呉作の言葉に三人は山道から外れ、川に降りた。その時、今まで生きてきて嗅いだことのない異様な臭いをセバスチャンは感じた。川のすぐそばに、大きな岩で囲まれた水溜りがあった。湯気が立っているので、臭いはここからきているのだとわかった。これこそ悪魔の泉なのか……。

「さぁ小春、入るで」

呉作はそう言って着物を脱ぎ出し、その中に入った。

「はぁ～～、極楽じゃ」

呉作は、あまりにも幸せそうな顔をしているので、これは安全なものなのかと、セバスチャンは思えた。小春が天狗の帯を解き、着物を脱ぐのを手伝って、湯に入ることを促した。セバスチャンは、恐る恐る足の指先を伸ばして浸けてみた。ほんわりあったかい感触が伝わった。

「天狗様、さぁ入ってくんろ。ここは特上の温泉じゃて」

セバスチャンはつま先からゆっくりと身体を湯に浸けてゆくと、そのまま首まで浸かった。

「うぉ～～～！」

天狗の雄たけびのような声が山の中に響いた。

「どうじゃ、よかろう」

セバスチャンは、感極まった。月明かりに照らされた山の奥深くの露天風呂は、天空のようで、ここそまさに天国ではないかと思えるほどである。

テクセルの港を出てからまともに湯に浸かったことなどない。ジョン・バッカスの言った通り、航海がこれほどまでに過酷なものだとは、全く想像できなかった。今ここに生きてこんな湯に浸かれるとは……。

「天狗様はどこからきたんか知らんが、ここそこの世の極楽じゃ」

小春も湯に入ってきた。小春の身体は白いというより透明感があった。暗闇の中で、月明かりに照らされる小春の身体は、光っているように見えるのだ。穢れない無垢さとはこのことをいうのだろうか。

小春は手ぬぐいで、天狗様の背中や肩を流してくれた。至福の時である。湯の中で、身体の芯の芯まで緩んでいくのがわかった。まぶたを閉じると、熱いものが込み上げてきた。生きている。俺はまだここで生きている……。いや、台風に遭難した時、本気で死を覚悟したことを思うと、ここでやっと生き返った気持ちになったのであった。

仄《ほの》かな月明かりの中、呉作はゆったりとくつろぎ、セバスチャンは小春に身体を流されながら、時が静かに流れていった。


湯から上がり、家に帰るとハンザキ汁ができていた。囲炉裏の火にかけたまま出たので、薪は消えかけているが、じっくり煮込まれていた。家の中は、ほんのり山椒の香りがした。ハンザキをさばくと山椒の匂いがするといわれ、じっくり煮込むと肉が柔らかくなり、癖のある匂いもとれて、非常に美味である。

呉作が鍋の蓋を開けると、何ともいえない香ばしい匂いが、囲炉裏を囲んだ。

「さぁ、飯の支度じゃ」

呉作は天狗様を上座に座らせ、「今日は祝いじゃ」と言って、町で買ってきた酒を出した。小春の準備も整い、三人で囲炉裏を囲んだ。

「さぁ、天狗様、食ってくれ」

呉作がハンザキ汁を椀によそった。セバスチャンが椀を取ると、今まで嗅いだことのない匂いがした。汁を一口すすった。美味い。見たことのない肉があった。肉を食べるのは、どれほど久しぶりだろうか。しゃもじで肉片をひとつ口に入れると、口の中でゆっくりと溶けていった。なんという食感、美味い。世の中には、こんなに濃厚で、こんなにも深みがあるが、決してしつこくない美味い食べ物があったのかと感動するほど、セバスチャンの口に合った。

"u……m, delicious!"

セバスチャンは思わず唸った。それを興味深く見ていた呉作と小春は、天狗様が気に入ってくれたことに、ほっと安心した。

「酒じゃ、酒を飲んでくれ」

呉作は、茶碗に酒を注ぎ天狗様に渡した。久しぶりに嗅ぐアルコールの匂いである。飲むと口当たりのいい柔らかく繊細な香りが口の中に広がった。これも美味い。

"u……m, fantastic!"

「そら、もっと飲んでくんろ、どんどんやってくだされ。今夜は祝いじゃて」

何の祝いか訳がわからなかったけれど、呉作は何やらうれしそうだった。波風立たない穏やかな生活が、ふとしたきっかけで激変することもあるものなのだと、呉作はつくづく思った。

二人はハンザキ汁を肴に、酒を呷《あお》った。セバスチャンは、この人たちはいい人なのだろうと考えた。

自分に危害を加えてこないどころか、着るもの、食べ物、寝床、お湯などを親切丁寧に用意してくれる。どこの誰ともわからない未知の人間を、こんなにも暖かく迎えてくれているのだ。それだけで悪い人間であるはずがないと、セバスチャンには思えたのだった。

セバスチャンにとって、久しぶりの酒である。酔いの回るのも早かった。セバスチャンの顔がほんのり赤く染まり出した。特に鼻の先が赤くなると、それを見た小春はくすっと笑った。どこかユーモラスでかわいいのである。赤い顔に高い鼻の大男、呉作がそれまで聞いてきた天狗の風貌と全く同じだったのである。

呉作もますます上機嫌になり、「ひとつ踊ろうか」と言って立ち上がり、どこかで聞き覚えのある地元の歌を歌いながら、自己流の踊りを披露した。天狗様は、あぐらをかいて酒を飲みながら、呉作の不可思議な踊りを興味深く見ていた。小春は微笑みながら、合いの手を打っていた。普段から寡黙な呉作が、これほどまでに機嫌がいいところを見るのは、小春にとって間違いなく生まれて初めてのことだった。そのうちに、酔いが回ったセバスチャンも踊りたくなってきた。セバスチャンは持っていた酒を畳の上に置き、すっと立ち上がると踊っている呉作の横に行き、これまた不可思議な踊りを踊り出した。それを見た呉作は、満面の笑みを浮かべ、「天狗様だて、踊るかよ!」と言うと、「ほれ、ほれ」と囃し立て、二人は奇妙に息が合い出した。小柄な呉作と異様に背の高い天狗様の競演の様に、小春は可笑しくて可笑しくてたまらなかった。

ひと時の幸せな夜だった。小春はこんな日々がずっと続けばいいと、真剣に願っていたのであった。

日々は流れていった。穏やかな日々である。セバスチャンは、呉作と小春の生活空間に、信じられないくらい自然に打ち解けていった。小春が口の利けないことと、セバスチャンが言葉のわからないことがうまくかみ合ったのかもしれない。つまり、呉作は会話のできない小春とのコミュニケーションを、仕草、合図、表情、視線、それに心のインスピレーションで通じ合っていたのであるが、それがセバスチャンとも同じように通じ合い出したのだ。小春とセバスチャンは、急速に通じ合うようになっていった。それは、言葉の存在しない二人だけがわかり合う、全く異次元の別空間なのである。

そのうちにセバスチャンにとって小春は、安心感と共有感をもたらしてくれた。言葉ではないやりとり、つまり小春の研ぎ澄まされた感性をセバスチャンが感じとれるようになってきていたのだ。セバスチャンの意識が世俗から隔離されていたので、セバスチャンの頭の中は、常に自分一人だけの世界感に満たされ、それが洗練されていくうちに、小春との言葉のない独特の世界が成立しつつあったのだ。インスピレーションも心が通じ合う方法のひとつなのである。言葉とは、頻繁に誤解を起こす不安定なものである。なぜなら言葉にはニュアンスがあるからだ。この言葉のニュアンスをはき違えることによって、時として深刻な事態を招くことも多々起こり得る。インスピレーションが通じ合うようになれば、言葉より、より直接的で、より純粋なイメージを相手に伝えることができる。皮肉なもので、言葉のわからないセバスチャンにとっては、小春が口が利けないことが幸いしたのであった。

セバスチャンは、そのうちに呉作の仕事を手伝うようになった。炭焼きは、体力のいる力仕事である。特に備長炭の中でも、その品質が最高級品とされるナナカマドの木を、山から切り出す時など、大天狗様の馬力は頼もしい存在であった。

セバスチャンには、腰に大事に付けていたナイフがあり、これがいろんな場面で役に立った。器用にナイフを操る天狗様に、呉作はいたく感心していた。そういうことがきっかけで天狗様は、呉作がしゃべる人間の言葉を少しずつ覚えるようにもなっていった。呉作もことあるごとに、簡単な単語を天狗様に教えていった。

天狗様が人に見つからないように、呉作と小春が、日々注意深く用心して潜むように暮らしていた、そんなある日のことだった。呉作は窯で次の焼き物の準備をし、小春は川へ水を汲みに出かけた。桶にたっぷりの水を波立たせて、家に入ろうとした時、納屋を見て真っ白の頬に蒼が差し、桶を落とした。よれよれの上着（タブレット）とズボンに、ブーツを履いて天狗様が納屋の前に立っていた。納屋に隠していたセバスチャンの服を見つけ出し着ていたのだ。小春は、近くに駆け寄ることもなく、ただ茫然と立ち尽くしていた。

セバスチャンは考えていた。ここにきてから、自分一人の思索だけの世界の中で、さんざん考え尽くしていた。嵐で遭難した時、荒れ狂う海の中で「死」を覚悟したのに、今ここでこうして生き延びられている幸運に感謝しているものの、この先一体どうなるのか、このままでいいのか……。呉作と小春の目を盗み、納屋の中をまさぐって、着ていた服を見つけ出した時、得も知れぬ強烈な衝撃が身体を突き抜けた。「俺はロンドンにいたんだ。そして航海をしたんだ……」。セバスチャンを襲ったのは、タブレットに染みついたその強烈な匂いだった。ロンドンの喧騒《けんそう》の匂い、航海してきた潮の匂い、大粒の汗の匂いなどが混じっている。擦り切れて所々ほころびている袖に腕を通した時、ロンドンのセバスチャンに意識が戻った瞬間だった。ジャポンには、英国はもとよりスペイン、ポルトガルなどの商人が必ずいるはずだ。何とかここから抜け出して、イギリス人を見つけ出すべきか、しかしスペイン人、ポルトガル人に出会えば、即刻殺されるだろう。いやいやその前に、呉作と小春以外の村人に見つかれば、殺されてしまうのか、またはジャポンの王に差し出されて、磔《はりつけ》にされてしまうのか……。セバスチャンは立ち尽くしていた。

その時、セバスチャンと小春の間に、山の下の方から叫び声が響いてきた。

「呉作～、呉作～～！」

その声に、呉作がすっ飛んできた。タブレットを着て立ち尽くしている天狗様を無理やり納屋に押し込んだ。

すぐに、猟師の権六が血相変えて、呉作の家に飛び込んできた。

「呉作、呉作……」

「どうしただ、血相変えて」

「昨日、ここのすぐ近くで、えらい大男がおったで」

『大男？』

「そうじゃ、髪は金でできていて、六尺もあろうかという大男じゃった。それに鼻がえろう高こうて、顔も真っ赤じゃった。ありゃ鬼かも知れんぞ」

呉作の天狗様は、権六には鬼に見えたのだ。

「それが、鬼のくせに人間の着物着とったで」

「権六、落ち着け。まずここに座れ」

呉作はひしゃくに水を入れ、権六に渡した。

「ほれ、飲め」

権六は、口からこぼしながら一気に水を飲むと、手で口を拭い、一呼吸おいてから話し出した。

「昨日じゃ。わしが山を降りる途中じゃった。わしは久しぶりにお前んとこに行こう思うて、この近くまできた時じゃった。向こうで何か音がする思うて、木陰から覗いてみると、そこに鬼がいたんだわ。わしはびっくりしてな、足がガクガクしたわ。そしたら、その鬼がわしを見たんだ。その目が青うてな。わしは怖くて怖くて、飛んで逃げたんじゃ」

呉作は黙って聞いていた。

「それから家に帰って一晩寝たんじゃが、呉作と小春は大丈夫か思うて、心配になったんじゃ」

「わしらは大丈夫だ」

「この辺で鬼を見たことはないか？」

「この山に、鬼などおらん。きっと何かを見間違えたんじゃ」

「そげなことはない。確かに見たんだ。わしゃ猟師だから、山の中で遠くの獲物を見ることができる。あんなに近くではっきりと見たんだ」

「わしらかて、鬼など見とらん」

「鬼は人を食うで。小春は……、小春は大丈夫か？」

「小春は納屋にいるで」

心配した権六が、納屋に行こうとするので、呉作は慌ててそれを止めた。すると小春が家に入ってきた。

「ぉぉ……、小春か、無事でよかった、よかった」

権六は小春を抱きしめてそう言った。

「なんも心配することはねえぞ。もし鬼が出れば、わしが退治してやるでな。ははは……」

呉作はそう言って笑い飛ばした。

「呑気なこと言うでない、気をつけた方がいいで。わしは村行って、皆に気をつけるよう言うてくるで」

「権六、そんなことすることない。鬼などおらん。皆にそんなこと言うたら、いらん心配するだけだで。そんなことせんでええ」

呉作は血相を変え、語気を強めてそう言った。

「呉作がそう言うんだったらのぉ……」

「わしらは大丈夫だ。なんも心配いらん。皆に言うこともなかろ」

「呉作がそう言うんじゃったら、いいんだが……」

素直に納得できない権六だったが、呉作のあまりの落ち着きように、心配の気持ちが薄れてしまった。

権六は、呉作の自信満々の態度に、自分が見たのは鬼の幻であったのだろうかと考えながら、呉作の家を後にした。ほっとしたのは、呉作と小春である。しかし二人とも、このまま天狗様が見つからずに済む訳がない、いつかは見つかる時がくるのではないかと、心の中で感じていた。

村人に見つかれば、権六のように天狗様を鬼と言って、襲ってくるかもしれない。天狗様が殺されるかも知れないのだ。もし仮に天狗様を村人が受け入れたとしても、今の生活が根底から崩れることは間違いない。しかも天狗様はここから抜け出そうとしている。小春にはそれが一番心配だったのである。

権六が帰って行った後、小春が納屋に飛び込んだ。天狗様は積み上げた藁の上に座っていた。続いて呉作も入ってきた。

「何ちゅう服をまた着とるんじゃ、そんなもんはよ脱げ、脱げ」

呉作は問答無用で、天狗様の服を脱がせ、納屋に脱ぎ捨ててあった着物を着させた。呉作は、天狗様が着ていた服を抱きかかえると家に戻り、囲炉裏の中へ放り込んだ。後を追ってきた天狗様がそれを見て、囲炉裏の中から服を取り戻そうとしたが、呉作と小春に抱えられて邪魔された。天狗様はそれ以上抵抗せず、囲炉裏の中で燃えてゆく服を見ていた。天狗様は、これで「自分とセバスチャン」をつないでいた唯一の接点が燃えていくような気がしていたのだった。


いくら山の中とはいえ、呉作と小春が天狗様を隠すのにも限界がある。次に、呉作の家に住む天狗様を見つけたのは、村に住む子どもたちであった。子どもは、年を重ねるごとに行動範囲が広がってゆく。特に男の子は好奇心が旺盛なので、探検心、探求心がくすぐられる年になると、何かと冒険してみたくなるものだ。村のガキ大将を筆頭に五人の男の子が、山に探検にきた時だった。偶然遠くの木陰にセバスチャンの姿を見た。「化け物だ」、五人の身体は硬直し、息を呑んで立ちすくんだ。その中でも一番年下で気の弱い新六は、小便をちびりそうになっていた。化け物は川の水を汲んで帰るところだった。あまりにモジモジしている新六の身体が動いた。その瞬間化け物がこちらを見た。五人は咄嗟に身を屈めた。新六は、身体をカタカタ震わせながら小便を漏らしてしまった。

化け物が行ってしまうのを見届けてから、一目散で飛んで村に帰った。皆はそれぞれの家に逃げ込むように帰っていった。しばらくは、誰も化け物のことを口にしなかった。大人に言ったところで、夢や幻だと言われるに決まっていると思ったからだ。しかし、臆病者の新六だけはそうはいかなかった。家に帰ってからも、真っ青な顔をして、歯をカタカタ震わせて、部屋の隅で布団を被ったまま引きこもってしまった。食事を取るどころか、くるまった布団から出てきもしない新六に、さすがに親も心配した。

「新六、新六、どうしただ。与助らにいじめられたか？」

いくら訊いても、新六は何も答えない。

「おや、この子、小便を漏らしているで」

「とうしただ。言うてみ、新六」

それでも新六は真っ青な顔をして、何も喋れず、全身をカタカタ震わせるだけだった。息子のあまりの異変に、三郎は近所のガキ大将の家に行き、子どもと親の全員を集めた。

「何があっただ？」

子ども五人は、大人たちに囲まれ、事の真意を問いただされた。

「いいか、怒らんから言うてみ。新六はどうしただ？」

ガキ大将の与助か、観念したように、「化け物を見た」と言った。

「化け物？」

与助がうなずいた。

「どこで見た？」

「山ん中」

「お前らみんな見ただか？」

子ども全員がうなずいた。三郎が、「お前も化け物を見たんだが？」と新六に訊くと、母親にしがみつきながら、歯をガチガチ震わせてうなずいた。

「猟師の権六も山で鬼を見た言うて、気ぃつけよと、言ってただ」

百姓の甚助が言った。

「昔、ばあさんが言ってた山に棲む鬼が出たか……」

「権六は呉作んとこにも、気ぃつけ言いに行きよったが、偏屈の呉作はきかんかったそうじゃ」

「それじゃ、とりあえず明日の朝、呉作んとこ行ってみるか」

話はそれでまとまった。

「新六、心配せんでええ。おらたちが明日鬼を退治にしに行くで、お前はなんも心配せんでええから、おっかあと一緒に寝るだ」

それを聞いた新六はやっと安心した顔になり、母親にしがみつきながら、何度も何度もうなずいた。

次の日、村の男たちが集まった。百姓として、一年間で最も大切な田植えの時期を迎えているにも関わらず、村の一大事ということで、ほとんどの男どもが三郎の家に集まった。

「とりあえず、呉作の家に行くだ」

あまり多人数で行けば、呉作も何事かとびっくりするので、偵察を兼ねて三郎を筆頭に五人の男が行くことになった。もしもの用心に、鍬《くわ》や鍬《すき》などの武器を持って行くことにした。その時、権六が猟に使う鉄砲を持ってやってきた。呉作の家には、鉄砲を携えた権六も一緒に行くこととなった。

村はずれの道から、山の中に入っていった。木々に囲まれた山道は、ひんやりした。呉作の家はここからまだまだ山の奥に入っていかねばならない。男たちは、いつ出るかわからない鬼に備えて武器で身構え、四方八方警戒しながら山の奥へ奥へと進んでいった。途中、足音に気づいた山鳥が飛び立つと、その音に全員が腰を抜かさんばかりに驚いたが、さすがに猟師の権六だけは、とっさに銃を身構えた。終始冷静な権六に、皆が心強く思った。

もうすぐ、呉作の家に着く。木々の陰から呉作の家が見えてきた時だった。呉作の家の裏の方で何やら音がしていた。山の中の草むらを掻き分け、家の裏に回ると、金の髪をした大男が、今まさに斧《おの》を振りかぶろうとしているところだった。

「危ない！」

三郎が小さく叫び、鋤で身構えると、権六が銃口を大男に向けて構えた。大男が斧をいっぱいに振り上げようとした時、権六が引き金に指をかけた。その瞬間、勘の鋭い小春が権六の銃口と大男の間に立ち、両手を広げ権六を睨みつけた。それに気づいた呉作が、「小春、どうしただ」と言って、林の中を覗いた。

「権六！　やめっ」

呉作は慌てて怒鳴った。権六は、呉作のその叫び声に、構えていた銃を下ろした。小春がいる限り、引き金を引くことはできない。

「権六、どうしただ？」

呉作のその言葉に、林の中から武装した男たちがぞろぞろと出てきた。

「なんだ、三郎、与吉、甚助……。みんな一体どうしたじゃ？」

薪を割っているところだった大男は、振りかぶった斧を下ろして、立ちすくんでいた。

「呉作、そこに鬼がいるではないか。おらが、こないだ山ん中で見た鬼と同じじゃ。ほれ呉作、わしの言ったとおり鬼がいるではないか」

「何を言うか！」

呉作はここぞとばかりに、大声を張り上げて怒鳴った。

「このお方を何と心得る。天から舞い降りてこられた大天狗様に向かって、鬼呼ばわりとは、何ぞや！」

ついにくるべき時がきたと観念した呉作は、一世一代の大勝負に出た。すべてはこの一瞬にかかっている。

「おまんら、何してるだ。頭《ず》が高かろう！」

そう怒鳴って、呉作は天狗様に向かって土下座した。それを見た小春も瞬時に土下座した。皆はあっけにとられた。

「何してるだ！　頭が高い、頭が高いのじゃ。ほれ、身を伏せぬか！」

呉作のあまりの形相と迫力に、気の弱い甚助が土下座した。それを見て与吉、三郎と全員が土下座した。納得のいかない権六も、まわりの勢いに流されて、訳のわからないまま、土下座してしまった。

何はともあれ、何とかこの急場を凌げたと、呉作は胸を撫で下ろした。何が何だか訳のわからないセバスチャンは、ただただその場に立ちすくむだけだったのであった。

＊

「天狗の神様だって、一体どういうことだ？　呉作」

土下座を解いた後、皆は冷静になっていた。リーダー格の三郎が呉作に詳しい説明を求めた。呉作は小春が白崎海岸で、波打ち際に打ち上げられた天狗様を見つけたことから、隠すことなく皆に説明した。

「それにしても、天狗様が何で海にいたんじゃ」

権六の言葉に詰まる呉作に追い討ちをかけるように、「海にいたんなら、海の神様じゃやねえのか」と、与吉が口をはさんだ。

「長老だ。この村で起こることは長老に聞かねばならないだ」

甚助がそう言うと、「そうだ、長老とこに行こう。長老ならすべてはっきりする」と皆が賛同した。

ひとつの共同体の中には、精神的支柱となる存在が必要とされる。地域社会の集合体の秩序は、国家の法（御触《おふ》れ）だけではなく、その集合体特有のモラル・ルール・掟《おきて》・慣習などにより定められ、成り立っている。村は常に閉鎖的である。それは国を統制する側にとって最も都合のいい戦略であることは間違いない。それに常に搾取される側の農民にとっても、閉鎖的である方が生きていくことには都合がいい。

しかしながら、人間の思考と価値観と経験の範疇《はんちゅう》を超えた次元のことは、全く予期しない時に起こり得るものなのだ。村という閉鎖された空間だからこそ、突発性の大問題を処理する能力に極端に欠けてしまうものである。

そんな事実に対して処理し切れない重大な案件は、長老の判断に委ねられた。長老は村はずれに流れている小川のほとりに住んでいた。かなりの齢を重ねているので、杖をついて何とか歩けるほどであった。粗末な囲炉裏の前で、皺くちゃの身体を折り曲げて座っていた。目も弱っているし、歯もない。指先は常にかすかに震えている。

「何事じゃ」

村人が大挙して押し寄せてきても、長老は慌てることはなかった。呉作がセバスチャンの手を引き、恐る恐る長老の前に立たせた。頭が天井につくほどの金の髪をした大男を前にして、長老は顔色ひとつ変えずに大男を見やった。全員が固唾《かたず》を飲んだ。

「どこにいよった?」

「白崎さ、海岸でよ」

「ふむふむ……。誰が最初に見つけやった?」

「小春でよ……。小春が天狗様を見つけよったで、そんでわしが家まで運んだぞ」

「小春が白崎さ海岸で見つけよったか……」

「呉作は天狗言うとるけど、天狗は山にいるもんだ。なんで白崎なんじゃ」

またしても納得のいかない与吉が口をはさんだ。

「小春じゃ、小春の元にきたんじゃ。天狗の神様は小春を通じてわしらの村にきてくださったんじゃ。前から思うとったんじゃが、小春はどこか人とは違う。言葉が喋れん分、天の思いが通じているのじゃろ」

与吉があっけにとられている間に長老はセバスチャンの手を取った。

「ほれ、こないに大きい手をしとる。こないに大きい手は普通の人間の手じゃねえ……。わしゃ、生きてる間に本物の天狗様にお会いできるとは、これほどうれしきことはないぞ」

事態が好転しているのであろうと察知したセバスチャンは、皺だらけの長老の手をしっかり握り返した。

「わしらの村に天の恵みが降りたのじゃ。ありがたいことじゃ。村をあげて大事にせにゃならん。皆よいか、決してお役人に見つかるでないぞ」

長老を取り囲みながら、その言葉の一言一句を噛みしめるように聞き入っていた皆が、ほっと安心した。小春はうれしさのあまり泣き出しそうになっていた。長老の言葉に反論する者はなく、それよりもこれで問題が解決されたという安堵感が先に立った。前代未聞の大問題が解決したのである。

「三郎、よいな。天狗様を村の宝とするんじゃ。そうすりゃこの村はどこよりも豊かな村になる。天狗様の面倒は小春がすりゃええ。呉作、それでええな」

呉作と三郎は、真剣な顔つきでうなずいた。さすがの権六も呉作に向かって、「疑ってすまなかった。

いきなり山の中で天狗様を見たものだから、鬼と思うただけじゃ」と侘《わ》びをいれた。

ほっとしたのは、村人だけではなかった。実は、長老をしてセバスチャンが何者か皆目見当がついてなかった。初めて見た時、えらい化け者を連れてきたものだと内心おののいていたのであったが、ここで自分が怯えたら皆に格好がつかないと必死で抑えたのだ。そんな時呉作が、「小春が天狗様を見つけよった」と言った一言に救われた。長老はその言葉に乗ったのである。何よりもこの場面は皆の動揺を抑えることが一番大切である。事実などどうでもよい。事実を解明しようとしても、自分の力量じゃできないことはわかっているし混乱するだけである。大切なのは、皆の安全と村の繁栄なのである。それこそ長老の長老たる所以《ゆえん》である。長老は、初めて見る青い瞳の中に潜んでいる純粋さを直感的に感じていた。

「天狗様は神様じゃ」

長老はもう一度そう言った。神様がこの村にきてくれたということは、辺鄙《へんぴ》で何もとりえのない田舎村に、これ以上ない幸運が舞い込んできたのである。そしてそれは、「これからいいことが起こるに違いない」という希望を皆に与えたのであった。

関が原の戦の三年前、日本の覇権を奪い合う戦国真っ只中の時世。長老の気転を利かした裁定により、大英帝国ロンドンのセバスチャン・コーウェルが、ジャポンは紀州由良村の天狗様として、生まれ変わった瞬間だったのである。

十三

一五九七年二月、ウォーク島。監禁中のレオナルド。

レオナルドは、森の中の檻《おり》に監禁されてから一〇日ほど経っていた。総督《そうとく》と軍人の多くは、軍艦に乗って新大陸へと旅立ち、島には五人ほどのスペイン人が残っていた。監禁されているとはいえ、水と食糧がふんだんにあるので、レオナルドの体力を回復させるには、絶好の機会だったのである。監禁されている檻には、鳥や動物たちの鳴き声と、教会を建てている音がコンコンと聞こえてきていた。食事係のスペイン人は、年老いた男だった。最初は無愛想な男だったが、一日三回顔を合わせていると、自然と会話が始まっていった。総督は、ここに帰ってきてからレオナルドの処分を決定するので、それまで必ず監禁しておくようにと、命令していったということだった。

「こんな世界の果ての島の中で、あんた一人を監禁したところで、何の意味もないんだけどな」

男はすまなそうにそう言ってから続けた。「まぁ命が助かっただけでもよかったと思わねばな」

沈着、冷静なレオナルドに、焦る気持ちはなかった。自分の命は確保できている。食べ物もある。寝床もある。それよりトラウ号のことの方が心配だった。無事に航海を続けていてくれればいいのだが……。

監禁されている間レオナルドは、スペイン人が差し入れてくれる本などを読んで時間を潰していた。そんなある日、新しく別の船が着いたようで、島の中が騒がしくなった。船が着いた次の日、いつもの給仕の男が、船乗り風のスペイン人を三人連れて檻に近づいてきた。そのうちのリーダーとおぼしき者が、レオナルドの前に立った。

「お前はスペイン人か?」

「そうだ」

「では何故監禁されている?」

「事情はその男に聞いてくれ」

「この男はスペイン人ではございませんで」

給仕の男が咄嗟にそう言った。

「では、どこの国の者なのだ?」

「さぁ……」

リーダーの男はレオナルドに向かって、「どこの国なんだ?」と訊き返した。レオナルドは首から肌身離さずかけているロザリオを服の中から取り出して見せた。

「カトリックか……」

「私はイギリス人だ」

「イギリス人？　イギリスのどこだ」

「ロンドンだ」

「君がイギリス人のカトリックなら、ヨークシャーのサマヴィル家かグリニッジのスペンサー家を知っているか？」

「スペンサー家なら、リチャードかジュリアか？」

「おお、神よ……」

リーダーの男はそう言うと、「すぐにこの男を釈放しろ」と叫んだ。

「し、しかし、総督が……」

「心配いらん。今は私がこの島の指揮官だ。すぐに釈放しろ」

給仕の男が渋々檻の鍵を開けると、レオナルドは久しぶりに外に出た。

「私は、フェルナンド・バルビエリだ」

「バルビエリ！　私はあなたの父上を存じ上げています」

「父を？」

「ええ、スペンサー家の屋敷で、一度だけお会いしたことがあります」

「そうなのか。こんな奇遇もあるものだな」

「私はレオナルド・バーグマンです」

二人は旧友に会ったかのように、うれしそうに握手をした。

「父の知り合いに、こんな扱いをしてすまなかった」

「いや、いいんです。イギリス人だというだけで殺されていてもおかしくなかったのですから助かりました。私は、フィリップ・ハワードの庶子《しょし》です。祖父は第四代ノーフォーク公トマス・ハワードです」

「君はイングランド・カトリックの名門中の名門の血を継いでいるのか。これは本当に失礼した」

「母からもらったこのロザリオのおかげです」

「神が君を見放すわけがない」

それからレオナルドに対してフェルナンドは、客人のように丁寧に扱かってくれた。二人は夜な夜なワインを飲みながら、いろんなことを話し合った。

「我々は軍隊じゃない。武装しているが輸送船だ。これからアジアで香料をどっさり買って国に帰る。君はどうする?」

「連れて行ってもらえるのでしたら、私も船に乗せてください」

「明日出航する。準備をしておいてくれ」

レオナルドの運命は、このフェルナンド・バルビエリの出現により、大きく変わっていった。

「またヨーロッパに帰れる」―、レオナルドはこの機運へと導いてくれた神に感謝するべく、ロザリオを握り締めながら、胸で十字を切った。

次の日、新大陸からの財宝を積んだガリオン船は、無事ウォーク島を離れた。レオナルドにとっては快適な航海である。何よりも殺されていたかもしれない監禁生活から解放され、島から脱出できたのが大きかった。トラウ号のみんなが逃げれたことも、自分がフェルナンドと出会ったことも、すべて神の思し召しだと、レオナルドは感謝していた。

船の中では、フェルナンドがレオナルドのことを丁重に扱ってくれたので、他の船員たちも好意的に接してくれた。航海を続けている間に、レオナルドは船員たちからいろんなことを教わった。特に当時の世界事情に詳しいマルティネスの情報は、レオナルドの興味を大いにそそった。

マルティネスの話によると、イギリスの英雄的海賊のフランシス・ドレークが亡くなったそうだ。

「スペイン領アメリカで、我が国の艦隊と派手にやり合ったが、プエルトリコのサンファンの戦いで破れた後、ドレークは生き延びてパナマ・ポルトベロの海岸沖まで逃げ延びた。しかし停泊中の船の中で赤痢にかかり亡くなった」

イングランド・テューダー朝、エリザベスI世の激動の時代を駆け抜けた海賊でありながら、国家の英雄だったドレークが死んだのだ。マゼランに次いで、かのマゼラン海峡を通過したドレーク。レオナルドにとって、マゼランやドレークと同じように、自分たちもマゼラン海峡を通過したことを誇りに思い、英雄サー・ドレークを偲んだ。

また、かのウォルター・ローリーは、ギアナの探検から無事にイングランドに戻ってきたが、ギアナでは大した成果は上げられなかった。しかし帰国後イングランドのスペイン・カディス港襲撃に参加し大成功を収めた。それにより、反逆罪で処刑されたエセックス伯にとってかわって、宮廷への出入りが許され、翌年見事近衛隊長に復帰した。

「しぶとい男だよ、あのローリーってやつは……」

マルティネスは苦々しくそう言った。

「ローリーがギアナを探検するって話は知っていたのか？」

「俺が知ってるくらいだから新大陸のスペイン人は知っていたと思う。だけどな、ギアナにはエルドラードなんてないぜ」

「そうなのか！」

レオナルドは驚いてそう叫んだ。

「そりゃそうだろう。ギアナに黄金があるんなら、我がスペインがもうごっそりといただいているぜ」

レオナルドは、セバスチャンがローリーのギアナ探検に参加できなかったことに胸を撫で下ろした。かといってセバスチャンがローリーの探検に参加していたら、今のこの状況を招くこともなかったのに……と複雑な思いになった。

「ローリーも焦ったな。エルドラードに取り憑かれた男は、みな破滅の道に向かうんだ」

マルティネスはつぶやくようにそう言った。

レオナルドを乗せたガリオン船は太平洋を順調に西に向かっていた。次の寄港地はマニラだとマルティネスが教えてくれた。

「たらふく美味いものを食って、大酒を飲んで、腰が抜けるほど女を買いまくるぜ！」

大きなお腹を揺すりながら豪快にそう言うマルティネスの瞳は爛々と輝いていた。

一五九七年、大航海時代。世界の扉は開かれたばかりで、世界の存在そのものに人間の飽くなき好奇心と、深く凄まじい貪欲さにまみれていた時代である。西洋諸国は、そんなアジアに拠点を築くためにその武力と経済力と最先端の科学力で、我先にとこぞって押しかけた。ここから世界は新しい枠組みへの大変遷を成し遂げていくのである。バスコ・ダ・ガマが喜望峰を回り、マゼランが世界一周を達成してからまだ七五年、まさに人類のグローバル化が地球全体を覆っていく先端の時代であったのだ。

カトリックの世界宣教の最も典型的なのは、イエズス会に尽きるだろう。一五三四年パリ郊外、サン・ドニ聖堂で創設されたイエズス会は、何よりもまずローマ教皇に忠誠を尽くすことを第一義と捉えた。そして設立間もなく、ヨーロッパに宗教改革の波が襲った。そのためイエズス会は、カトリック教会の組織を建て直してプロテスタントの教勢拡大を食い止めようとする運動「対抗改革」の波にどっぷりと飲まれてしまう。当時のヨーロッパでは新教の勢いに駆られ、カトリックの影響力が衰退しつつあった。しかもプロテスタントのおかげで財源の大基盤であった免罪符が売れなくなり、その収入は激減していた。業を煮やしていたローマ法王は大航海時代の波に乗って、世界に目を向けた。新しい世界で新しい信者を獲得して世界的勢力を強め、地元の有力者たちから大規模な献金をさせるためである。そこでローマ教皇とヨーロッパ強国の国王たちとの思惑が見事に合致し、ローマ教皇の裁定のもと、傲慢にもポルトガルとスペインで地球を二分したのである。世界は神によって作られた。その神が作った世界を神に代わってローマ教皇が裁定したのだから、侵略の大義名分が立つわけである。そのため、イギリスやオランダなどの新教国はそのフレームから度外視されていたどころか、異教徒をこの世界から抹殺しようとされていたのだ。

そんな世界戦略の矢先に立ったのがイエズス会であった。イエズス会の創設者の中でも中心的存在だったイグナチオ・デ・ロヨラが修道生活に入る前は騎士で、長く軍隊にいたことも影響し、「教皇の先鋭部隊」とも呼ばれるほど力を持っていった。特にアジアの宣教において、その影響力は凄まじいものがあった。

そんな中、スペインがポルトガルに対抗して独自にアジアの拠点を作るため、マニラの地理的な重要性に着目し、ミゲル・ロペス・デ・レガスピが一五七一年にこの地を占領し、イントラムロスという市を作り上げた。イントラムロスはその後、マニラ大聖堂、サント・ドミンゴ教会など多くの壮麗な教会、政庁、中央広場や、修道院、軍事施設、宿舎などが建設され、アジアにおけるスペインの重要な拠点と成り得ていたのである。

一五九七年四月、レオナルドを乗せたガリオン船は、滞りなく無事にマニラに寄港した。奇しくもその日は、セバスチャンが白崎海岸に漂着した月と同じだったのであった。

十四

紀州、由良村

セバスチャンには、布教にも交易にも何の興味もない。本国イギリスを後にしたのもジュリアとの駆け落ちであったわけだから、セバスチャンにはこだわりがない。欲にまみれたしがらみや人々を説き伏せる布教という使命を持たないセバスチャンは自由だった。何物にもこだわらない、何物にも縛られない自由があるのだ。それゆえ置かれた環境に、ただただ流されるのみの身となっていた。それは、昔着ていた服を呉作に囲炉裏《いろり》で燃やされてから、心のどこかで踏ん切りがついていたのかもしれなかった。セバスチャンにとっては、身の安全が確保され、快適に過ごせることが何よりの幸運であることは間違いなかった。

村人は一様にやさしかった。気がつけば自分が人々から恭しく崇められていることを理解できてきた。自分をそんな風に扱ってくれることに気が引けたところもあったが、この人たちが喜んでくれて、この人たちの役に立つことができるのであれば、それでいいと思っていた。それに何よりも、日本の春の風土と相まって、すこぶる心地がよかったのである。

そんな中、ふと思い出すことがある。ロンドンでジュリアと一緒になる方法を模索している最中に、レオナルドが「すべては神の意思」と言った時、ジュリアと別れることが神の意思なら、自分が神になって未来の意志を切り開けばいいと真剣に考えていたことを思い出したのだ。

まさか、まさか、まさか……。自分がジャポンで本物の神になるなんて！　神になって人々から崇められるとは……。ブリストルで生まれ育ち、ロンドンの街を颯爽と闊歩《かっぽ》していた自分は、一体何者だったのだろうか。これまでの自分と今の自分の、どちらが本当の自分なのだろうか。では『自分』の真実とは、この世界のどこにあるのだろうか……。畢竟《ひっきょう》『自分』とは、何なのだろうか……。毎日毎日そんなことを考えながら、セバスチャンは過ごしていた。


村人たちは天狗様を、微笑ましく大切に扱った。何よりも温厚でおとなしく、危害を加えないことが安心感を誘った。それに天狗様は、この上なくやさしかった。慣れてくると、以前恐れおののいていた子どもたちとも遊ぶようになっていった。山の中で化け物を見たとガチガチ震えていた新六などは天狗様の肩の上に乗るまでになっていた。

背の高い天狗様は、何かと便利だった。村人たちの家の、軒先や家の中の高いところの修繕などに役に立った。この機会だからと、村人たちはこぞって天狗様を家に招いて、傷んでいるあちこちの修繕をした。

当時日本人の平均身長が五尺一寸五分、約一五七センチメートルに対して、セバスチャンの身長は六尺一寸、約一八五センチメートルであったわけだから、度肝を抜かれるほどの大天狗であったことは間違いない。手を伸ばせば家の天井にも届くほどなので、普段滅多にできない天井の補修にも大いに役に立ったのだ。村の女衆も色めき出していた。特に独身の娘は、好奇の目で天狗様を見ていた。

村の女たちの手により、セバスチャンの身に合う着物が縫われた。着替えたセバスチャンは今まで以上に身体が楽になった。一度着物のラフさを覚えれば、窮屈なイングランドの服を着る気にはなれなかった。着物だけではなく、堅苦しい伝統と慣習に縛られたロンドンの生活より、自由でナチュラルな空気がそこにはあった。自然と戯れて生きていくことの楽しさを満喫していた。セバスチャンが神様である以上、生きていく上での制約がない。これほど楽なことはないのである。

布団も新調された。村中の一番いい綿を集め、通常自分たちが使っているサイズの二倍ほど大きい布団が縫われた。柔らかい綿の布団は心地よかった。全身が綿のやさしさに包まれ、心地よい眠りを誘ってくれるのである。特に小摩木の温泉に浸かった夜は、幸せこの上ない睡眠がセバスチャンを待っていた。

日を追うごとに、セバスチャンは由良《ゆら》村の生活に馴染んでいった。片言の日本語も話せるようになっていった。

そんな平穏無事な日々の中、為吉の妻およねが病気になった。ある夜から高熱が出だし、それが三日三晩続いた。全身に汗をかいているおよねの意識は日を追うごとに薄れていった。妻思いの為吉にとっては、辛抱溜まらんことだった。こんな自分のところに嫁にきてくれて、贅沢のひとつもさせてやるどころか、病気がちの父母の面倒を見てくれ、子どもも二人産んでくれて、百姓の仕事も手が擦り切れるまで一生懸命働いてくれたおよねが意味不明の病魔に襲われたのである。町からわざわざ医者を呼び、診てもらったが原因はわからなかった。あらゆる薬草を山から取ってきて煎じて飲ませてもダメだった。怪しい祈祷師にきてもらったこともあるが、法外な金を取られただけで終わりだった。為吉にとっておよねは自分の命に代えても守るべき人だったのである。為吉の落ち込みぶりは、相当ひどいもので、もしおよねが死んでしまえば、間違いなく為吉も後を追って自害するに違いないと皆に心配させるほどであった。それゆえおよねの病状は、村全体の大きな問題になっていて、村の誰もがおよねの回復を祈った。

そんな時、農作業中の三郎がふと思い立った。

「天狗様は神様じゃ。そうじゃ、天狗様は神様なんじゃから、天狗様に診てもらったらよかろう」

そう思い立った三郎は畑仕事をほっぽり出して、一目散に為吉の家に向かった。家に着くと、枕元で、泣きながらおよねの手を握り締めている為吉がいた。為吉は昼夜眠らず、ずっとおよねの枕元で手を握り締めていた。

「為吉、およねさんの様子はどうじゃ?」

為吉は涙を拭いながら、「よくなんねぇ……。まだよくなんねぇ……」と言った後、「およね、がんばるだ。おらが絶対治してやるで、がんばるだ……」と言うと、顔にびっしょり汗をかいているおよねが、うんうんとうなずいた。

「三郎、きてくれたか」

為吉はやっと三郎に振り返った。その時、最期の力を搾り出すようにおよねが口を開いた。

「あんた……」

「なんじゃ、およね……」

「わしは死んでもええんじゃ……」

「何をばかなこと言うちょる」

「わしは死んでもええんじゃが、あんたと離れるのが苦しいのじゃ……」

「およね、何言うちょる。お前はずっとわしのそばにおりゃええ。一緒に楽しく暮らしていけばええのじゃ」

「あんた……」

およねの涙が頬を伝った時、三郎が為吉に言った。

「為吉、わしゃいいことを思いついただ」

「なんじゃ、およねが治ることか」

「治るかもしんねえ」

「およねが治ることだったら、何でも言ってくれ」

為吉は、すがりつくように三郎に迫った。

「天狗様じゃ。天狗様に見てもろうたらどうじゃ」

「天狗様じゃ？」

「そうだ、天狗様じゃ。長老が言っとったじゃろ。天狗様は神様じゃて。およねさんの病気を治せるのは、天狗様しかいねえ」

「天狗様がおよねを治してくれるのか？」

「治してくれる。絶対に治してくれる」

三郎は力強くそう言い切った。何よりも為吉に希望を持たせるためには、言い切るしかなかった。それに三郎には不思議と大いなる根拠のない自信があったのだ。

「本当か！」

為吉はおよねの手をしっかり握り締め直しながら、「およね、天狗様が治してくれるだとよ。もう心配ねぇ」と言った。およねは苦しみが全身を覆う中、顔だけはうれしそうに微笑んだ。久しぶりに見るおよねの笑顔に為吉は一縷《いちる》の希望を見た。そしてその希望にすべてを賭ける決心をした。

さっそく三郎は呉作の家に飛んで行った。この日は呉作の備長炭作りを手伝うために、原木のウバメガシの木を切りに山へ出掛けていた。小春が留守番をしていた。思い立ったら待っていられない三郎は、小春に方角を聞き、山に入って行った。天狗様と呉作はすぐに見つかった。三郎は呉作に事の顛末《てんまつ》を説明した。

「なんで天狗様なんじゃ？」

天狗様がおよねさんの病気を治すことに合点がいかない呉作はそう言った。しかし三郎は聞く耳を持たない。

「すぐに為吉とこに行くだ」

そう言って、二人を連れ出した。途中で小春も連れ立ち、為吉の家に急いだ。セバスチャンは何が何だかわからないまま三郎について行った。

「為吉、天狗様を連れてきたぞ」

三郎は慌しく家の中に飛び込んだ。それを見た為吉はおよねの手を握り締めながら、「およね、もう大丈夫だ。天狗様がきてくださった。もう大丈夫だから心配ねぇ」と言うとおよねはしっかりとうなずいた。

「さぁ、天狗様お願いしますだ」

セバスチャンは、この女性が病気で難儀していることがすぐに理解できた。

"Oh! it's a big troble. She is a sick."

枕元にセバスチャンが座った。

"コハル、Give me a towel!"

セバスチャンは小春に手ぬぐいを持ってくるように言うと、小春が懐から手ぬぐいを出し天狗様に渡した。セバスチャンは熱を下げるために額に置いた濡れた手ぬぐいを取り除き、小春から手渡された乾いた手ぬぐいでおよねの顔を丁寧に拭き出した。

"You're OK. Don't worry."

セバスチャンは、親切にしてくれている人が苦しんでいる姿を見るのが辛かった。オランダを出てから想像を絶する過酷な航海中に、何人の仲間がもがき苦しみながら死んでいっただろう。自分の身においても、ジョン・バッカスのアフリカの秘薬がなければ確実に死んでいたのである。あの秘薬があればこの人を助けることもできるのに……。一度死を捉えた人間は人に対してやさしくなれる。それにセバスチャンにとって人が苦しみながら死んでいく姿を二度と見たくなかったのである。

「およね、安心せえ、もう大丈夫だ」

為吉のその言葉に、セバスチャンは覚えたての日本語で、「ダイジョウブ、ダイジョウブ」とおよねに声をかけながら顔を拭いた。およねはうれしかった。このまま死んでいく自分に、為吉が命をかけて守ってくれて、村人がこんなにも心配してくれている。全く手の施しようがなくなった自分を見捨てることなく、最後の最後の最後まであきらめずに、天狗様まで連れてきてくれた。どんなことがあってもここで死ぬわけにはいかない。このまま死んでしまったら、この世に悔やんでも悔やんでも悔やみきれない思いを残していかねばならなくなる。およねの心は奮い立った。身体の心から底知れぬ生命力が湧いてきた。およねは天狗様の顔をおぼろげに見つめながら、自分は絶対に治ると心の中で何度も何度も奮い立たせた。

その日を境にして奇跡が起こった。およねの病状が良くなっていったのだ。天狗様というひとつのきっかけが、およねの身体に摩訶不思議な力を呼び込んだ。一〇日もすると、立って歩けるほどに劇的に回復した。この噂は一瞬で村中に知れ渡った。

「やっぱり天狗様は神様じゃ」

誰もがそう信じて疑わなくなった。特にこの奇跡の話を聞いた長老は、この上なくご満悦だった。自分の裁定が素晴らしかったことにより、一人の命を救い、村のすべての人から承認され、賞賛されたからである。呉作はうれしさよりも、ほっと安心した。自分のところに迷い込んできた天狗様が無事村人に受け入れられたことに、大きな安堵を感じていたのだ。そして小春は、これからもずっと天狗様のそばについて見守ってゆくことを心に決めていた。

およねの奇跡的な回復には、プラシーボ効果があったことは間違いなかった。プラシーボ効果とは、偽薬効果ともいい、薬理作用のない薬を処方しても、薬だと信じ込むことで何らかの改善が見られることをいう。

この場合、為吉の強い想い、村人の祈り、そしておよね自身の生命への強烈な執着が、天狗様というきっかけでとてつもない奇跡の力を生んだのである。つまり、天狗様なら治してくれるという一種の思い込みが信念に変わり、その強い信念が病気を回復させたと言っても決して過言ではない。

セバスチャンが、およねの病気を治したことをきっかけに、天狗様は本当に神様の力を持っているんだと、村人に承認された。そして、神様が天狗様としてこの村に舞い降りてくれたという長老の言葉は本当に正しかったんだと信じた。

およねの奇跡的な病気の回復を機に、村人は天狗様のもとに尋ねるようになっていった。腰が痛い、腕が痛い、腹が痛い……。田舎の村では、町に住む医者にかかるとなればよっぽどの病気の時である。しかも金もかかる。それを考えれば、天狗様はなんと助かることか。天狗様にかかれば、どんな病気でも治してくれる。そんな信念が信念を生みながら伝播していき、プラシーボ効果はますますその威力を発揮していった。天狗様の神通力がその威力を発揮すれば発揮するほど、セバスチャンの身の安全が確保されていったのであった。

十五

一五九七年、マニラ

マニラに無事に着いたレオナルドは、目を疑った。自分たちの住んでいた世界の裏側で、こんな街ができ上がっていたとは……。アジアの都市のど真ん中に、ヨーロッパの街ができているのである。ロンドンとの一番大きな違いは、その日差しにあった。曇天の中に霧のような雨が降るロンドンで見る景色と違って、ここマニラでは、燦燦《さんさん》と輝く健康的な太陽の光に大聖堂がきらびやかに映し出されている。こんな教会を見たのは初めてのことで、キリスト教とは明るくて解放的だと感じさせられたのだった。

当初レオナルドは、ウォーク島からマニラまで乗せてくれたフェルナンド・バルビエリの船で生活していたが、フェルナンドの口利きで、イントラムロスの城壁の中にある宿舎で生活することとなり毎日のように教会に通った。宝石や黄金、祭服を着た司祭、祭壇の刺繍《ししゅう》布、壁の明るい色彩、ロウソクなど、見事に飾りつけられたカトリックの教会は、レオナルドには新鮮だしった。教会の中にいれば、ここが東洋だと信じられないくらいなのである。レオナルドには、フェルナンドの船でヨーロッパに帰ることもできたが、港に頻繁に出入りするスペインの船を見て、いつでも帰ることができると思い、この未開のアジアをもっと見てみたい衝動に駆られていた。セバスチャンとジュリアのきっかけからここまできた以上、こんな機会は二度とないと思っていたレオナルドは、クリスチャンとして、またはヨーロッパで生まれ育った人間として、自分の見識を深めるいい機会だと感じていたのだ。

教会と宿舎での生活は何一つ不自由なかった。カトリックという共通項で、レオナルドはマニラのスペイン街に溶け込んでいった。そうすると、今まで知り得てなかったいろんな話が耳に入ってきた。マニラがあるフィリピンはもちろんのこと、中国のマカオ、インドのゴア、マレーシアのマラッカ……。ヨーロッパの列強国がこのアジアにひしめき合っていたのである。話には聞いていたが、地球の裏側がこんなにも活況していたとは……。世界は広い。とてつもなく広く、こんなにも刺激にあふれているものなのか。神は、我々ヨーロッパ人だけではなく、世界中にいろんな人間、いろんな土地、いろんな国を作っていたのかと、感嘆させられるばかりであった。

ただ、スペイン人がそう簡単にマニラを占領できたわけでもない。地元のフィリピン人や海賊、交易の覇権を握っていた中国人たちの攻撃にも何度もあっている。そのため、イントラムロスと呼ばれる城壁を作り要塞化したのであった。しかしアジア貿易を支えていた中国人はマニラでも大きな影響力を持っていたため、イントラムロスの外に中国人街を作りスペイン人と敵対しながらも交易は続けるという関係を保ち、マニラはフィリピン人、中国人、スペイン人が奇妙なバランスで混在する街となっていったのである。

レオナルドの滞在は、新しい年を越し一五九八年を迎えた。ロンドンのクリスマスも正月も寒い。しかしここマニラでは、燦燦と照り輝く日差しの中で迎える。何とも奇妙なものであった。そんな中、ジャポンに向けて船が出るという情報が入った。ジャポン――その地はレオナルドにとってはほとんど何も知らないところである。宿舎でジャポンに行くマルチノ・ミゲルという神父に会った。彼はジャポンに行くのは三回目で、ジャポンについていろんなことを教えてくれた。

日本にキリスト教を最初に伝えたのは、一五四九年のイエズス会司祭フランシスコ・ザビエルである。ポルトガル国王のアジア戦略に後押しされていたイエズス会は、ポルトガル人が制圧したインドのゴアを拠点としていた。ゴアを中心に宣教活動していたザビエルがマラッカで、鹿児島出身の日本人ヤジロウに出会ったことにより、日本での宣教を決意し、何人かのイエズス会の神父、修道士たちがヤジロウの案内で薩摩半島の坊津《ぼうのつ》に上陸したのが最初だった。

アジアを宣教して駆け回ったザビエルは日本人のことを、「今まで出会った異教徒の中で、最も優秀で理性的な国民だ」と評した。ザビエルは後進のイエズス会宣教師に日本での活動を譲り、その後中国で生涯を終えることとなる。ザビエル以降イエズス会の優秀な宣教師が後を継ぎ、ルイス・フロイスは織田信長や豊臣秀吉と会見している。

織田信長亡き後、豊臣秀吉は九州のキリスト教化の脅威を感じて、一五八七年バテレン追放令を発布した。しかしながらポルトガルとの南蛮貿易の実利が重視されていたため、キリシタンは黙認されていた。そのため、イエズス会の宣教師や、日本のキリシタンたちは公の宣教活動を控えるようになっていた。ちょうどそんな時期に割り込んできたのが、スペイン領だったフィリピンとつながりが深くなったことにより日本に近くなっていた、フランシスコ会やドミニカ会の修道士たちだった。彼らはイエズス会が活動を自粛し出したことをいいことに、積極的に宣教活動を行い、それが秀吉の反感をかってしまっていた。

無所有と清貧を主張したフランシスコ会は、十三世紀にイタリアで始められたカトリック教会の修道会である。フランシスコ会は年々力を持ち始め、設立当初から東方宣教に力を入れていた。モンゴル、インド、フィリピン、新大陸アメリカなどで、イエズス会と同様カトリックの先駆的役割を担っていた。そんな折、一五九三年フィリピン総督《そうとく》の使節として宣教師ペドロ・バプチスタが来日し、肥前国名護屋《ひぜんのくになごや》で秀吉と謁見《えっけん》している。

そして一五九六年サン・フェリペ号事件が起こってしまう。マニラからメキシコを目指し太平洋横断の航路に出たスペインのガレオン船サン・フェリペ号が、船員以外に当時の航海の通例として、フランシスコ会やドミニカ会の修道士数名を乗せて出航した。ところが船は東シナ海で何度も台風に遭遇したため遭難してしまい、ついに日本の四国土佐沖に漂着してしまった。この事件が時の天下人秀吉の怒りに火をつけた。バテレン追放令を出したにも関わらず、スペイン船がやってきたのだ。この時スペインと覇権を争っていたポルトガル人が、スペイン人は海賊で、ペルー、メキシコ、フィリピンを武力制圧したように日本を制圧するためにきたのに違いないと秀吉に進言したことも大きかった。サン・フェリペ号の船長や宣教師たちは、誤解を解くための釈明の機会を求めたが、都にいたフランシスコ会やドミニカ会などスペイン系の宣教師が捕らえられていたため叶わなかった。そして、大坂、京都で捕らえられた宣教師と日本人信徒たちが長崎で処刑された。これが世に言う「二十六聖人殉教」である。処刑された中に、フランシスコ会宣教師として初めて来日を果た瞞した宣教師ペドロ・バプチスタも含まれていた。

事件はレオナルドがマニラに着くたった二ヶ月前に起こったことだった。

マルチノ・ミゲルは、以前フランシスコ会の修道士として日本に滞在したことがあった。それは秀吉のバテレン追放令が発布された後で、サン・フェリペ号事件の起こる前のことだった。スペインは日本との関係を深めようと、バテレン追放令が発布されていたにも関わらず、活動の手を緩めなかったため、日本の隠れキリシタンの手引きにより、極秘に長崎で交易していたのだった。マルチノ・ミゲルは、獲得した日本の隠れキリシタンのより深い信仰が目的であり、スペイン商人は、隠れキリシタンの武将たちと交易をするためだった。

「日本人は清潔で驚くほど理性が高い」

マルチノはレオナルドにそう言ってから続けた。

「彼らは物欲より、礼儀を大切にし、忠誠心も強力だ。しかも異常と思えるほどプライドが高い民族だ。戦うことが好きで、絶えず国中で戦争している。彼らは戦争で負けそうになると、自分で腹を切って死ぬんだよ」

「なぜ最後まで戦わない」

レオナルドが不思議そうにそう訊いた。

「相手の手に落ちて殺されるくらいなら、負けを覚悟すれば、自分の手で死ぬことを尊いことだと思っているのだ。それほどプライドが高い。だから何事においても命がけでする。何かのミスをすれば自分で腹を切って責任をとるんだ。考えられるか。自分で死ぬことを美徳としている民族なんか見たことがない」

欲、欺瞞《ぎまん》、策略、煩悩《ぼんのう》が渦巻いているこの世の中に、そこまで高貴に生きている民族があるのかと、レオナルドには思えた。元来責任感と正義感の強いレオナルドに、強い興味を抱かせたのも事実だった。

「だから、彼らの信仰は本物だ。長崎で宣教師が処刑された時、日本人の信徒に、信仰を拒否すれば命を助けてやると言われたが、それを拒否してカトリック信者として処刑された日本人も数多くいたと聞いている」

「そんなジャポンに行って大丈夫なのか?」

レオナルドが心配そうに訊いた。

「宣教師が処刑されたのは去年のことだ。あれからジャポンの王が死んで新しい王が誕生した。新しい王は、交易を積極的に進め、我がスペインに船の来航を依頼し、教会の建設の許可まで与えてくれるそうだ」

「それは素晴らしい」

「ジャポンは戦争がまだ完全に終わってなくて、我が国の武器や弾薬、特に硝石《しょうせき》はジャポンにないので、非常に欲しがっているのだ」

「クリスチャンもいるのか?」

「キュウシュウというところには、洗礼を受けた部族の王の地域に信徒がたくさんいる。前の王の時代に迫害されていたが、隠れて信仰を続けている」

レオナルドは、カトリックとして新教にはばかるロンドンで生活していたことを思い出した。自分の信仰を隠して生活することの辛さ、苦しさを身を持ってわかっているからだ。「私も彼らの何かの役に立てるなら……」

「レオナルド、君もジャポンに行ってみるかね。我々に力を貸してくれるか」

「私でよろしいのですか？」

「ロンドンで命の危険と向き合いながらも頑なに信仰を守ってきた君だから大丈夫だ。上の者には私からうまく取り計らっておくので何も心配することはない」

「よろしくお願いします」

「広い世界を見ておくことは、君の信仰がもっと熱く素晴らしいものになるに間違いないはずです」

二人はそう言って固く握手をした。

「出発は三日後です」

レオナルドは、身体が熱くなるのを感じていた。その時マルチノが思い出したように、「おぉ、そうじゃ、ジンを紹介しておこう」と言って奥から小柄な男を呼んだ。身の軽そうな東洋人の若い男が一人現れた。

「紹介しておこう。ジャポニーズのジンだ。こちらは今回の渡航に同行するレオナルドだ」

ジンは独特のなまりのあるスペイン語でレオナルドに挨拶した。

「ジンは奴隷としてマニラに連れてこられていたが、脱走して中国人街をさまよっていた。それから何かの縁で私と出会い、洗礼も済ませて、私の元で信仰をともにしている」

「奴隷？」

レオナルドは耳を疑った。

「レオナルド、悲しいかなスペインやポルトガルの商人は、ジャポニーズを奴隷として取引しているのも事実だ」

「ではジャポンでは洗礼を受けたクリスチャンと奴隷として売られる人間とが共存しているのか？」

そこでジンが口を挟んだ。

「ジャポンには奴隷はいません。ただ戦争が多く、負けた側の兵士や市民が戦利品として扱われることがあり、そういった人々が奴隷として売られることもあるのです」

「日本の王がバテレン追放令を出したのも、ジャポニーズが奴隷として売られている事実を知ったからだとも言われている。しかし二年前、イエズス会の司教ペドロ・マルティンスが長崎でキリシタンの代表を集めて、奴隷貿易に関係するキリシタンがいれば破門すると通達したので、奴隷貿易に関係するキリシタンはいないはずだ」

マルチノが力強くそう言った。

ジンは本名を甚助と言う。元は雑賀衆《さいかしゅう》の出身である。雑賀衆とは、伊賀・甲賀と並び、忍び（忍者）の国である。甚助も幼い頃から忍びとしての修行を積んでいた。雑賀衆は戦国の時代、時の権力者秀吉から徹底的に攻撃されていた。

秀吉が全国統一を果たすために残ったのが九州だけとなった時のことだった。秀吉に敵対していた薩摩の島津氏は勢力を伸ばし、北九州まで影響力を広め九州平定をほぼ手中に収めていた。その時キリシタン大名だった肥前の有馬晴信、豊後《ぶんご》の大友宗麟などが秀吉に助けを求め、最後は圧倒的な武力で島津氏を臣従《しんじゅう》させることとなる。

こんな魑魅魍魎《ちみもうりょう》とした動乱の中、雑賀衆は極秘裏に甚助を島津氏に派遣し、島津氏は甚助を間者《かんじゃ》として豊後に送り込んでいたが、不覚にも敵の罠に落ち捕らえられ奴隷として売られてしまった。マニラに連れてこられてから、何とか脱走に成功し、マニラの街に紛れ込んで必死でスペイン語を習得し、ある日偶然マルチノに出会い、マルチノが日本に興味を持っていたことから目をかけてもらうようになっていたのだった。

レオナルドがマニラに着いて一年後の一五九八年、マルチノ・ミゲル、レオナルド、ジン、そしてフランシスコ会の宣教師とスペイン商人たちを乗せたガリオン船は、ジャポンに向かって旅立ったのだった。

十六

慶長三年（一五九八年）、紀州由良《ゆら》村

セバスチャンが白崎海岸に漂着してから、あっという間に一年が過ぎていった。由良村の天狗様としての生活にも慣れ親しんできていた。夏は狂ったような日差しを浴び、冬は身が縮こまるほど底冷えする寒さだ。春はのどかに桜が舞い、秋は見事な紅葉が山を彩る。そんなダイナミックな日本の四季を通じて、大自然の優雅さに触れていた。それに何よりも食べるものがおいしい。それも四季折々にいろんな料理が食べられる。当時の一般的な農民の質素な食事に比べて、焼き物で暮らした余裕のある呉作の家の料理は、山の幸豊かなものだった。特に小春は腕によりをかけて天狗様のために一生懸命料理をした。ジャポニーズは料理の味だけではなく、すべてのことにおいて「繊細」でありまた「質素」でもあった。セバスチャンはそんな繊細と質素の中に存在している奥ゆかしさを感じていたのだった。

村の衆も、天狗様を大事にした。天狗様は由良村の人たちにとって神様というより人気者だった。小川にかかる橋が傷むと一緒に修繕を手伝い、雨で田んぼの畦《あぜ》が流されると一緒に土を運び、具合の悪い

人が出れば、摩訶不思議なおまじないをかけた。

セバスチャンは天狗様として、村人の信頼を得ることに成功したが、唯一お竹だけは違った。欲の張っているお竹は、天狗様の髪が金色に光っていることから、金でできているのではないかと考えた。もし金でできているなら、高く売れるはずだ。無くなればまた生えてくるのだから、一生金に困らないはずだと目論《もくろ》んだのである。それでお竹は、天狗様の伸びた髪を自分が切ると申し出た。

「お竹さんなら、手先も器用なので、そりゃよかろう」と、村人も賛成した。

剃刀《かみそり》の刃で丁寧に天狗様の髪を短めに切った。ショートカットになったセバスチャンは、若々しさを取り戻したように活き活きした風貌に変わった。お竹は切った髪をそっとまとめて掴み、懐にしまうと、誰にも見つからないように、納屋の一番奥にしまっておいた。

ある日、ちょっと出かけてくると言って、町外れの新八のところへ行った。新八は何をしているのかよくわからない怪しい自称祈祷師だったが、お竹には金の髪をどこで売ればいいか皆目見当もつかなかったので、裏の世界に精通しているところもある新八ならいい知恵を持っているに違いないと思ったからだ。新八を前にして、お竹は懐に忍ばせた手ぬぐいを取り出し、中の金の髪を見せた。

「これをどこで手に入れた？」

新八の質問をお竹は無視して、「これは金か？　金なら高う買ってくれるか？」と訊いた。新八は、金の髪を手に取ると、部屋の中に行き、囲炉裏《いろり》の火の中に投げ入れた。

「何をするのじゃ」

お竹は驚いてそう叫んだ。囲炉裏から、髪が燃える異臭が立ち込めた。

「ほれ、見い、すぐに燃えてなくなる。本物の金じゃこんなにすぐには燃えん。それにこのくさい臭いじゃ。これは悪い怨霊のものじゃ」

新八はお竹の顔を覗き込んで、「おまはん、悪い怨霊に取り憑かれてるで」と言った。

「それは、悪い怨霊のものか？」

「すぐにお祓《はら》いせんとえらいことになるで」

新八はそう言って、御幣《ごへい》を取り出して、お竹の頭を何度も祓った。

「今日はこれでええ」

「そんなに悪い怨霊か？」

「相当悪い怨霊に取り憑かれてる。一回じゃ無理じゃ。またこんならんぞ」

新八はそう言ってお竹から祈祷料として一〇文の金を取った。お竹は狐につままれたようだった。天狗様の金の髪で金儲けをしようと企んできたのに、金儲けどころか、悪霊に取り憑かれているといって金までむしり取られてしまったのである。訳のわからないまま家路につくお竹には、合点がいかなかった。こんなことなら新八のところに行かなきゃよかったと思った。何はともあれ、天狗様はろくなことはない。村の皆がどれだけ神様と崇めようが、あれは悪霊だと信じて疑わなかったのであった。

しかし、お竹に悪霊が取り憑いていたかどうかは全く根拠がなかった。実際のところ新八には、金の髪をお竹がどこから持ってきたものか皆目見当もつかなかった。山に金の毛をした狼が棲んでいると、子どもの頃聞いたことがあるので、何かの獣の毛だろうと思っていた。新八は、悪霊が取り憑いていることにしてお竹から金を巻き上げてやろうという魂胆だっただけなのであった。

十七

一五九八年、東シナ海々上、ガリオン船

レオナルドを乗せたガリオン船はジャポンに向けて順調に進んでいた。マルチノはレオナルドに今回の旅の目的と大まかな予定を説明していた。船は長崎港に着き、そこで貿易が行われる。積荷の交換である。マルチノたち宣教師は、日本人カトリック信徒とともに信徒が作った粗末な教会に身を寄せ、しばらくその地で宣教し、機を見て都に上り、うまくいけば日本の新しい王に謁見《えっけん》する予定だった。

「長崎で教会を作りたいんだ」

それがマルチノの強い思いだった。

ある穏やかな風が吹く日、甲板でレオナルドとジンが話をする機会があった。

「君は本当に奴隷として売られてきた身なのか？」

「私は奴隷ではありません。キリシタンに捕らえられて、積荷の交換にされただけです」

「なぜ捕らえられた？」

「ジャポンにいる時はキリシタンじゃなかったからです。ジャポンのキリシタンは、お寺や神社を破壊して、異教徒を捕まえるのです」

レオナルドは、ロンドンで新教とカトリックが血で血を洗う抗争を繰り返していたことを思い出し、心苦しく思っていた。

「私の生まれ育ったところは強い仏教徒の国でした。根来寺《ねごろじ》という真言宗のお寺と密接な関係にあり、豊後《ぶんご》に送られた時はどうしてもキリシタンに改宗できませんでした」

「ジンはジャポンに行って大丈夫なのか。また捕らえられることはないのか？」

「奴隷としてマニラに連れてこられてからずっとジャポンに帰る日を待ち続けました。スパニッシュの船がよくジャポンに行くことは知っていたので、何とか脱出し、独学でスペイン語を喋れるようになりました」

人間は生まれ育ったところに帰りたい。それが本能だろうと思えた。

「私は間者《かんじゃ》だったのです」

「間者？」

「つまりスパイとしてキリシタンの国に送り込まれていたのです」

抗争が起きると情報合戦はつきものだ。事実ヨーロッパでも、エリザベスの側近ウォルシンガムがスペイン・ポルトガル・フランスに相当数の情報員を送り込み、彼らの情報からイングランドのカトリックを摘発して、根こそぎ処刑した。

「さよが捕らえられているのです」

「さよ？」

「さよは子どもの頃からずっと一緒に修行していた女間者で、私が捕らえられた時、一緒に捕まった。脱走してからマニラ中くまなく探したけれど、さよはいなかった。その時さよはまだジャポンに捕らえられていると聞いた。さよを助けなければならない。そのためにはジャポンに帰る必要がある。それでマルチノ司祭に出会ったのです……」

「そんな大事なことを私に喋ってもいいのか？」

「今まで出会った西洋人とあなたはどこか違う」

レオナルドはジンのその言葉に一瞬驚いてから、「私は何も特別なことはない。ただ神のおそばで生きているだけです」と、言った。ジンもレオナルドもそれ以上何も言わなかった。

船は東に針路をとり、ジャポンに向けて順調に航海を続けていたのだった。

＊

元亀二年（一五七一年）、キリシタン大名大村純忠によって開港された長崎港は、西洋技術とキリスト文化と日本の風土がごちゃごちゃに混ざっていた。船は無事長崎港に入港した。

肥前日野江藩初代藩主はキリシタン大名有馬晴信である。晴信は、慶長の役で小西行長軍に従軍し、朝鮮で戦をしていた。留守を預かった家臣たちは、朝鮮での戦よりも日本の権力抗争に気をもんでいた。それゆえ、有事に備えて南蛮からの武器の調達に余念がなかった。今回の貿易に関しても、家臣たちは直接関わらず、積荷の検分だけをすると後の段取りは島原の商人、橘新六に任せていた。船に乗ってきた南蛮のキリシタンに対しては、派手な行動を慎むように言い伝えると見て見ぬ振りをしていたのだった。

船が接岸すると、演劇に出てくる衣装のような服を着て、奇妙な髪型をしたジャポンの小柄な男が三人船の中に入ってきた。きちっと折り目正しく正装しているところを見れば恐らく役人かその類だろうとレオナルドには思えた。三人をアラビア人のような風貌をしたスペイン商人が積荷まで案内した。そこには一〇〇丁を超える数の鉄砲と硝石《しょうせき》、中国産の生糸・絹織物などがあったが、何よりも彼らの目を引いたのは、キリシタン大名、大友宗麟によって『国崩し』と名づけられたフランキ砲という大砲である。フランキ砲が二基、船底の片隅で豪華な威厳を放っていた。ジャポンの男たちは一つ一つ積荷の確認をしていき、最後にフランキ砲を恭《うやうや》しく触っていた。横で見ていたスペイン商人たちは、口の下の長い髭を撫でながら自慢げにその光景を見ていた。

「うむ、これでよかろう」

ジャポンの男がそう言うと、ジンが通訳した。マルチノもまずまず日本語を喋れたが、ジンのスペイン語の方が圧倒的に優れていた。

「では港に上がったら、そちらの品を拝見させてもらうぞ」

ジンがジャポンたちに通訳した。一行は無事長崎に上陸した。生まれて初めて日本に着いたレオナルドは、日本人を見てなんと小柄な民族かと思った。特に女は、小さくてかわいらしい。西洋の女は大きくて逞しく威厳を感じさせるが、日本の女は華奢で愛くるしさを感じる。そして男のちょんまげを見て、世界にはこんなにも奇妙な髪型が存在しているのかとレオナルドには思えた。

マルチノはすぐにでも信徒たちのところへ行きたがったが、無礼のないようにと港の近くの新六の屋敷で歓待を受けることとなった。屋敷に入り、お膳がコの字に並べられた大広間に通された。ブーツを脱いで足を洗い、裸足で板の廊下を歩き、畳の上を歩いた。

「ささぁ、どうぞどうぞこちらへ」

見るからに商人らしいどっぷりと太った新六は、お調子よくスペイン商人たちを招き入れた。西洋でもなくフィリピンでもなく、清楚で清潔で独特の文化が、地球の一番端っこに存在していたのだとレオナルドは思った。魚や野菜料理に混じって焼いた牛肉と赤ワインも南蛮人のために用意されていた。しばらくすると、色鮮やかな衣装を身にまとった女たちが、妙な音楽に合わせながらくねくねと踊り出した。それを見ていた赤ら顔のスペイン商人たちはえらく喜び、横で新六は満足げに合いの手を打っていた。

「これがジャポンの歓迎のしきたりです」と、マルチノがレオナルドの耳元で囁いた。レオナルドはジャポンの女たちの踊りより、床の間にかけられた水墨画の掛け軸に見とれていた。縦長の白い紙に黒一色で絵が描いてある。絵柄は細い枝に小鳥が止まっているところである。墨の濃淡だけで描かれてあるのに色を感じさせられる。しかも細部は綿密な筆致で細かく描かれてあり、木の枝は一本の線で描かれてある。鳥は躍動感があって今にも飛び立ちそうで、その一瞬を捉えた緊張感を感じさせるのであった。ロンドンで色鮮やかな絵画を見てきたレオナルドにとってこの水墨画は衝撃的なものだった。

宴が終わりかけて、スペイン商人たちが新六と席を立ち始めた。隣の蔵に入れてある交易の品物の検分に行くのである。通訳としてジンが同行した。レオナルドは、ワインと一緒に飲んだ熱燗《あつかん》のせいで、少し気分が悪くなっていた。外には広い庭が広がっているので、夜風にでも当たろうかと、外に出ることにした。レオナルドには一人の侍が同行した。

屋敷の外は、武装した侍たちに囲まれていた。黙認されているとはいえ、まだバテレン追放令が発令されている最中である。門の前で待ち構えていた侍に指示し、蔵の錠前が仰々《ぎょうぎょう》しく開けられた。侍が行灯《あんどん》で蔵の中に火を入れた。映し出されたのは大量の銀と、刀百本、蒔絵が施された見事な漆器が並んでいた。スペイン商人は、ざっと目を通すと、「明日、きちんと数を確かめる」と言い、ジンに通訳させた。そして侍が行灯で蔵の奥の隅を照らすと女が一〇人ほど鎖に繋がれていた。

「奴隷の中でも選りすぐりでございます。まずは今夜いかがでしょうか」

ジンがスペイン商人たちに通訳した。その時一人のスペイン商人が、奴隷の中で眼光鋭く睨み付ける若い女を見つけた。スペイン商人はその女を指差した。

「これはこれは……」

新六が、「かしこまりました」と言うとジンが通訳した。帰り際、その眼光鋭い女とジンが一瞬目と目が合った。

レオナルドは、屋敷の裏にある蔵のことは何も知らず、庭に降り立っていた。屋敷を取り囲むように松明《たいまつ》が焚かれていた。

庭には見事な日本庭園が広がっていた。中央に池があり、その周りを石が囲んでいた。白い砂利が敷き詰められ、歩くとジャリジャリと音がしてその感触が足の裏に伝わってきた。手入れの行き届いた見事な松が何本も植えてあり、庭全体を囲む白い垣根が、全体の絶妙なバランスを醸し出していた。ロンドンの豪邸のガーデンとはその趣が全く違う。ガーデンは赤、青、黄色の原色の花たちが派手に咲き誇り華やかだが、ここは何か違う。質素、静寂、厳格……、そんな中に優雅さもあるのだ。白と黒と深い緑だけの世界。床の間で見た水墨画と同じ世界観である。松明の揺れ動く淡い光に照らし出された庭全体は、幻想的な異次元を意識させられる。神秘的な領域を感じたレオナルドは非常に複雑な空間に出会った気がした。

と、その時であった。屋敷の向こうから笛を吹く音が聞こえたかと思々うと、ジンが誰かを連れて力いっぱい走ってきた。レオナルドの傍らにいた侍が刀に手をかけた瞬間、レオナルドが咄嗟に侍の鳩尾《みぞおち》へ力いっぱいパンチを入れた。侍はその場にうずくまった。

「ジン！」

連れは若い女だった。レオナルドには一瞬でそれが「さよ」だとわかった。ジンとさよはレオナルドの横を通り過ぎると、ジンが壁に背もたれして立ち、鳩尾で手を組み、さよがジンの組んだ手に足をかけると一気に塀の上まで飛び乗った。その時一本の矢が放たれ、さよの背中の左肩に当たった。それを見たジンは、胸から手裏剣《しゅりけん》を出し、弓矢の射手目かけて投げると、見事に命中して倒れた。屋敷の裏から追っ手が槍《やり》を突き出して迫ってきた。

「ジン！」

レオナルドはそう叫ぶとジン目掛けて突進し、ジンの組み手に足を乗せて塀の上へ飛び乗った。レオナルドが振り返るとジンが、「ありがたい。さよを連れて山の中に逃げてくだされ。連中をまいて必ずそっちに向かいまする」と言うと、塀伝いに走り、塀から屋敷の屋根の上に飛び乗った。

レオナルドは塀から敷地の外へ飛び降りると、さよの背中に刺さった弓を一気に引き抜いて肩に担ぎ上げ、一目散に走り去った。

侍たちはジンを追って屋根に上った。

「追え、必ず捕まえろ」

ジンはさすがに幼い頃から修行を積んだ忍者である。驚異的なジャンプ力で屋敷の屋根から蔵の屋根へと飛び移った。

「あっちだ、追え――」

侍たちは急いで蔵の方へ向かったが、夜霧にまぎれたジンの姿は見えなかったのである。


レオナルドは屋敷のすぐ裏手にある星取山《ほしとりやま》に逃げ込んだ。しかしここでは近すぎて追っ手にすぐ見つかってしまうだろうと思い、さよを担いだまま夜の暗闇を走りに走った。無我夢中で走り続けていると、英彦山《ひこさん》という大きな山に着いた。山の森の暗闇の中を奥深く突き進んで行き、もうここまでくればいいだろうと思えるところまできた。木に囲まれた草むらの上にさよをそっと寝かせた。

「すみません……、ゴホゴホ……」

レオナルドは何も喋るなとゼスチャーで答えた。そしてポケットからハンカチを出してさよの顔の汗を丁寧に拭いてやった。しばらくしてジンが暗闇の中から音ひとつ立てずにやってくると、さよのもとにすっ飛んで行き、布を出して背中の傷口の応急手当をした。

「さよ——大丈夫か？」

「ありがとう、甚助……。やっぱり助けにきてくれたのね……」

「お前を一人にさせるわけにはいかない。いついかなる時でも俺たちは一緒だ」

「甚助に会えただけで私は幸せ。死ぬまでにもう一度だけ会いたかった……」

「何を言ってる、これからやっと一緒に暮らせるんだぞ」

さよは少し笑った。「よく南蛮から帰ってこれたね……」

「俺は必ず日本に帰って、こんな家業から足を洗い、お前と二人だけで暮らすのが夢だったんだ」

「二人だけで暮らしたかったね……」

「ここにくる途中、誰も住んでない小屋があった。とりあえずそこに行こう」

ジンがさよを抱きかかえ、レオナルドも一緒に小屋に移動した。小屋に着くとジンがレオナルドにスペイン語で言った。

「レオナルド様、こんな形でご迷惑をかけた無礼を許してくだされ」

「心配ない。それよりさよは大丈夫か」

「すぐそこに川が流れています。水を汲んできていただけますか。私は薬草を取ってきます」

レオナルドは、小屋の中に転がっている手ごろな桶を見つけて川に水を汲みに行った。ジンはさよの傷を治すための薬草を探しに真っ暗闇の山の中に入って行った。

帰ってきたレオナルドは、さよに一口水を飲ませた。

「あなたは南蛮のお方ですね」

レオナルドは、もう一度何も喋るなとゼスチャーで答えた。ジンはなかなか帰ってこなかった。そのうちに疲れていたレオナルドはうつらうつらと眠りだしてしまった。

朝方、東の空がやんわりと明るみを帯びてきた頃、外では鳥が清々しく鳴いていた。その鳴き声にレオナルドが目を覚ました。ジンは火を起こし、薬草を煎じて一晩中さよの傷の手当てをしていた。

ジンの必死の努力も報われず、その日の夕刻さよが亡くなった。ジンはさよが大事にしていた翡翠《ひすい》の首飾りを引きちぎり、懐にしまった。ジンとレオナルドは小高い丘を見つけて穴を掘り、そこにさよを埋めた。レオナルドとカトリックの洗礼を受けたジンは、さよを埋めた上に簡易の十字架を作って刺し、お祈りをあげた。

「レオナルド様、この度は本当にありがとうございました。最後にさよと会えただけでも私は幸せでございます」

レオナルドは、航海中に死んでしまったダニーのことを思い出していた。ダニーも槍で背中を射られ死んでしまった。さよもダニーも神の国に召されたことを心の中で祈った。

「これからいかがなされますか。私が捕まれば間違いなく死罪になりますが、レオナルド様が戻られるのであれば何の問題もないと思います。近くまで私が手引きいたしますが……」

レオナルドはしばらく考えてから、「ジン、君はどうする?」と訊いた。

「私は生まれ育った国に帰ろうかと思っております。さよが大事にしていた翡翠の飾りを故郷の土に埋めてやりたいと思っています」

「……」

「さよが死んでしまった以上、これから先どうやって生きていけばいいか、私には何もわからないのです……」

「遠いのか？」

「はい、遠いです」

「一人で行くのか？」

「屋敷からくる途中、この近くでサンカの人たちと出会いました。彼らはちょうど私の国の方角に向かっているところなので、一緒に行こうかと思っています」

「サンカ？」

「ええ、ジャポンには山の中を棲家《すみか》にしている人たちがいるのです」

「山の中を棲家に……。旅をしながら生活しているってことか？」

「そうです。彼らはどこの国にも属さず独自の社会を作っています。ジャポンの山深くに住んで移動しているので、ほとんどの人がその存在さえわかっていないのです。ジャポンでは国から国に移動するためにはお札《ふだ》が必要で、とても厳しいことですが、サンカの人たちは、人の知らない山深くの道を知っているのです」

「ジャポンにもジプシーがいたのか……」

レオナルドは独り言のようにそうつぶやいた。

「彼らは山を神と崇《あが》めています」

「仏教ではないのか?」

「違います。ジャポンの神様です」

「ジャポンには神様もいるのか?」

「はい、彼らの神様が至る所にいるのです」

レオナルドは、ジャポンという国に強い興味を覚えた。レオナルドにとってこの国は洗練されているイメージを持ち、それは想像を超えた文化との出会いであったのだ。

「私も一緒に連れて行ってくれないか」

ジンは驚いてレオナルドを見た。

「起こり得るすべてのことは神の思し召しなんだ。私は常々神の意思の通りに生きている」

「……」

「ロンドンに住んでいた私が東洋に向かう船に乗ったことも、苦難の航海を続けて生き残ったことも、今ここで君と二人でこの状況にいることも、決して私が決めたことではない。すべて神のご意思なのです」

「長く辛い生活が続きますよ」

「覚悟の上だ」

「私の国に帰られてからどうされるのですか?」

「それから考えよう。今はただそこに向かうしか私には感じられないのです」

ジンはレオナルドが何かのインスピレーションを感じ取っているのではないかと想像できた。

日本には古来から、不特定な人々が一箇所に定住せず、山から山へと移り住む「サンカ」という集団がいた。サンカという呼び名も地域・場所によってさまざまである。彼らは籍を持たないいわば漂泊民なので、その存在はあまり知られていない。彼らは回遊路と得意場というものを持っていた。回遊とは、一定の経路に沿って方々を渡り歩くことで、季節ごとに時を定めていくつかの特定の場所を訪れているのである。得意場とは、ひいきにしてくれる人たちがいる特定の場所なのである。

生業《なりわい》は、川魚漁、竹細工、山の木の実の採集などである。竹細工は特に秀でており、箕《み》、カゴ、ザルなどを作ると山里の村（得意場）に行き、それを米や野菜や味噌、時には金と変えていた。また農民のそれらの修繕もしていた。年貢に追われる農民にとって、サンカの作る竹細工は丈夫で長持ちする上、作る手間が省けて、非常に有益な存在だったのだ。またサンカはうなぎを取る達人でもあり、料理したうなぎは結構な値段で売れることもあったのだ。

甚助はもともとサンカの生まれだった。甚助の父、勘吉は、雑賀衆《さいかしゅう》の土橋正芳と縁があった。その正芳が年少期の甚助を見た時、その機敏性と敏捷性に天分の才能を見出し、預かり受けた。それから間者として猛修行を積んだのであった。

ジンの手引きで山奥深くに入っていくと、サンカの人たちの集団に行き着いた。一般社会と隔離された集団は、独自の規律といくつかの隠語を持っている。ジンはサンカの長《おさ》に隠語を伝えると、すんなり集団に入ることができた。ジンはレオナルドのことを大事な仲間だと紹介し、事なきを得た。集団は老若男女合わせて二五人ほどだった。基本的に何組かの夫婦とその子どもや親で構成されているようだった。

木と木の間に器用に藁《わら》や帆で天幕を張ったり、適当な洞穴を見つけたりして、雨風を凌いでいた。ジンとレオナルドの寝床も、サンカたちと一緒に作った。朝になると男たちは川魚を取りに出掛け、女たちは竹細工を始めたり山の木の実を取りに行ったりしていた。ジンとレオナルドも慣れてくると、魚を取るのを手伝ったり、箕の作り方を覚えたりして、次第に打ち解けていった。

レオナルドはもともと物静かで受身の性格をしていた。というのも三歳から六歳まで病気のためにずっと家のベッドで過ごしていたからだ。同年代の子どもたちが野山を駆け回っている時期に、一人ベッドで過ごしていたのだ。そのため物事を常に冷静に見る癖がついていたので、いつも慌てず騒がず、大人しい性格をしていた。サンカの人たちとの生活もレオナルドには苦痛と感じるより、子どもの頃のストレスが満たされる部分もあったのだ。レオナルドは、神が子どもの頃の病気という試練を与えてくださり、今ここでこんな形で、自然の中で生活するチャンスを与えてくださったのだと思っていたし、何よりレオナルドは、運命を楽しんでいるかのようだった。ロンドンにいた頃、大方の将来は予測できた。多かれ少なかれ自分の考えられる範疇《はんちゅう》の世界で生きていたし、その枠の中で生きていくのが当たり前だった。しかし、セバスチャンとジュリアという二人の因子により、全く予期しない運命に引きずられていったのである。信仰厚いレオナルドは、それを神の思し召しだと考える。大義に世界を取られることのできる感覚を持っている。神は自分に世界の果てまで見せてくださるチャンスを与えてくださったのだ。それが神の愛だと、レオナルドは感じているのである。

ジンが目指しているのは雑賀衆の里である。そのためには九州から本州に渡らなければならない。ジンとレオナルドがいたサンカは、九州の山を漂泊していたので、山から山へと旅を続け、門司まで着くと九州のサンカたちと別れた。馬関（関門）海峡は、ジンが船頭とうまく話をつけて渡り、馬関から山に入って一〇日目に、今度は中国地方を東に漂泊しているサンカと合流できた。

本州に入ってからも、旅は続いた。ジンとレオナルドは一路雑賀衆の里、紀州北西部を目指していたのである。

十八

紀州、由良《ゆら》村

紀州は二度、時の権力者から侵攻を受けている。一度目は信長だった。元亀元年（一五七〇年）、野田城・福島城の戦いで、信長と石山本願寺が敵対すると雑賀衆《さいかしゅう》は石山本願寺についた。その後戦いが大きくなり石山合戦にまで発展した。そこで信長は雑賀衆の鉄砲の数と技術に大苦戦を強いられた。信長の天下統一の夢が長引いたのは、雑賀衆を抑え切れなかったこともひとつの要因とされているくらいである。その後、本願寺をつぶすにはまず雑賀衆を倒さなければならないと断じた信長が天正五年（一五七七年）、自ら大軍を率いて、河内国・和泉国から紀伊に侵攻し、武力で雑賀衆にも服従を強いた。それが第一次紀州征伐である。

その後、信長が本能寺で非業の死を遂げる。信長亡き後天下統一を目指す秀吉が中央集権化を推し進め、各地の在地支配を解体し出すと、雑賀衆は一貫して秀吉と再び敵対した。秀吉は家康と和睦を結ぶと、紀伊に総攻撃をかけた。それが第二次紀州征伐である。雑賀衆は秀吉軍に対して必死に抵抗したが、秀吉軍の圧倒的武力に屈し、最後は壊滅させられ、雑賀衆は歴史からその名を消していくのである。

雑賀の里へと向かうジンには、この時雑賀衆が跡形もなく消滅したことを知る術も無かったが、旅の途中で知ることとなるのである。


由良村には、興国寺《こうこくじ》という禅寺がある。小高い山の斜面を利用して建てられ、法堂《はっとう》・伽藍《がらん》・鐘楼・書院を持つ大きな寺である。

信州の禅僧であった法燈国師《ほっとうこくし》は宋に修行に出た。建長六年（一二五四年）、宋で禅を極めた国師が帰国する。その時、宋で修業した金山寺から、径山時味噌（金山寺味噌）の醸造方法を持ち帰った。金山寺味噌とは、普通の味噌と違って、炒った大豆を引き割り、野菜や山椒やシソなどの香辛料を混ぜ合わせたおかず味噌である。恐らく宋では僧侶たちが旅の修行中握り飯を金山寺味噌で食べていたのであろう。興国寺で金山寺味噌が作られ出すと、その製造過程で桶の中で分離した汁が溜まった。たまたまその汁で食べ物を煮てみるとまことに美味しいということを発見した。その汁こそ醤油の原型であり、その発祥の地は、興国寺なのである。興国寺は山の中にあるため、その後物流の便がいい湯浅や御坊が醤油の町として発展していった。

法燈国師はその後、興国寺の宗旨を禅宗に改め「関南第一禅林」として、末寺一四三ヵ寺を持つ臨済宗法燈派の大本山となるのである。また法燈国師は宋での修行中に座禅の呼吸法として尺八を学び、宋の達人四人を連れて帰国した。これが禅と尺八の結びつきであり、深編み笠の虚無僧《こむそう》が誕生し、興国寺は虚無僧の本山としても知られるようになった。

その興国寺が、秀吉の紀州征伐により建物の大半が破壊された。その後、関が原の戦いが終わり世が平定されると、紀伊の国は浅野幸長に与えられ、紀州藩として成立した。藩主浅野幸長はこの地が繁栄することを願い、戦で荒れ果てた興国寺の再建立の命を出した。

興国寺は由良村に限らず、全国の禅寺の貴重な財産である。興国寺復興の工事が始まると、由良村はもちろん、近接の衣奈《えな》村、白崎村から大工や人工《にんく》が集められ、門徒たちも多数駆けつけた。当然由良村からも人員が派遣されたが、村人たちは頑なに天狗様の存在を隠し通した。

当初工事は長雨が続いたりで、遅々としてはかどらなかった。度重なる戦のおかげで、皆疲れ果てていたこともあった。衣奈村の大工の一人が、呉作のところに工事で使う炭を取りにきた時だった。家の裏で不用意に薪を割っていたセバスチャンを見て、「えろう背が高いものじゃの〜。あれが手伝ってくれれば高いとこに手が届くで、工事が助かるぞ」と独り言のようにつぶやいた。衣奈村の大工が興国寺に帰ると、そのことを皆に言った。たまたまその場に居合わせた由良村の三郎が、変に広まってはならないと、「あれは天狗様だ。おらの村には天狗様がおられるのじゃ」と言った。それを聞いた皆が、「それでは天狗様に手伝ってもらおう」と話が大きく膨らんでしまった。これでは後に引きようがない。由良村の村民が集まり、天狗様に興国寺の手伝いをさせることに決まったが、「天狗様は由良村の宝物じゃ」ということを衣奈村と白崎村の人たちに念入りに釘を刺しておいた。

初めて興国寺を訪れたセバスチャンはまずその大きさに驚いた。辺鄙《へんぴ》な山道から森に囲まれた石畳の長い階段が続いている。その階段を上り切るとまだ山道が続き、深い森に囲まれた広場に出た。その広場では、大きな建物が何棟も建てられていた。こんな山の中によくこれだけの建物を作るものだとセバスチャンには思えた。

背の高いセバスチャンは、工事の連中が目を見張るほどの活躍を見せた。皆の手の届かないところに手が届くので、梯子《はしご》をかける作業が短縮される。しかも力も強いし、高いところも苦にしなかった。セバスチャンのおかげで興国寺は俄然活気づいた。皆が意欲的に仕事をし、生き生きとし出したのである。そうなれば当然工事も飛躍的にはかどっていった。しかも天狗様が興国寺の再興のために天狗の里、愛宕山《あたごやま》からわざわざおいでなさったという噂が、衣奈村と白崎村に広まり、ありがたい天狗様を一目見ようと、女子どもが駆けつけ、興国寺はさながら毎日お祭り騒ぎとなったのである。本堂の屋根を組んでいた時の天狗様は英雄だった。広場の端で見ている女子どもたちの掛け声に手を上げて挨拶しようものなら、大歓声が上がるのである。衣奈村、白崎村の年頃の女たちが色めきだすと、男連中は、「天狗様は神様じゃ。神様と一緒になるなどお天道様がゆるさねぇ」と笑っていたが、由良村の女たちの機嫌は悪くなった。「天狗様は由良村の宝じゃ。どこにもやんねぇ」と目を光らせていたのである。

天狗様が興国寺に携わってから、あれだけ続いた雨が全く降らなくなり、驚異的なスピードで工事が進んでいった。

本堂の屋根組みの上にまたがった天狗様は掛矢《や》で木を打った。その打った時のコーン、コーンという乾いた音が、遠く山の彼方まで、響き渡っていたのであった。

十九

ジンとレオナルドは、中国地方を漂泊しているサンカたちと旅を続け、長州から安芸《あき》、備後《びんご》、そして備中の山の中に入っていた。旅の最中、ジンはレオナルドがこの旅を続けていていいのかとずっと気になっていた。山の奥深くで隠れるように移り住むサンカの生活は、困難を極める。時には雨風をしのげず、雨に濡れながら一睡もできない夜もある。食べ物も満足に食べられない時もある。ベッドの上で眠り、豊富な食べ物やワインのある生活からはかけ離れている。しかも将来に対する絶対的な不安に押し潰される生活なのである。レオナルドがこんな過酷な状況に身を置くことに、ジンは申し訳ない気持ちを持っていた。しかも自分がさよを助けるがためにレオナルドを巻き添えにしてしまった、と考えると自責の念を感じずにはいられなかった。しかしジンはそんなことを一度もレオナルドに言ったことはなかった。

レオナルドにとっては、オランダのテクセル港からの航海が悲惨を極めたことが、それまでの人生観を一変させていた。壊血病《かいけつびょう》でバタバタと、目の前で人が死んでいく。昨日まで意識があった者が、今日になると「彼」はもうこの世にいない。死んだのが「彼」であって「自分」ではない。それがいつ入れ替わっても何の不思議もないのである。レオナルドはその時、生きることの意味のない偉大さに気がついたのだ。しかし「意味のない偉大さ」とは何であるのかはわからなかったのである。航海、アフリカ、マゼラン海峡、南アメリカ、土着の野蛮人、ウォーク島……、そしてマニラ、ジャポン。この世は神が六日で創られた。その作られた世界が、これほどまでに大きくて、これほどまでに複雑であったとは、全く想像の範疇を超えていて、イングランドしか知らなかったレオナルドは精神の根本から驚愕していた。

「こんなにも自分は何も知らなかったのか……」

レオナルドは神が創られた世界というものをもっと見たかった。自分の身に起こったすべてのことは神のご意思だと信じているレオナルドにとって、ここまで起こったこと、今目の前で起こっていること、そしてこれから起こり得ることに、神のどんな意思があるのだろうかと考えていた。

深い思索の日々が続くレオナルドにとって、サンカの人たちとの生活は、ゆっくりといろんなことが考えられる自由な時間がそこにあった。マニラでマルチノ・ミゲルからジャポンは仏教の国だと聞かされていた。マルチノの説明によれば、我々クリスチャンは唯一のゼウス、唯一の信仰、唯一の洗礼、唯一のカトリック教会を唱導する。しかしジャポンには仏教の宗派が一二もあり、奇特なのはそのほとんどすべてにおいて礼拝、教義、尊崇が違うと言うのである。マルチノの言った一二とは、法相宗、三論宗、倶舎宗、成実宗、律宗、華厳宗、天台宗、真言宗、禅宗、浄土宗、日蓮宗、時宗を指している。当時ジャポンにきた宣教師たちは、宣教の地で度々地元の僧侶たちと宗教論争を繰り広げていたので、マルチノもその知識は高かった。

しかしサンカの人たちは全く違っていた。彼らは古来より先祖代々受け継いできた山岳信仰を持っている。山岳信仰は、山を神聖化し崇拝することである。深く険しい山々に囲まれた日本では、水、食べ物、木材など大いなる恩恵を受け、その雄大なる雄姿や火山などの神秘性に畏敬の念を抱いてきた。それゆえ古来より山には神奈備《かむなび》という神様が鎮座し、山には神が宿ると信じられてきた。山に神様が鎮座しているということは、そこに神籬《ひもろぎ》、磐座《いわくら》と呼ばれる神の住む場所があり、常世（神の神域）と現世の境目として祭祀が行われている。レオナルドは旅の途中、注連縄《しめなわ》で祭られている滝や岩、神木などに山の奥深くで何度も出会ったことがあった。

山岳信仰は、長い年月を経て、自然崇拝や古神道、アニミズム的な要素を取り入れながら独自に発展していった。アニミズムとは、万物に精霊が宿り、それを崇拝することであり、それがジャポン特有の古神道でいう八百万《やおろず》の神や九十九神《つくもがみ》と相まっていった。

江戸時代、本居宣長が古事記を徹底的に研究して国学を興し、神道は儒教や仏教など外来的な教えから切り離し、日本古来の思想であることを確立させた。

それを継いだ平田篤胤は、日本古代から続く純粋な精神こそ日本固有の信仰だとする復古神道を提唱した。復古神道すなわち古神道とは、縄文時代から続いている八百万の神や九十九神の信仰で、教義の基本は、自然崇拝、精霊崇拝、先祖崇拝だけである。古代から続く純粋な精神とは、一万年以上続いたといわれる縄文時代から受け継がれている。縄文時代は、世界的に見ても非常に稀有な時代で、人と人との争いがほとんどない村社会が一万年以上続いたのである。それゆえ平田篤胤は、人と人とが助け合う縄文の古神道の時代こそ、日本古来の精神性であると提唱したのである。

リンカは、古神道の精神を継いでいるともいわれている。サンカの人たちは、山の中の大自然に溶け込んで生活しているからこそ、山、川、岩、森、動物、草木、花、木の実などの自然物、そして火、雨、風、雷などの自然現象に神々しい神秘性を感じ、それらすべてに神が宿っていると信じているのである。サンカは、それほど宗教に縛られた生活はしていなかった。自分たちがここで無事に生活できることへの感謝の気持ちが、信仰を生んだとも言える。食事の時に米粒の神様に感謝し、魚の神様に感謝し、水の神様に感謝する。暴風雨が起これば、風の神様と雨の神様に鎮まるようお祈りをするのである。

レオナルドは当初サンカの信仰に基づく生活様式を不思議に思い、事あるごとにジンに質問した。その中でも理解できなかったのが、八百万の神という概念である。

「ジャポンにもゼウスがいるのか？」

ジンにとってスペイン語に通訳するのは相当骨が折れた。事実フランシスコ・ザビエルが日本で初めて宣教した時、弟子のヤジロウがキリスト教の神を「大日」と訳したため、仏教の一派だと勘違いされたこともあったのだ。

しかしレオナルドはそれほど深刻には考えていなかった。というのも、レオナルドは宣教に対してそれほど積極的ではなく、サンカと生活することにより、神に対する価値観に変化が起こったからだ。

日本の四季は、趣にあふれている。春は新緑の中に桜が咲き乱れ、強い春風が吹こうものなら、桜吹雪がこの身をさらっていこうとする。この世とは思えぬ見事な美しさである。夏は、耳をつんざく蝉の鳴き声。山の中にいれば大音量の蝉の声しか聞こえてこない。芭蕉が詠んだように、蝉の声が岩に染み入るほど、山は静かに佇んでいるのである。秋は、色鮮やかな紅葉が山を染めていく。あれだけ深かった緑色の山が、赤や黄色の原色で塗りつくされていく。冬は雪の白で覆いつくされる。レオナルドはこの時生まれて初めて、山に雪が降る音を聞いたのであった。

ロンドンで育ったレオナルドにとって、日本の四季を山の中で過ごすことが、霊的体験を呼び起こした。自然の中で生活することで、自分の神を近くに感じることができたからだ。街の中で人間の作ったものに囲まれて生きていると、この世は人間が作ったと感じそれが当たり前だと錯覚してしまう。しかし、山の中で自然物、自然現象に囲まれて生きていると、自然そのもの、つまり宇宙までも、神が創ったものだと思わざるを得ないのである。自然の美しさは、人間の想像を超えている。自然の美しさこそ、神が創った芸術ではないか。この目で見て、肌で感じた自然に対する感動は、神の領域に足を踏み入れた瞬間ではないかと感じていた。レオナルドが、大自然と自然現象の偉大さに触れる度に神々しい何かを感じ、この世界は神でしか作り得ないものだと実感できたのは、サンカの生活が人間のつまらぬ欲望をそぎ落とした単純で素朴で質素であったからに他ならない。

サンカの中には清吉というもの静かな男がいた。年は三十半ば、背の丈は五尺七寸（約一七四センチメートル）、日本人としては高い方で、逞しい身体つきをしていて、川魚を捕る時など俊敏な動きを見せていた。集団と行動をともにしてはいるか、食事の時も、寝る時も、清吉はいつも一人でどこか影を感じさせる男だった。ジンは清吉を只者ではないと感じていたが、お互い必要以上に会話を持つことはなかった。

備中から美作《みまさか》を抜けて播磨《はりま》まできた時には、冬が終わりかけていた。日中は少しずつ暖かくなってきたが、朝晩はまだまだ冷え込んでいた。特に山の中は朝方気温がぐっと下がる。ある朝、レオナルドは風邪をひいてしまった。慣れない旅の疲れも出てきたのだろう。それから何日も熱が下がらなかった。サンカたちが持っている薬を飲んだが、一向によくなる気配はなかった。そんな時、清吉が朝早くに山の中に入って行ったきり、まる一日帰ってこなかった。

清吉は、日が沈み西の空にほんのりした明るさが残っている時分に、手に草の束を持って帰ってくると、すぐさま湯を沸かし、持ってきた葉を時間をかけてゆっくり煎じた。夜の帳《とばり》が下りると、煎じた汁を椀に入れ、レオナルドに飲ませた。レオナルドは、清吉が煎じた薬草のおかげで、次の日からすっかりよくなっていったのである。それを機に、レオナルドと清吉とジンは、言葉を交わすようになっていった。

清吉は、レオナルドが南蛮人のバテレンだとわかっていたし、ジンは清吉が元は修験者《しゅげんじゃ》だとわかっていた。修験者である山伏は妖術を使うとされているが、身体に効く薬草はもちろんのこと、いぶった煙を吸うと幻覚症状を起こす葉やきのこや毒草などの知識に優れているからである。

修験者とは山伏のことである。山伏が極める宗教を修験道という。修験道とは、森羅万象に神霊が宿るとする古神道の流れを汲む山岳信仰と仏教が習合し、そこに道教、陰陽道の要素が加わり、平安時代には密教とも深く関わった日本独特の宗教である。仏教の伝来以来、修験道はまさに日本の神と仏教の仏をともに祭る神仏習合の最たる宗教であるのだ。修験者は、日本各地の霊山を修行の場とし、山に篭《こ》もって厳しい修行を行うことにより迷妄を払い悟りを開くのである。

その山伏だった清吉がどんな了見でサンカとなったのか、清吉はそれまで何一つ語らなかったのであった。

清吉のように、定住者やはみ出し者や犯罪者がサンカに入ってくることもあれば、サンカを出て定住者になった者もいた。サンカの集団に混じって、流れるように生活しているジンとレオナルドは、清吉とどこか通じ合うものがあった。

目先のことに囚われず世間を達観している清吉は、いつも静かだった。レオナルドもそうだった。レオナルドもそれまで自分の素性を一切語ることはなかった。

ある日、ジンがふとしたきっかけでレオナルドの生まれを聞いたことがあった。

「イングランド?」、ジンにとっては初めて会うイングランド人だった。そのイングランドの方がなぜスペイン船でマニラにきたのか……、ジンは不思議に思った。それからレオナルドは、生活の合間をみては、ロンドンからオランダに渡ったいきさつ、オランダからの航海、マゼラン海峡、ウォーク島……と、細々とジンに語りかけていた。ジンは胸躍って聴いていた。壮大なるストーリーである。そんな凄まじい経験をしているレオナルドが、ジャポンの山の中で、こんなにも質素に生きていることが奇妙に感じられた。

「レオナルド様、すごい人生を送ってこられたのですね。こんなにもすごいお方が、こんなところでこんなにも不自由な生活を送っていていいのですか?」

「私は自分を特別な人間だとは思っていない。生まれてきた環境は違うけれど、私もジンも神に守られた同じ神の子なのです」

「でもここにはレオナルド様の神はいないですよ」

「ジン、神がこの世界を作られたのですよ。カトリックは異教徒をこの世から排除しようと攻撃しています。でも本当にこの世界を神が作られたのなら、神は異教徒をも作られたと私は思っている。それが我々に課せられた試練であり、意義でもあるのです。私は冷静に客観的に、神が作られたこの世界を見てみたいのです」

「ではなぜ神はこの世界を作られたのですか、そこに何の意味があるのですか」

「私たち神の子は、この世に修行にきているのです。生きることがすなわち修行なのです」

少し離れたところで清吉が黙って聞いていた。

「私は神のご意思の通りに生きています。今ここでこうして生きていて世界を感じていること、それこそ神のご意思であり、神の愛なのです……」

ジンは黙ってうなずいた。ジンとレオナルドはスペイン語で話していたので清吉にわかるはずもなかった。わからないはずなのに清吉はレオナルドの言葉が異常に気になっていた。

それから何日か経って清吉がジンに、この間レオナルドが何を言ってたのか訊いてみた。ジンはできる限りわかりやすく清吉に説明した。清吉はただ黙って聞いていたのだった。それ以後、ジンの通訳を通じて三人で行動することが多くなっていった。

春がきていた。緑と新緑の黄緑の中に、山の桜が蕾をつけ出した。レオナルドはその自然の美しさに息を呑んだ。のどかな夕暮れだった。

設営している天幕から少し離れたところで、ジンとレオナルドと清吉が、下界を見下ろしていた。

「わしは長い間、あそこでうごめいていたのだ……」

清吉はまるで自分が天上の人になったかのようにそうつぶやいた。そしてレオナルドに向かって、

「あんたが言う神は、あんたに何をしてくれたんだ」と訊いた。ジンが通訳した。

「神は私の中にいる。神はあなたの中にもいるのです。神は何もしてくれない。ただ静かに私たちを見守ってくださるのです」

「あんたの神はあんたを助けてくれないのか？」

「神は私たちに試練を与えてくださる。それで私たちは気づくことができるのです」

「試練なんてばかばかしい。そんなものに気づいて何になる。気づいたところで何の得になるんだ」

「この世の中で起こり得るすべての現象は神の意思なのです。私たちは常に神の御手に抱かれているのです」

「ばかばかしい……」

ジンは清吉の最後の言葉を通訳しなかった。レオナルドも自分が独自の修行をしている身だと思い、それ以上何も言わなかった。清吉はしばらく考え込んでいた。やわらかい風が新緑の葉を揺らしていた。

落ち着きを取り戻した清吉は、ポツリポツリと口を開き出した。

「わしは、もともと備前岡山藩で大工の息子だった。父は腕のいい大工だったが、母がひどい癇癪《かんしゃく》持ちでね。わしが六つの時に妹が生まれた。母はこの妹を大層可愛がり、それからわしは母からあざが絶えないほど毎日殴られた。父が仕事から帰ってくると、してもない悪事を父に告げ口し、父からも殴られる毎日だった。それで十になった時家を飛び出した。行くあてもなかったがとりあえず堺に行こうと思い、どさくさにまぎれて堺に行った。そこで何の当てもなくブラブラしていると、大きな屋敷を建て

ているところで立ち止まり、大工の父を思い出していたら、棟梁《とうりょう》が声をかけてきた。若い者が度重なる戦に取られて人が足りないという。わしは子どもの頃から普通の大人より身体が大きかったのも幸いして、そこで仕事をすることになった……」

清吉の淡々とした語り口を、ジンがレオナルドに通訳していた。清吉はレオナルドに聞かせたいのか、時折ジンが通訳し終えるまで喋るのを待っていた。

「棟梁はわしのことを大事にしてくれた。他の大工や職人さんもかわいがってくれたし、若くてきれいな棟梁の女将さんは何かとわしの面倒を見てくれた。人のやさしさに生まれて初めて触れた感触だった。特に棟梁の女将さんは、それまでのおなご観を一変させてくれた。世の中には菩薩《ぼさつ》のようなおなごが本当にいるのだと思えるほどだったんだ。それから二〜三年経った時ぐらいだろうか、その女将さんが夜な夜なわしを誘ってきた。棟梁は仕事ができる立派な方だったけど、どうも女癖が悪かった。仕事を空けることは絶対になかったけど、家はよく空けていたようだった。わしは世話になっている棟梁を裏切っているようで、女将さんの誘いが嫌で嫌で仕方なかった。あまりの辛さに逃げ出そうと決心した時だった。同じ大工仲間の松吉さんの紹介で、お菊との縁談がきた。お菊は若くて愛嬌のある評判の隣町の娘だった。こんなわしにお菊のような立派な嫁さんが本当にきてくれるのか不思議だったが、お菊の両親も、わしが働き者で正直な男だと言って、喜んでくれた。わしはこれで女将さんとの関係も棟梁にばれないまま終わるとほっと安心した。

それでお菊と所帯を持った。次の年には子どもも生まれた。仕事にも精が出て一生懸命働いて、家に帰ればかわいい嫁が夕餉を作ってくれていて、子どもが走ってくる。幸せとはこんなところにあったのかと思った。ああここまで苦労して生きてきて本当によかったと心の底から思える日々だった……」

レオナルドは表情ひとつ動かさず、じっとジンの通訳する言葉に聞き入っていた。

「それからある日のことだった。仕事の合間に皆で焚き火を囲んでいる時だった。ちょうど棟梁がいなかったものだから、左官の梅吉が、『棟梁はよう町外れの社に女を連れ込んでるらしいぜ』と言った瞬間、松吉さんが梅吉の肘をついた。梅吉はバツが悪そうにその場を立ち上がったんだ。わしは直感で何か隠してるなと悟った。家に帰るとお菊が出掛ける用意をしていた。お菊はよく実家に帰っていた。その夜も実家に帰るという。何でも父親の具合が悪いというのだ。お菊が出掛けてから、わしは見舞いがてらにお菊の実家に行った。すると義父は元気でお菊もきていなかった。わしはお菊に何一つ問い正さなかった。

それからまたある夜、実家に帰ると言う。わしは子どもを隣に預けて、お菊の後を追った。行き着いたのは、町外れの社だった。中には棟梁がいた。わしは懐に忍ばせたノミを取り出して振りかざし棟梁に迫った。棟梁はわしの顔を見ておののいた。ノミを振り回すと、棟梁の左の頬をかすめた。その時だった。お菊が飛び込んできた。お菊は棟梁の前に立ちはだかると、『この人を殺すんじゃない。この人を殺すんだったら、先に私を殺せ』と言った。わしはお菊の命を張ったその言葉に持っていたノミを床に落とした。

わしは二人に背を向けて、出て行こうとした。すると棟梁がわしに叫んできた。『どこの馬の骨ともわからんお前をこんなに立派にしたのはどこの誰だと思ってやがるんだ。俺の顔にこんなことしやがってただで済むと思うなよ。お前だってわしの女房と交じっていたことくらい知ってるんだぞ。お前の子どもはわしの子だぞ。お菊だってわしのお菊だ。松吉も余計なことしやがって、こんなに大事なお菊をお前みたいな下衆野郎に渡してなるものか』。わしは何も言わずに社を出た。そしてそのまま家に帰ると子どもをめちゃくちゃに殴りつけた。やり場のない怒りを何の罪もない子どもに向けてしまったんだ。父や母に殴られたようにわしが子どもを殴ったのだ……」

日は西の山にかかった。夕焼けの真っ赤な光が清吉の顔を照らしていた。どこかの寺の暮れ六つの時を知らせる鐘の音が山の尾根に響き渡った。

「生きるってことは辛い。なぜこんなに辛い目にあってまで人は生きなくてはならないのか……。この世の幸せとは、夢幻でしかないのか……。それからわしは、やけを起こして酒に溺れるようになった。博打《ばくち》にも手を出し、生活は荒れに荒れて、やくざもんに追われる身にまで落ちてしまった。それでわしは仏門に入るしかないと思い、高野山の天台密教の創玄という僧に師事した。創玄は言った。『お前が見たものはすべて色《しき》の世界のことなのだ。色とはすなわち空《くう》なのだ。そこにお前の見た世界があるのと同時にそこには何もなかったんだ。しかし何もないところには色の世界がある。すべては現実であると同時にすべては実体のない空虚なのだ』――と。どれだけお経を唱えようがわしにはそれがわからなかった。僧侶の生活では邪念に振り回されて、苦しむばかりだった。それで熊野の山に入り修験者となったのだ」

ジンの必死の通訳でも、レオナルドには理解しにくい話だった。ただ清吉が過去の呪縛に取り憑かれて苦しんでいることだけは理解できた。

「山伏となって、険しい山で修行を積んだ。しかしどれだけ身体をいじめようが、どれだけ心の安泰を願おうが、わしには何一つ乗り越えられなかった。どうしても自分を許せないのだ。過ぎ去ったことにこれまで心が縛り付けられている自分が情けなかった……。

そんな想いが続いている中、ある日ひらめきを感じた。過去の呪縛から解放されたいと思うこと自体が欲であるとわかった。つまり煩悩《ぼんのう》から解き離れたいと思うことが、欲なのだ。それがわかった。だからいくら修業しても、ますます欲の深みにはまるだけだとわかった。そんな中、ここのサンカの人たちに出会ったのだ。気負わず、騒がず、浮き足立たず、じっと山に足をつけて自然のまま流れるように生きているこの人たち。欲もない、見栄もない、何のしがらみもない世界。日々生きていくことに感謝する生活。ここに本当の平穏と安泰があるのではないかと思い、わしはサンカとなったのだ」

ジンの通訳が終わると、レオナルドはしばらく黙っていた。三人の間に流れるしばしの沈黙……。そしてレオナルドが口を開いた。

「あなたは常に救われたいと願っている。それは欲ではないです。あなたの思いなのです。でもあなたのその思いを救えるのは、ゼウスしかいないのです。それさえ理解できれば、あなたが神の子であることに目覚め、永遠の神の深い愛に包まれるのです。今のままでは、何をしてもどこに行ってもあなたの迷いは一生解かれることはない。あなたの迷いが解けるのは、あなたがゼウスを心の底から受け入れることができた時なのです……」

ジンが語りかけるようにレオナルドの言葉を清吉に伝えた。清吉はそれを聞いてつぶやくように言った。

「あんたの言う神が本当にいるなら、わしはその神が憎い……」

「あなたの試練はイエスの試練なのです。試練は神がお与えくださった大きな愛なのです。困難であればあるほど魂は清められ、試練が大きければ大きいほど、神の存在が近づいてくるのです。神を恨んではダメです。神はいつもあなたを愛しています。ただその愛に目覚めて、素直に受け取ればいいだけなのです。信仰はあなたに幸運をもたらすためにあるのではありません。あなたを救うためにあるのです。あなたは立派にあなたの道を歩んでこられました。神はあなたのそばでずっと暖かく見守ってくれていたのです」

「……」

「あなたの歩んできた道も、これから歩むべく道も、すべて神の国へと続く光り輝く道なのです」

清吉は愕然とした。生まれてきたこと、生きてきたことを恨み続けて生きてきた。最悪の人生を送ってきたと思っていた。なぜ自分だけがこの世の不幸を背負って生きていかなければならないのかと思って生きてきた。その人生が神の国に続いているとは……。「試練とは神が与えてくれた大きな愛……」、清吉は心の中でやっと自分が自分を許せるかもしれないと感じかけていたのだった。

二十

紀州、由良《ゆら》村興国寺《こうこくじ》

興国寺の復興は、大方が完成していた。セバスチャンこと天狗様はもう興国寺にはいなかった。というのも、興国寺に天狗がいるという噂が噂を呼び、和歌山の城下町や、藩主の浅野幸長の耳にまで届いた。

「殿のご意向通り、興国寺の工事がことの外順調に進んでおりまする」

「そうかぁ、それはよかった。庶民の皆にこの世が平定されたことを知らしめるいい機会である」

「何でも愛宕山《あたごやま》から天狗様が飛んできて、一夜で金堂を建てたといわれておりまする」

「ほう、愛宕の天狗がか。余もその天狗とやらに会いたいものじゃのう」

まことに世の中は平和になったものだった。

天狗はもともと山の神とも、邪悪な妖怪とも捉えられている。山伏の格好をした天狗は、全国各地に存在している。愛宕山の太郎坊、鞍馬山の鞍馬天狗、比叡山の法性坊《ほうせいぼう》、富士山の太郎坊などであり、それぞれにそれぞれの伝説を残している。

では、興国寺に現れた天狗はどこのどんな天狗なのか……。山伏たちにも噂が広まった。伝説上の架空の存在である天狗を見た者など一人もいない。見たとしてもそれはあくまでも噂にすぎない。そのため興国寺に天狗が現れたとなると、本物の天狗を一目見ようと、物好きな山伏たちが集まってきた。

由良村の百姓たちは、困惑していた。まさか事態がこれほど大きくなろうとは……。由良村をあげて天狗様を隠し通さねばならない。呉作の家からまだ山の奥深くに入り、村人総出で小屋を作り、そこに天狗様を隠した。身の世話をするために小春をつけていた。

興国寺では、天狗をどこに隠したとさんざん責め立てられるので、由良村の人間はもう誰も行かなくなっていった。それがまたよからぬ噂を呼んでいくのである。

そんな状況の中、紀州の殿様が興国寺の検分に訪れるという。しかもその折、天狗に会って礼を述べたいと言い出したのだ。

その噂を聞いた由良村の農民たちは三郎の家に集まり、対策を講じた。

「殿様のご機嫌を損ねたら、おらたち全員、首をはねられるかもしんねぇぞ」

「なんで天狗様のせいでおらたちが犠牲になんなきゃいけないんだ」

「そうだ、おらたちは何も悪いことをしてねぇ。天狗様がこの村にやってきたからこんなことになっちまったんだ」

「かと言って、天狗様を殺すわけにはいかねぇ」

それまで黙って聞いていたリーダー格の三郎が言った。

「それならいっそ天狗様を殿様に差し出すべきだ」

「それがええ」

全員が三郎の意見に賛同し、事は決まった。

＊

お滝は、家で作った金山時味噌を持って呉作の家に向かっていた。天狗様の食べ物を村のおなご衆が差し入れしているからである。呉作の家に着くと、小春が一人で待っていた。

「小春、お前も大変だね……。でもまぁお前が天狗様を連れてきたんだから仕方がないか……」

お滝はそう言って、持ってきた包みを置いた時、小春がお腹を抱えてうずくまった。

「小春、どうしただ？」

驚いたお滝が小春を抱きかかえた。

「小春、小春、どうしただ、大丈夫か？」

と、次の瞬間お滝の血の気が引いた。

「こ、こ、小春、まさか……、お前……」

お滝がそう言うと、小春を突き飛ばし、腰を抜かして外に出た。

「あぁ――、あぁ――」

言葉にならない叫び声を上げて、転がるようにして山道を降りて行った。途中家路を急ぐ呉作に出くわした。

「お滝さん、血相を変えてどうしただ?」

「小春が……」

「小春がどうしただ?」

「こ、こ、小春が、て、て、て、天狗の子を宿した……」

呉作はその言葉に家に飛んで帰ると、小春がうずくまって倒れていた。

「小春――」

慌てて小春を抱きかかえた。

「大丈夫か、小春!」

小春は何も返事をしなかった。


お滝が村に着くと、皆が集まっている三郎の家に駆け込んだ。「何をそんなに慌ててるんだお滝さん、何があった?」

「小春が……、小春が……」

「小春がどうしただ?」

「……小春が天狗の子を……、宿した」

「何――!」

皆はそれを聞いて立ちすくんだ。

「間違いないのか、お滝さん」

「おら四人も子どもを産んだんだ。間違いねぇ、小春は子を宿しとる」

その時、ここぞとばかりに割って出たのがお竹だった。セバスチャンの髪を金に変えようと企んだお竹だ。

「あいつは神様だと皆は言うけど、とんでもねえ。あれは妖怪だ。わしは今まで我慢して黙っていたけど、あれは災いを起こす妖怪じゃ、魔物じゃ」

「皆何言うとる。およねの病気を治してくれた天狗様は神様じゃ。皆忘れたのか」

およねの原因不明の病気を治してもらった為吉が、必死で訴えた。皆が侃々諤々《かんかんがくがく》言い合ってる間に三郎は考え込んだ。そして皆に言った。

「天狗の子をこの村で産むわけにはいかねえ。そうでなくても、この村に災難が降りかかっている。天狗と人の子は交わってはいかんのじゃ」

集団心理である。一人のリーダーの決断に皆が舞い上がってしまい、一気にエスカレートしてしまった。お竹は意気揚々と、「わしが退治してくれるで」と意気込んだ。

「お滝の様子じゃ、村の衆がやってくるだろう」と呉作にはわかっていた。ついにくる時がきたかと、呉作は腹をくくり、小春を抱き起こすと、山の中に入っていった。社に着くと天狗がいた。

「よいか、すぐに小春を連れて逃げるのじゃ」

天狗には通じなかった。呉作は山の中を指差し、「に・げ・ろ」と言った。

「ぐずぐずしてる場合じゃない。小春、天狗様と一緒に逃げ」

小春は、身重の身体を起こして、天狗の手を取り、山の中へ引っ張っていった。

「なぜ……、なぜ？」

覚えた片言の日本語で天狗は呉作に訊いた。

「何でもええ、はよう逃げ。村人はどんなことがあってもここを通さねぇ」

その時森の中から、村人の声が聞こえてきた。もうそこまで迫ってきている。

「はよう、逃げ！」

呉作が鬼のような形相をして小春に怒鳴りつけた。村人の声を聞いた天狗は状況を理解し、小春を胸の中へ抱きかかえた。別れる間際、呉作が小春に向かって、「ええ子を産むんだぞ」と言った。天狗はその言葉を聞き届けると小春を抱いて、一目散に山の中へと消えて行った。

「おう呉作、えらいことになっちまったな」

二郎が呉作の顔を見るなりそう言った。「天狗がいたんじゃ、この村はよくなんねぇ……」

「天狗様は神様じゃ」

「呉作、お前とはもめたくねぇ。天狗と小春をこっちに渡してくれ。後生だ呉作。村のために渡してくれ」

「それはできねぇ」

三郎の後ろには武装した村人たちが殺気走った目をして立っていた。

「どうも山ん中逃げたな」

「ここから一歩もこのわしが通さねぇ」

「仕方ねぇな」

三郎はそう言って持っていた鍬《すき》を身構えた。

セバスチャンは走った。自分より小春の身が何よりも心配だった。セバスチャンにとってこの世は小春そのものだった。信じ切れるもの、信頼できること、守ってもらえるもの、そして自分が守らなければならないものが小春なのである。小春は、セバスチャンがこの世で生きていく上でのすべての存在だと言っても決して過言ではない。

由良村から東に進むと紀伊山地に当たる。和歌山から奈良にまたがる紀伊山地は、南の熊野三山、那智《なち》の滝から龍神《りゅうじん》温泉、十津川《とつかわ》村を抜け、高野山へとつながり、険しい山々が深々と続いている。

小春は妊娠三ヶ月を迎え、体調も落ち着いてきた。セバスチャンと小春は、広川から有田川を越え、高野山のふもとへ向かっていた。大阪・奈良から和歌山につらなる山々は、霊山の宝庫として山伏たちの格好の修行の場となっている。

セバスチャンと小春も旅の途中幾度となく行者たちと山の中で出会った。己を磨くため、ただひたすら山の中を踏破する行者たちは、セバスチャンと小春を見ても別段深入りはしてこなかった。山の中には廃屋になった小屋や社があった。時には人が住んでいることもあった。行者さえも足を踏み込まないほどの山の中に住んでいる人は、俗界から身を引いた世捨て人である。そんな人たちに出会うと、この奇怪な二人の旅人に温かい食べ物と、寝床を与えてくれた。

安定期に入ったとはいえ、小春の身体が心配だった。セバスチャンは当初、小春はお腹が痛いとばかり思っていたが、ある夜小春がセバスチャンの手を取り自分のお腹に当て、うれしそうに笑った。それでセバスチャンは小春が子を宿したことを知ったのである。それからセバスチャンの苦悩が始まった。小春のために、生まれてくる子のために、自分は何ができるのだろうか。こんな山の中の生活が続くわけがない。それに何よりも小春が無事に子を産める環境を作らなければならない。このままでは三人とも死んでしまう。山を降りるべきだと思うが、村人に受け入れてもらえるだろうか。何とかジャポンの王に会える手立てはないものか……。小春と宿した子は、命を懸けても守り抜く。それがセバスチャンの生への執着、生きている証であったのだ。そのためには、こんな生活を続けるわけにはいかない。

ところが、どんなに困難な日々が続いても、どんなに身体が辛くても、小春は動揺する姿を何一つ見せなかった。小春のこの落ち着きは一体何なんだろうか……。死を受け入れた潔さからくる強さなのか。小春はもうどうなってもいいと開き直り、諦めの境地なのか……。小春はその強さを、やわらかく温かみのある微笑の中に表現していた。セバスチャンはそんな小春を見て、強さとは力ではないとわかった。本当の強さとは、やわらかくやさしさの中にあるのだと思ったのだ。小春は、信念に導かれた何かを感じているようであり、彷徨《さまよ》うことに何かの意義を感じているようだった。

二人は高野山の袂を抜け、河内の国に入り金剛山《こんごうざん》に着いた。その金剛山の山深く、小峠谷《ことげたに》で、一人で暮らしている老人に出会った。見るからに仙人のような風貌である。

この小峠谷あたりには、少しばかりの水銀鉱山があり、そのむかし楠木正成の軍資金になっていたとも言い伝えられている。そのため小峠谷には、小さな洞穴が、いくつか残されていた。

「よくぞこんな山奥まできたものじゃ。人に会うのは何年振りかのう。さぁ、中に入ってゆっくりなされ」

山の斜面の洞穴を利用した住まいは粗末だけれど、居心地はよかった。その夜久しぶりに小春はセバスチャンの大きな胸の中で安心して眠りについた。

それからしばらくそこでお世話になった。小春もセバスチャンも何もしゃべらないので、老人一人が、独り言のように訥々《とつとつ》と話す日々が続いていた。それは小春とセバスチャンに話しかけるというよりも、まるで自分自身に語りかけるような日々なのである。老人にはそれがこの上なく心地良かったのである。

「わしは、元は武士で、度重なる戦で何人もの人を斬ってきた。しかしある日、自分のしていることに疑問を感じた。それから世間を恨み、自分を恨み続けて生きてきた。人を斬って手柄を立てることに何の意味があるのか……」

老人は小さく微笑んでから続けた。

「世間のことが嫌になって、流れ流れて、ここにきた。ここは気楽で良いもんじゃ。ここにきてから、自分が生まれてきてからのことをよく思い出すようになった。そうするとな、どうなったと思う？」

小春は表情ひとつ変えずに聞いていた。意味のわからないはずのセバスチャンもただ黙って聞いていた。

「すべてに感謝できるようになったんじゃ。生まれてきたことに感謝、いまここにこうして生きていることに感謝できるのじゃ。それでわしは、ここで一人で穏やかに暮らして、穏やかに死んでいこうと決めていた……。しかしあんたたち若い者を見ると、人の懐かしさを覚えてしまう。これだけ一人で生きていると、いい人か悪い人かの判断は、感覚でわかるもんじゃ。あんたたちに何があったか知らんが、いい人には間違いない。世の中は得てしていい人が苦労するものなんじゃ」

セバスチャンにとってここにいることが、小春の身の安全を確保できていることが何よりも安心だった。これ以上、こんな旅を続けるわけにはいかない。それにどこに行く当てもない旅である。ここでこの老人と一緒に暮らすべきではないかと考えていた。

「世捨て人といっても、人間というものは最後の最後に何かを残したくなるものだ。もしあんたたちがいいのであれば、ここで一緒に暮らしてみてはどうかな。それでわしの最後を看取ってくれ。遺体は裏に埋めてくれりゃいい」

老人は皺くちゃの顔でうれしそうに笑いながらそう言った。穏やかな日々が続いていた。老人は川に魚を取りに行ったり、山の実りを取りに行ったり、たまに仕掛けた獣を取ったりと、生気を取り戻したようで精力的に動き回っていた。その姿は、まるで少年のように毎日楽しそうだった。

そんなある日、機が熟したように、小春が旅に出るとセバスチャンに伝えた。セバスチャンにはとてつもなく心苦しいことだったが、小春の目の真剣さに、止めることができなかった。

「どうしても行くのか?」

小春は丁寧に老人の手を取り、精一杯の礼を伝えた。

「それなら、これを着ていかれ」

出してきたのは、山伏の装束だった。

「わしはこれを着て、ここにきたのだ。こんなところで役に立つとは思わなんだ」

山伏の白装束を身につけたセバスチャンは見るからに天狗そのものだった。

「いつでも帰ってきていいんだぞ。わしが生きてる限り、いつでも帰っておいで」

その言葉を最後に、小春とセバスチャンは、金剛の山の中へと旅を続けたのであった。

二十一

播磨《はりま》の国

レオナルドと、ジンと、清吉は、サンカとともに播磨の山の中にいた。雑賀《さいか》の里が秀吉の手により消滅させられたことをジンは旅の途中に知らされていた。ジンはそのことをどうしてもレオナルドには言えず、心苦しいまま旅を続けるしかなかった。

播磨から丹後《たんご》をかすめて、摂津《せっつ》に入った。摂津から山城国《やましろのくに》までくると、河内はもう目と鼻の先である。ジンは河内の国でサンカと別れ和泉に行こうと考えていた。和泉の国を南に行けば紀州に当たり、北へ行けば堺に出る。とりあえず和泉の国までの旅である。

旅が続けば続くほど、ジンとレオナルドと清吉の関係は深まっていった。清吉にとってレオナルドの言葉は、心の奥底に響くものがあった。どんなつまらない人生であれ、生きてきたことにそれなりの意味があると知らされると、生まれてきた意味と、人生の意義が見出せる。恨み続けた人生への価値観が豹変《ひょうへん》する瞬間である。「生きてきたことには意味がある」、それが清吉の精神の基盤となった。

それ以後気負いをなくした清吉は、少しずつ明るくなり、長年取り憑かれていた悪霊から解き放たれていくようだった。ジンにはそれが痛いほどわかった。清吉の思いは、最愛のさよを自分の腕の中で亡くしたジンの心にも通じていたのだ。

ある日、レオナルドがジンに訊いた。

「ジン、君の里はここからまだ遠いのか？」

「あと少しでございます」

「里に行って、さよさんのネックレスを埋めてやろう」

レオナルドはそれ以上何も言わなかった。清吉もジンに訊いたことがあった。「レオナルドとジンは、雑賀の里に行ってからどうするのか」と。ジンには何も答えられなかった。

時は淡々と過ぎていった。知らぬ間に、レオナルドは竹細工が上手くなっていた。作り方の要領を覚えると、竹ひごを器用に編んでゆく。竹細工はサンカたちの貴重な収入源である。レオナルドの編むカゴは、売りに行く農民たちに大層人気があった。そのためサンカたちから一目置かれる存在になっていた。

レオナルドは、編んでいる間は集中しているのか、何か思索にふけっているのか、他のことには目もくれず、ただ黙って熱心に竹ひごを編んだ。ジンが、「竹細工がそれほど面白いですか？」と訊いた。

「これを編むと何も考えなくていい。それが心地いいんだ。清吉さんの言っていた色と空の話。もしかしたらカゴを編んでいる時、私は空になっているのでは、と思えるのだ」

レオナルドは笑いながらそう答えた。

山城を抜けると、河内の国に北から入った。生駒から信貴山《しぎさん》に連なる山地の南端から二上山に登り、山頂の尾根伝いに南に進んだ。平安時代、修験道を開祖した役小角《えんのおづの》が初めて山に入ったとされる葛城山が目の前にそびえていた。

深い森が延々と続いていたが、葛城山の頂上の手前付近で、尾根のてっぺんが草原のように広がっているところに出た。サンカの一行はそこで昼餉《ひるげ》を取ることとなった。

ジンとレオナルドと清吉は、草原に腰を下ろし、玄米と雑穀の混じった握り飯を食べ、水を飲み合った。ここから奈良の方角を見下ろすと、古の平安の野が広がり、大和三山がきれいに見ることができる。

「耳成《みみなし》、畝傍《うねび》、香具山《かぐやま》……」と、ジンが指を差しながらつぶやくようにそう言った。よく晴れ渡った秋の空だった。田んぼの畦《あぜ》道は、真っ赤な彼岸花で埋め尽くされていた。山の上から下界を見ると、彼岸花の赤と、金色に揺れる稲穂とが絶妙な色彩を奏でていた。レオナルドはその自然の美しさに息を呑んだ。爽やかな昼下がりだった。

その時、一瞬風が揺れた。レオナルドには、風が揺れたと感じられ、首をかしげた。自分たちがきた反対の方角、南の森から人影が現れた。一人か……、遠くてよくわからないが、竹ひごのように細くて長い人影がゆらゆらとゆっくりこちらに向かっていた。よく見るとその傍らには子どものような小さな影も一緒だった。レオナルドは立ち上がった。立ち上がってその人影へと少し歩いていくと立ち止まり、人影が近づいてくるのを待った。

「なんだ、その格好は」

レオナルドが笑いながら、セバスチャンにそう言った。

「似合うだろ。俺はジャポンで神になったんだ」

そして二人は抱き合った。お互いの心臓の鼓動を響き合わせるかのように、強く強く抱擁し合った。

小春は自分の使命を果たしたかのように、その場で倒れ込み、それを見たサンカのおなごたちが飛んできて、すぐさま小春を抱きかかえた。

「こはるだ」

抱きかかえられる小春にやさしく手を貸し、レオナルドに紹介した。二人は草原の草の上に腰を下ろした。レオナルドが水の入った竹の水筒をセバスチャンに渡すと一気に喉に流し込んだ。

「レオナルド……、よくあの島から抜け出せたな」

「カトリックの信仰を守っていたおかげだ」

「それからここまでよくきたものだな」

セバスチャンのその言葉に、レオナルドの脳裏にはウォーク島からこの葛城の高原までたどり着いた経緯が一瞬で駆け巡った。

「不思議な運命だったな……。あの島からマニラに行ったんだ。そこでジンと出会った」

少し離れたところにいたジンがセバスチャンに軽く会釈した。

「ジャポンにきてからちょっとしたことがあって、ジンと山の中に逃げたのさ」

「それであの人たちと一緒に旅をしてきたのか」

「ジャポンにもジプシーがいたんだよ。ジンのおかげでここまでくることができた……。まさかこんなところで君に会うなんて……」

　レオナルドはそう言ってから、「ジョン・バッカスはどうなった？」と訊いた。

「ジャポンの目の前まできた時にひどい嵐にやられた。俺がマストに絡まったロープを切った瞬間、船が沈没した……」

「……そうかぁ……。いい人だったなぁ……。彼がいなかったら航海できてなかっただろうな……」

「荒れ狂う嵐の中で、マストにしがみついていた俺は、ここで死んだと本気で思った……。それから気がついた時は、小春の家の寝床で寝ていたんだ……。目が覚めた時、俺はそこが天国だと信じて疑わなかった。天国って意外と暖かいものだなあと思ったよ」

　セバスチャンは笑いながらそう言った。

「今は二人で旅をしているのか？」

　セバスチャンは無言でうなずいた。どういう了見で旅をすることになったのかを、レオナルドは敢えて訊こうとしなかったが、セバスチャンが口を開いた。

「小春と小春の父を通じて、そこの村に受け入れてもらった。それで村の人たちは俺のことを天狗の神様がきたと信じたのさ」

「あのロンドンのやんちゃ坊主が、ジャポンで本物の神になったのか」

「そうだ」

　二人は笑い合った。

「村の人たちは、本当に親切だった。礼儀正しくて、よく働く人たちだった……。小春は言葉が喋れないんだ。だからこそ俺と心が通じ合っていった。人と人が心で通じ合う世界がこの世に存在していることを俺は初めてわかった。彼女は素晴らしい女性だ」

セバスチャンは一呼吸置いてから続けた。

「ある日、小春が妊娠した。それを村の人たちが恐れたんだ。天狗と人間の子どもはだめなんだろう……。それで村を逃げ出し、小春と旅を続けているんだ……」

草原には、秋風が心地よく吹いていた。眼下には壮大なジャポンの平野が広がっている。

「ロンドンのマーメイドで、初めてジョン・バッカスと会った時のことを憶えているか？」

セバスチャンが訊いた。

「エセックス伯の手下ともめた時だろ」

「あの時がすべての始まりだったように思える……」

「そうだなぁ……」

「不思議なんだ、イングランドで生まれ育った記憶がおとぎ話のように思える時があるんだ。あれは本当にあったことなのかと思える時もあるほどなんだ。だからたまにどっちの自分が本当の自分なのかわからなくなる時がある……」

「……」

二人の間に、少しの沈黙が続いた。

「これからどうする？」

レオナルドがその沈黙を破ってセバスチャンに訊いた。

「……、小春は俺の子を宿しているんだ」

レオナルドはうなずいてから言った。

「彼らにあずけるなら、僕が話をつけるから大丈夫だ」

「そうしてくれたらありがたい。これで小春は赤ちゃんを産める」

「セバスチャン、君はどうするんだ」

「……、小春と生まれてくる子どもと三人で生きてゆこうと決めている」

「それでいいのか」

「レオナルド、マゼラン海峡でボートに乗っている時君が言っただろ。すべては神のご意思なんだ……」

レオナルドは笑った。

「お前はどうするんだ」

今度はセバスチャンがレオナルドに訊くと、しばらく考え込んでから、「イングランドに帰ろうと思っている」と答えた。それを聞いたジンが、「それなら私がお供いたします」と言った。

「ジン、君は雑賀の里に行かなければならないだろう」

「いえ、雑賀の里は戦で消滅してしまいました。だから私にはどこに行くというあてがなくなってしまったのです。ここから堺に行ってお国に帰れるように私が案内いたします。ですから私もお国に連れて行ってください」

「いいのか」

「はい、心は決めております」

ジンはそう言うと、清吉に振り向いた。

「清吉さんはどうされます」

「わしは山を降りる。山を降りてバテレンの話を聞いてみたいと思う」

清吉はレオナルドの瞳をしっかり見つめながらそう言った。

「ジン、堺に向かおう」

「わかりました」

レオナルドとジンと清吉は旅支度を整えた。

「では、これが本当の別れだな」

レオナルドがそう言った。

「死ぬまでに君にもう一度会えたことを、神に感謝している」

「オランダのテクセル港で船に乗ったこと、僕は後悔なんかしてないよ。僕も最初から乗るつもりだったんだ」

セバスチャンはレオナルドのその言葉の重みを感じていた。そしてレオナルドは続けて言った。

「セバスチャン……、君が僕の真の親友であることを誇りに思う。小春さんを大事にしてあげてくれ……、そして生まれてくる子どもに僕のことを語ってやってくれ……」

セバスチャンは微笑を浮かべて、レオナルドと固く握手をした。

旅支度を整えると、清吉は山を降りる道へ、ジンとレオナルドは堺へと続く山の道へと歩いていった。

セバスチャンは、三人が消えるのを確かめると小春のそばに駆け寄った。小春はセバスチャンの顔を見ると、心の底からうれしそうな顔をした。この時、小春が伝えたかった言葉をセバスチャンは理解できた。

「こはる、ぼくのほうこそ、ありがとう」

セバスチャンは片言の日本語でそういうと、小春にキスをした。

草原にはやわらかい風が吹いていた。

二十二

その後、レオナルドとジンは幾多の困難を乗り越え八年の歳月をかけてロンドンではなくスペインの神学校にたどり着いた。レオナルドは終生カトリックの司祭として地道に活動しその生涯を閉じた。レオナルドから離れることがなかったジンは、レオナルドの死後三年目にひっそりとマドリードの修道院でこの世を去った。

清吉は、山を降りてから長崎に渡りカトリックの洗礼を受け、ミゲル・大喜多という洗礼名を授かった。しかし、寛永一四年（一六三七年）に起こった島原の乱に参戦し、討ち死にする。

オリノコ川周辺の探検から帰ったウォルター・ローリーは、エセックス伯の失脚により見事女王の寵臣《ちょうしん》に返り咲いた。しかし一六〇三年にエリザベスI世が逝去すると、後を継いだジェームズI世に再びロンドン塔に幽閉されたが、一六一六年、前回のギアナ遠征で発見した金鉱脈の再探検が認められ二度目の探検に出たものの、結局エルドラードを発見することができず、帰国後ホワイトホール宮殿で斬首刑《ざんしゅけい》に処せられた。

ジョン・バッカスは嵐による遭難の後、行方知らずのままだった。ただ四国・徳島の小さな漁村におかしな言葉を喋る髭爺さんがいたという伝説が残っている。髭爺さんは子どもたちに大人気で、漁業で生業《なりわい》を立て妻を娶り、死後は村にひとつだけある墓に埋葬されたという。それがジョン・バッカスであるかどうかは謎のままである。

ジュリアはあれからすぐにスペインではなく、フランスに留学した。神をも信じなかったお転婆娘が、その後修道院に入り一度も結婚することなく、その生涯を神に仕えることに捧げた。ジュリアがレオナルドと会うことはその後一度もなかった。

呉作は、三郎ら由良《ゆら》村の人たちと和解し、終生炭小屋で一人で暮らした。

和歌山県日高郡由良町の興国寺《こうこくじ》は見事に再建立された。その時、愛宕山《あたごやま》から天狗がきて、一夜で金堂を建てたという伝説に基づき、興国寺では現在でも毎年一月に天狗祭りが行われている。その天狗がセバスチャン・コーウェルであったかどうか知る由は、何もないままである……。

参考資料

『修験道——山伏の歴史と思想』宮家準、教育社、一九八五年
『MASTERキートン』第6巻「アザミの紋章」浦沢直樹、勝鹿北星、小学館、一九九〇年
『修験道の本　神と仏が融合する山界曼荼羅』学研プラス、一九九三年
『日本に来た最初のイギリス人』P・G・ロジャース、幸田礼雅訳、新評論、一九九三年
『完訳フロイス日本史5　豊臣秀吉篇Ⅱ』ルイス・フロイス、松田毅一・川崎桃太訳、中公文庫、二〇〇〇年
『サンカ学入門』礫川全次、批評社、二〇〇三年
『幻の漂白民・サンカ』沖浦和光、文春文庫、二〇〇四年
『東インド巡察記』ヴァリニャーノ、高橋裕史訳、平凡社、二〇〇五年
『三浦按針の生涯　航海者』上巻、白石一郎、文春文庫、二〇〇五年
『サー・ウォルター・ローリー　植民と黄金』櫻井正一郎、人文書院、二〇〇六年
『女王エリザベスと寵臣ウォルター・ローリー』上巻、ローズマリ・トーサトクリフ、山本史郎訳、原書房、二〇〇七年
『ヴァージン・クイーン』20世紀フォックス、一九五五年
『瀬降り物語』東映、一九八五年
『恋に落ちたシェイクスピア』ユニバーサル・ピクチャーズ、一九九九年
『エリザベスⅠ世　愛と陰謀の王宮』チャンネル4、二〇〇五年
『エリザベス　ゴールデン・エイジ』ユニバーサル・ピクチャーズ、二〇〇七年

【著者紹介】

浜本龍蔵（はまもと・りゅうぞう）

1961年2月8日大阪生れ。龍谷大学経済学部卒。トランポリン元高校日本代表。スキーSAJ 1級、元三浦雄一郎＆スノードルフィンメンバー。大学卒業後、体操インストラクターとしてジムのヘッドコーチを務める。1990年渡米。イリノイ州パークランドカレッジに通いながら、体操インストラクターとして活躍、全米の主要都市を駆け巡る。帰国後、貿易商社勤務、アジア、ヨーロッパを歴訪。貿易商社退職後、文筆活動に入り、『火曜日に落ちる雨たちへ』（東洋出版、1999年）で作家としてデビュー。著書『ジャックのフルーツラベル』（ごま書房、2006年）、『永遠の左側』（ギャラクシー・エージェンシー、2013年）。

著者…………浜本龍蔵

題字……宮本昌子

制作……有限会社閏月社

印刷／製本……モリモト印刷株式会社

欧来天狗異聞

2021年 8月25日　初版第1刷印刷
2021年 9月 5日　初版第1刷発行

装幀……李舟行

発行者…………徳宮峻
発行所…………図書出版白順社　113-0033　東京都文京区本郷3-28-9
TEL 03(3818)4759　FAX 03(3818)5792

 ISBN978-4-8344-0282-7